모두가 창녀다 Todas Putas

에르난 미고야 지음

강필운 옮김

모두가 창녀다 Todas Putas

에르난 미고야 지음
강필운 옮김

발행일 2007년 12월 30일
발행인 이 준
도서출판 북스페인
서울특별시 성북구 동소문동 3가 65-5, 5층
전화 02-922-9701~2 / 전송 02-922-9706
e-mail : Bookspain@hanmai.net

ISBN 978-89-91482-15-9 04870
값 9,000원

모두가 창녀다 Todas Putas

≪모든 여자들은 다 창녀다.

그렇다면 남자들은?

다 개자식들이다.≫

-필리핀 속담-

서문

강간범

떼려야 뗄 수 없는 사이

작업

망원경으로 쳐다보시는 분

멀리서 한 사랑

마녀

불임모의 밤

똥 밟은 날

솜털

인생을 재미있게 즐겨라

좋은 놈의 포르노

쪼잔한 놈

나는 뚱보 여자친구가 없다

유토피아

남성 호르몬

마리오 바르가스 요사의 논평

서문

어렸을 적에 나는 같은 반 여자애를 좋아했다. 그러나 그 아이는 나에게 눈길 한 번 주지 않았다. 몇 년 뒤, 내가 열두 살인가 열세 살쯤 되었을 때, 우리는 남자와 여자 중에 누가 더 센지 입씨름을 벌였다. 나는 내 말이 옳다는 것을 보여주기 위해 그 여자애 명치끝에다 주먹을 한 방 날렸고, 걔는 앞으로 고꾸라지고 말았다. 나는 아직까지도 그때 그 선생님의 화난 목소리, 분노로 이글거리는 눈길을 잊을 수 없다. 그때부터 나는 내가 사랑하는 그 어떤 것이라도 그렇게 주먹으로 한 대 갈겨버린다.

- 에르난 미고야

강간범

혹인들은 대부분 선한 이웃이고, 게이들은 모두 친절한 사람이라고 말하는 건 간혹 들어봤지만, 이 사회에서 단 한 번이라도 우리 같은 강간범들이 전부 다 나쁜 놈은 아니라는 쪽으로 여론이 형성된 적이 있었던가? 나는 제3세계나 동유럽에서 일어나는 몇몇 전쟁에서 여자들을 겁탈하는 것이 가장 야만적인 행위라는 소리를 텔레비전을 통해서 수없이 들어야만 했다. 그런데 분명 그건 그렇지 않다. 누가 무슨 권리로 그따위 소리를 함부로 지껄이는가? 여자를 강간하고 살려두는 것이 강간하지 않고 죽이는 것보다 백번 낫다. 나는 여자를 죽일 능력도 없고 또 그럴만한 배짱도 없다. 그러나 분명히 말하지만, 나는 여자들을 강간하고 나서 어떠한 후회도 해본 적이 없다.

여자들-다시 말해서 방송매스컴에서 하는 말이라면 무조건 믿어버리는, 그 어느 누구의 대표성도 갖지 못하는 말 많은 여자들-의 여론에 맞선다는 것이 자살행위나 다름없는 오늘 날, 우리는 모두 강간이라는 행위가 살인보다 더 나쁜 죄라는 사실을 겸허하게 인정해야 할 것이다. 만약 이것을 부정한다면, 우리는 이런 말을 듣게 될 것이다: ≪너희들은 강간당하는 기분이 어떤 것인지 결코 알지 못할 것이다≫. 제기랄! 그렇다면 남자는 강간당해도 괜찮고, 여자는 강간당하면 안 된다는 말인가. 비록 남자를 강간하는 것이 여자를 강간하는 것과는 분명 다른 사안이라고 그 여자들이 계속해서 주장한다 하더라도 그건 상대적이다. 그렇게 떠들어댐으로써 여자들은 조그만 의심의 눈초리만 보내도 성적 약자로서 보호받을 수 있으며, 여성 강간이라는 한마디 언급만으로도 사회에 끔찍한 분위기를 불러일으킬 수 있다. 아마도 여자들은 그 특권을 영원토록 누릴 수 있을 것이다. 심지어는 남자가 여자들을 따먹을 능력, 그러니까 선천적으로 타고난 성적 욕망을 느끼는 본능조차도 송구스러워 하면서 미리 사과해야 하는 시대가 올 것이다. 여자들은 남자들이 여자를 강간할 가능성이 있다는 것만으로도 죄책감을 느끼게 한다. -설마 그런 야만스런 생각이 머리에 들어 있을까마는. 흠!

모르지, 사내놈치고 그런 생각 한 번 안해 본 놈 있을까?- 어쨌든, 지금 와서 생각해보면, 남자를 강간하는 것이 여자를 강간하는 것과는 다르다는 그녀들의 주장은 옳은 것 같다. 나는 언젠가 딱 한 번 남자를 강간한 적이 있었는데-그때까지 나는 남성과 여성 중 어떤 성이 나를 더 자극하는지에 대한 결정을 내리지 못하고 있었다.- 맹세컨대, 그것은 여자를 강간하는 것과는 아무런 상관이 없다. 어쨌거나 지금은 한가로이 이런 비교나 할 때가 아니다.

그런데 강간당하는 기분이 어떤 건지 남자는 알 수 없다는 게 뭐 그리 중요한가? 남자들은 아기를 임신한다는 것이 어떤 기분인지도 역시 모른다. 그리고 내 경험에 의하면 아직까지 아기를 갖는 것보다 자신의 죽음을 택하는 어리석은 여자는 없었다. 생각이 있는 여자라면 어떠한 경우라도 자기 보다는 불쌍한 아기를 낙태하는 쪽을 선택할 것이다. 그리고 그 일에 대해 심한 죄책감도 느끼지 않을 것이다. 어차피 강간으로 생긴 결과일 뿐이니까. 그렇다고 우리가 그 여자들을 징벌할 수는 없지 않은가. 그 여자들이 스스로 결정하고 자기 자식을 책임질 뿐이다. 불쌍한 여자들. 나는 가슴이 아프다. 그러나 나는 그 여자들이 필요성의 문제 때문에 그런 짓을 저질렀다고 분명히 말할 수 있다. 반면, 우리는 그저 사랑이나 좀 얻어 보기 위해 강간을 한 것뿐인데, 우리는 가증스러운 범죄자가 된 것이다. 우리에게 필요한 것은 정말 뭘까?

그 여자들은 여전히 강간보다 더 나쁜 것은 세상에 없다고 떠들어대며 모든 사람들에게 강요하고 있다. 더 나쁜 것은 없다? 좋아! 그런데 나는 어떤 놈들이 나를 죽이기보다는, 수도 없이 나를 강간하더라도 사는 게 더 좋다. 그러고 나서 내가 계속 살고 싶은지 아닌지를 선택해야 하는 것 아닌가. 설사 마지막에 내가 진짜로 죽고 싶다면, 그렇다면…. 자살하면 그만이지, 뭐. 그러면 아무 문제없잖아? 항상 결정은 개개인의 자유의사에 맡기는 것이 옳지 않을까. 여러분도 그렇게 생각하겠지? 나는 정말 많은 여자들을 강간했는데…, 어디 내 말 한 번 들어보시겠소? 그리 길지는 않을 테니….

그럼 내 이야기 끈을 계속 풀어보겠수다. 나는 당신들이 제멋대로 생각해서 그렇지 사실 그렇게 나쁜 놈은 아니라오. 물론 나는 그 여자의 뜻과는 반대로 그녀에게 성적 학대를 가하긴 했지. 그리고? 어떤 여자들은 어쩔 수 없이 겁탈했고, 또 어떤 여자들은 하고 싶어서 했고, 또 다른 여자들은 경제적인 이유에서 그랬지. 그리고는 아무 일도 없었어. 그 어떤 경우라도 법은 나에게 죄를 묻지 않았거든. 그 어느 누가 사람의 마음을 빼앗은 개자식을 감옥에 처넣을 수 있을까? 사실 우리 모두는 이미 모든 종류의 남용에 익숙하고 관대하잖아? 그렇다면 왜 성적 남용인 강간에는 그렇게 관대하지 못할까? 강간범들도 따지고 보면 평범한 보통사람들이고 집안에서는 훌륭한 가장들이거든. 그들이 하필이면 지금 가장 파렴치한 범죄로 취급받는 강간이라는 죄를 저질러버린 덕분에 사람들은 계속해서 그들을 마치 괴물인양 저주하고 있는 거지. 뭐, 그렇다고 내가 지금 그들을 처벌해서는 안 된다고 말하는 것은 아니고. 하지만 적어도 부풀려서 과장하지는 말자는 거지. 강간은 강간일 뿐이고, 또 사람들은 그것이 강간인지 아닌지 정확히 모를 때도 있거든. 실제로 그 여자들이 하고 싶었는지 어쨌는지 말하지 않았는데, 그 속마음까지 어떻게 확신할 수 있겠냐고? 어차피 그 여자들은 절대로 아무 소리도 하지 않거든. 이것들 봐요. 당신들에게 분명하게 ≪돼요≫라고 말하면서, 글자 그대로 사랑을 나누는 것을 애초부터 허용하면서 다가선 여자가 얼마나 될까? 그렇게 많았을 것 같지는 않은데. 또 처음부터 분명히 ≪안돼요≫라고 말하면서 잠자리를 나누었던 여자는 또 얼마나 될까? 겨우 몇 명, 정말? - 만일 그 여자들이 그랬다면 여러분은 아까운 정력만 쓸데없이 낭비한 것 아닌가. 어쨌든 '안돼요' 라고 말했는데도 그 여자들과 잤다면 당신들도 이제 강간범이 된 거라고, 그렇지 않나? 사전 동의도 없이, 상대 여자들의 의사와는 반대로, 혹은 그 여자들의 ≪외견상≫ 의사와는 반대로 당신들은 작업을 진행하지 않았나? 아마도 여러분은 그 여자들이 ≪안돼요≫라고 말했을 때, 속으로는 ≪돼요≫라고 말하고 싶어 했을 것이라고 확신했 겠지. 그렇다면 우리는 여자들이 속으로 어떤 생각을 하고 있는 지 추측해야만 하는 골치 아픈 문제가 생긴다고. 겉으로 확인할 수도 없는데, 어떻게 그 속마음을 알 수 있단 말인가? 게다가 자 기가 생각하고, 원하는 것조차도 말할 능력이 없는 여자라는 종 을 우리가 어떻게 믿을 수 있겠는가? 친구들, 걱정마라. 결론은 이미 내려진 것 아닌가. 만일 세상의 모든 남자가 처음부터 여 자가 생각하는 바를 존중했다면, 인간이라는 종족은 이미 옛날 에 멸종되었을 게 분명하지.

그래서 모든 게임에는 이 한 가지 규칙만 존재한다: 여러분 은 마지막 휘슬이 울리기 전에는 절대 물러서지 마라. 그 여자 들이 하고 싶은지, 아닌지를 말해주지 않는데 어떻게 내 마음대 로 결정할 수 있을까? 상대에 대한 예의가 아니지. 사실 나의 삶 을 순식간에 바꿔놓은 이 기이하고도 혁명적인 방법을 발견하 기 전, 그러니까 서구 문명의 암수 짝짓기 의식을 철저하게 따 르던 그 철없던 시기에는, 같이 자는가 마는가는 그리 중요한 문제가 아니라고 나의 여성동반자들에게 믿게끔 했지. 분명한 건 그녀들이 표현하는 첫 번째의 완강한 거절을 기꺼이 받아들이면 결국 항상 더 많은 섹스를 할 수 있었다는 거야. 한 번 그러고 나면 그녀들은 더욱 더 내 말에 순종하였고, 끝내 내 거시기에 입맞춤을 했다니까. 맹세컨대 이 말 만큼은 진실이야. 물론, 그때만 해도 나도 남들처럼 사전작업 원칙을 엄격하게 따랐지. 저녁, 분위기 있고 으슥한 장소, 여자들을 술 취하게 만들고, 작업 개시…. 따지고 보면 사실 그 짓도 그 여자들을 강간하는 것이나 진배없지. 여자들을 속이는 거니까. 아니, 정확히 말하자면 그 여자들이 스스로 자신을 속이도록 하는 것이라 할까. 그렇다고 그 여자들이 자기가 무슨 짓을 하고 있는지 조차 모를 정도로 그렇게 골빈 여자들이었다고는 생각하지 않아. 물론, 그 여자들이 자신에 대해 충실하다고 말할 수도 없지만. 하여간 여자들은 나를 믿었고, 나도 그녀들이 얼마나 어리석은 존재들인지 잘 알게 되었지. 나는 그 여자들이 아무런 거부감도 없이 아랫도리를 벌릴 수 있도록 하기 위해서-물론 처음에는 조금 저항하지만 결국 아무 말도 하지 않을 거라는 것을 나는 잘 알고 있었어.- 어떤 행동을 취해야 하고, 무슨 말을 해야 하는지, 또 그 여자들에게 얼마나 투자해야 하는지를 정확하게 알고 있었지. 그러나 그 작업은 항상 나를 피곤하게 만들었고, 나는 그렇게 힘들고 습관적인 일을 반복하는 것이 지겨워졌지. 그래서 나는 그 신사적인 절차에서 손을 떼기로 마음먹었어. 이제 나는 술이

나 샴페인, 음흉한 대화 대신에 드라이버를 사용해. 그녀들이 스스로 브래지어를 벗도록 만들고 쌍방의 합의를 기다릴 필요도 없이, 또 여자들을 속인다거나 그 때문에 내가 사기꾼이라는 기분이 들 필요도 없이 곧바로 그녀들을 정복했어. 비로소 나는 일종의 성취감을 느끼면서 여자들과 진지한 관계를 맺게 된 거지. 나는 그녀들이 열린 마음으로 성 행위에 집중할 수 있도록 하기 위해 다양한 체위를 노골적으로 요구했어. 그러면 그 여자들은 그 짓이 마치 남자들이 여자에게 복수하기 위해 가지고 있는 감정인양 오해한다고. 그때마다 여자들은 자신의 성행위를 똑바로 쳐다보지 않거든. 나는 여자들에게 내 본심을 감추긴 했지만, 결코 내가 나쁜 놈이라는 부정적인 생각은 하지 않았어. 적어도 나는 여자들에게 거짓말은 하지 않거든. 어쨌든 나는 세상의 모든 여자들을 다 좋아할 만큼 그 짓에 눈먼 놈은 아니야. 솔직히 말해서 강간당하는 것은 분명히 끔찍한 일이고, 강간하는 짓 또한 결코 좋은 일은 아니라는 것을 알아. -애들아, 집안에서건 밖에서건 이런 짓은 하지 마라. 하지만 전문가의 입장에서 너희들에게 한 말씀 하자면; 애들아! 만일 그 짓거리를 꼭 해야만 한다면, 적어도 콘돔은 꼭 껴라.- 그러나 여자를 강간하는 것과 죽이는 것 사이에는 차이가 있다. 어떤 여자들에게는 분명히 상처가 되기도 하지. 그러나 어떤 여자들에게는 나와 맺었던 관계가 그녀들의 인생에서 최고의 성적 경험이 되기도 한다니까! 그러니 이런 부분만큼은 정상참작이 필요하지 않을까? 물론 나에게 모범시민 메달을 수여해 달라고 요구하는 것은 아니야. 그러나 도덕적으로나 윤리적으로 그리고 다른 어떠한 관점에서도 나를 살인자보다 더 흉악한 놈으로 바라보는 시선에 대해서 나는 심한 거부감을 느낄 수밖에 없어. 따라서 나 같은 사람에게 너무 무거운 형량을 때리는 것은 옳지 않은 일이라고 생각해. 게다가 '거세'를 외치는 것은 더욱 더 말도 안 되는 소리 아닌가. 그건 야만인들이나 하는 짓이다. 거세라니, 나는 세계의 양식 있는 인권운동단체에 호소하는 바이다.

모든 강간범들은 정신병자라서 자기가 무슨 짓을 저지르고 있는지 모르고, 자신들의 행위에 대해 어떠한 책임도 지지 않는다고 사람들은 말한다. -나는 다른 강간범들에 대해서는 잘 모르겠지만, 적어도 내 경우에는 내가 정신병자라고 생각한 적이 없다. 그리고 나는 내 행위에 대해 책임을 지며, 내가 무슨 일을 하고 있는지, 내가 무엇을 좋아하는지 정확히 알고 있다.- 그리고 또 사람들은 강간범들은 전부 거세되어야 한다고 주장한다. 그런데 우리 너무 부풀려서 말하는 것 아닌가. 강간이 그토록 잔인한 범죄라면, '거세'는 그렇지 않은가? ≪문명≫ 사회에서 절대로 일어나서는 안 될 일 아닌가 말이다.

나는 편견과 차별 속에서 소외당한 우리 강간범들이 이렇게 억압적인 사회의 희생양이라는 실상을 시민들에게 널리 알리기 위해 적절한 표어를 만들어 일련의 캠페인을 벌였으면 한다. -예를 들어 내가 하나 제안한다면 ≪강간도 사랑의 표현이다≫, 참 감각적이고 예쁜 표어 아닌가?- 나는 이런 캠페인을 특히, 악명 높은 강간범들이 우글거리는 교도소 같은 곳으로 넓혀 나가고 싶다. 그러면 분명 그 감방의 동료들은 우리를 조금 더 존경할 것이다: 나를 믿어라. 감옥살이 하는 것도 서러운데 게다가 행실 나쁜 놈들이 기회 있을 때마다 네 궁둥이를 오리 궁둥이처럼 쫙쫙 벌리면서 괴롭힌다고 생각하면 힘이 쭉 빠진다. 거리에서 법은 강간 피해자를 보호하지만, 감옥에서 강간당한 강간범은 누가 보호할 수 있을까? 아무도 없다.

따라서 지금부터 나는 실추된 우리 강간범의 명예를 되살리겠다. 우리 강간범들은 괴물같이 징그러운 놈들도 아니고, 또 그렇게 일고의 가치조차 없는 존재도 아니다. 단지 우리는 강간범이라는 더러운 명성만 가지고 있는 것이다. 우리도 당신이나 또 다른 사람들과 마찬가지로 보통사람이다. 그래서 우리들은 세상 어디에나 존재한다.

그리고 여자들은 모두 창녀다!

여러분도 한 번쯤은 이런 생각을 했을 거라 확신한다. 그렇지 않은가?

　분명 그렇지? 그럼 우리는 이제 합의점에 도달한 거라고. 같
은 생각을 하는 거라고….

떼려야 뗄 수 없는 사이

마리오와 마리아는 샴쌍둥이 오누이다. 그들은 서로 사랑한다. 그들은 가슴이 붙어 있고, 팔과 위, 그리고 하나의 신장을 서로 나누어 쓰고 있다. 심장은 두 개 가지고 있는데, 박동소리가 같다. 그래서 그 둘은 한 명이 없다면 다른 한 명도 살 수가 없다.

그 둘은 미치도록 서로를 좋아했다. 그러나 서로 드러내 놓고 말하지는 않았다. 그들은 항상 함께 지냈고, 떨어져 산다는 것을 생각해본 적도 없었다. 한 번씩 우스갯소리로 자기들 몸을 분리하는 수술을 하면 어떻게 될까, 이야기를 나눈 적이 있었다. 그러면 우리 인생에 어떤 삶이 펼쳐질까? 다른 정상적인 연인들처럼 육체적인 사랑을 나눌 수 있을 거야. 하지만 상대방의 생리 습관을 모르게 되겠지? 몇 시간 떨어져 있다가 다시 만날 수 있을 거고, 자신만의 비밀을 간직할 수 있을 거야.

그러나 바로 이러한 이유들 때문에 그들은 서로 떨어질 생각을 단념하였다. 그들은 지금 그대로의 삶이 너무나 행복했기 때문이다. 그들은 육체까지 포함한 모든 것을 서로 공유하고 있었기 때문이다. 어쨌든 그런 분리수술 같은 생각은 그들의 삶에 끼어들 여지가 없었다. 그들의 몸을 똑 같이 나눈다는 것은 그들의 몸에서 생명력을 앗아가는 것이고, 그들은 스스로 살아갈 수 없을 것이다. 글자 그대로, 생존하기 위해 그들은 서로가 서로를 필요로 했던 것이다. 단지 사고로 한 명이 먼저 죽을 경우, 나머지 한 명은 죽은 육체를 제거하고 건강한 기관을 독차지해서 생애 처음으로 혼자만의 자유로운 존재를 가질 수 있을 것이다. 그러나 그들은 그런 일이 일어나리라고는 생각조차 해보지 않았다. 그들은 그만큼 서로를 사랑했으며, 남은 생을 언제까지나 함께 보내고 싶었다.

마리오와 마리아는 육체적인 관계는 맺지 않았다. 적어도 엄밀한 의미에서의 관습적인 사랑은 나누지 않았다. 아니, 그럴 수가 없었다. 그러나 침대에 누워서 입을 위로 한 채로 서로의 몸을 더듬은 적은 몇 번 있었다. 특히 그들이 즐겨 애무하는 부분은 두 육체가 공유하고 있는 늑골 부위였다. 동시에 같은 쾌감을 느낀다는 것, 상대방이 어떤 쾌감을 느끼는지를 안다는 것은 실로 환상적인 일이었다. 이렇듯 그들은 한쪽이 느끼는 쾌락을 상대방도 그대로 느끼는 것이었다.

두 사람은 자신들의 몸이 분리되는 것을 결코 원치 않았다.

그러나 어느 날 마리오는 마리아가 자신에게 무언가를 감추고 있다는 사실을 알아차렸다. 물론 육체적인 형태는 아니었다. 그들 중 어느 누구도 다른 사람과 같이 잔 적이 없었다. 설사 그런 일이 있었다 하더라도 상대편 모르게 그런 행위를 할 수는 없었을 것이다.

그러나 얼마 전부터, 가끔 마리아는 거리를 지나가는 연인들을 멍하니 바라보고, 그들이 어떻게 자기들 마음대로 떨어지고, 다시 포옹하는가를 자세히 보고, 서로간의 육체를 밀착시켜 키스하는 모습들을 관심있게 살펴보곤 하였다. 마리오와의 관계 이외에는 포기해야 했던 사랑의 쾌락에 대한 호기심이 그녀의 마음속에 일기 시작했다는 것을 마리오는 알아차렸다.

태어나서 처음으로 사랑하는 마리아가 자신과 공유하지 않는 비밀을 가지고 있었다. 마리오는 마리아에게 자신의 의심을 털어놓았다. 처음에 그녀는 완강하게 부인하였다. 그러나 곧 이어 한숨을 쉬더니, 고통스런 표정으로 마리오를 바라보았다. 마리아는 남자의 성기가 자신의 질 속으로 들어오는 것이 어떤 느낌인지 알고 싶었다. 그녀는 이제 남자를 품고 싶었던 것이다. 진짜로 남자와 여자가 벌이는 정사가 어떤 것인지 알고 싶었다.

모진 마음을 먹은 마리오는 마리아에게 남녀 사이에 벌이는 이성의 쾌락을 경험할 수 있도록 도와주겠다고 약속하였다. 그러나 단 한 번만, 절대로 더 이상은 안 된다는 조건을 달았다. 막상 허락은 했지만 마리오의 가슴은 찢어지는 것 같았다. 그러나 딱 한 번만 눈감아 주기로 하였으니, 어쩌겠는가? 마리아는 기쁨의 눈물을 흘리며 그의 말에 따르기로 약속하였다. 그녀는 마리오의 사랑을 의심해 본 적이 없었다. 단지 다른 인간들이 나누는 사랑이 어떤 건지 딱 한 번만이라도 알고 싶었던 것이다

마리아는 상당한 액수의 돈을 지불하겠다는 제안으로 친구들과 지인들 중에서 자신의 욕망을 채워줄 지원자를 찾았다. 그들의 이러한 계획에 호기심을 보이는 사람들도 있었고, 적대감을 보이는 사람들도 있었다. 그렇다고 마리아가 이러한 장벽에 무릎을 꿇을 위인은 아니었다. 그도 그럴 것이 그녀는 어렸을 적부터 자신을 이상한 동물처럼 바라보는 사람들의 시선과 반응에 이미 익숙해져 있었기 때문이다. 결국 그녀는 자신의 꿈을 실현할 수 있는 상대를 찾게 되었다. 그 사정은 이랬다. 평상시와는 달리 오누이는 어느 날 도시의 밤 문화를 즐기기 위해 한

카페에 들렀다가 거기서 우연히 한 남자와 이야기를 나누게 되었다. 그런데 그 남자는 조금의 주저함도 없이 마리오의 제안을 받아들였다. 그 남자는 마리아의 입장에서는 충분히 그런 욕망을 품을 수가 있다고 생각하는 것 같았다. 그리고 사랑을 나누게 될 경우 자기 몸 밑에서 여자의 오빠가 같이 붙어 있어야 된다는 특수한 상황에 그리 큰 거부감을 보이지 않았다. 더군다나 그 남자는 외모도 잘 생겼고, 건강해 보였다.

그들은 다음 날 다시 만나기로 약속하였다. 그 남자에게 생각을 바꿀 수 있는 기회를 주기 위해서였다. 그러나 그렇게 되지 않았다. 그 젊은이가 약속을 실행에 옮기기 위해 그들의 집에 나타났던 것이다. 다소 긴장한 젊은이는 마리아와 마리오를 침대에 뉘였다. 마리오의 얼굴이 침대 시트 밑으로 파 묻혔다. 그 젊은이의 몸이 그녀의 육체와 하나가 되기 시작했다. 엄밀히 말해서 마리아는 마리오의 손가락 덕분에 처녀라고 말할 수는 없었다. 마리아는 이처럼 폭발적인 쾌락을 생애 처음으로 느껴 본다. 마리오는 눈물을 가득 머금은 채 다른 쪽으로 눈을 돌렸다. 그는 마리아와 공유하고 있는 육체의 한 부분이 격렬하게 떨리는 것을 보고, 지금 그녀가 어떤 쾌감을 느끼고 있는지를 분명히 알 수 있었다. 그는 이제 마리아의 기쁨을 자신의 기쁨으로 받아들였다.

물론 이것은 마리아가 맛본 마지막 쾌락은 아니었다. 그녀는 그 쾌락의 파티가 끝난 지 얼마 지나지 않아 또 다시 그 경험을 반복하고 싶어 했다. 바로 그 젊은이와 함께. 처음에 제시했던 것과 똑같은 액수를 대가로. 거의 매주 마리오는 이 향연의 증인이 되었다. 그 견디기 힘든 고문에서 가능한 한 몸은 멀리 떨어져서, 그는 그 젊은이가 사랑을 나누기 위해서 어떻게 마리아와 자기 사이에 끼어드는지, 자기는 결코 할 수 없는 그런 곳에 그녀를 어떻게 옮기는지 지켜보았다. 그가 가장 견디기 힘들었던 것은, 자신이 가장 비참하다고 생각됐던 것은, 두 사람 사이에서 사랑의 작업이 끝난 뒤에 행복에 겨워 반짝이는 마리아의 두 눈을 바라보는 일이었다. 그러나 이보다 훨씬 더 상상이상으로 괴로웠던 것은 지금까지는 한 번도 그런 적이 없었는데 처음으로 마리아가 마치 그가 없는 것처럼 그를 쳐다보는 것이었다.

어느 정도 시간이 지나고 나서 말쑥한 차림의 그 젊은이는 마리아와 동침하는 대가를 받으려 하지 않았다. 자신의 옆에 누워 있는 두 남녀가 서로 엉켜 붙어 몸을 뒤척이며 신음소리를 내고 괴성을 질러대는 동안에 끓어오르는 욕정을 억제하며 괴로워해야만 하는 마리오는 자신은 참여할 수 없고 접근할 수 없는 그런 행복을 온몸으로 밤새 지켜야만 했다. 이제 그는 마리아 삶의 내적 영토에 들어갈 수 가 없었다. 갑자기 그는 다른 두 사람이 뿜어내는 신음 소리의 리듬에 맞춰 자위행위를 하기 시작했다. 그는 자기 자신만의 공간을 만들어내고, 자신과 마리아가 아직까지 공유하고 있는, 어느 누구에게도 소속되어 있지 않은 육체의 쾌락을 조금 맛 볼 수 있었다.

어느 날 그 젊은이가 아무런 사전 약속도 없이 불쑥 집에 나타났다.

-마리아를 데리러 왔어.

-알고 있었어.- 마리오가 대답했다.

-어떻게 알았어?- 마리아가 놀라서 물어봤다.

-우리 사이에는 비밀이 있을 수 없다는 거, 벌써 잊었어? 너는 이제 나를 좋아하지 않아.

-그래.- 깊은 침묵이 잠시 흐른다. -그거 언제부터 알았어?

-언제부턴가 너의 심장박동이 내 것하고 달랐어.

-응, 그 사람 덕분에 요즘 내 심장은 무척 빨리 뛰어.

그날도 마리오는 그들과 같이 잤다. 그는 애간장이 타면서도, 야반도주하는 두 남녀를 호위해야만 하는 첫 번째 연인이었다. 또한 그는 그들 결혼식의 대부가 되었다. 그들은 영원히 마리오를 존중하고, 그들 가족의 일원으로 생각할 것이며, 마리아를 그로부터 떼어낼 생각은 눈곱만큼도 없다는 것을 거듭해서 그에게 확신시켰다.

실제로 마리오가 그 모든 것을 참을 수 있었던 것은, 사실은 절대 그렇지 않을 거라는 것을 잘 알고 있었기 때문이었다.

그날 밤 그는 그 일이 일어날 것을 미리 예견하고 있었다. 그들 세 명은 항상 같이 잤다. 그러나 그날 밤, 그들이 사랑을 나눌 때, 마리오는 마리아에게서 지금까지 느낄 수 없었던 그 무엇인가를 감지하였다. 뭐라고 할까? 거기에는 공포와 흥분이 동시에 공존하고 있었다. 마리오가 정확한 결론에 도달하기까지는 그리 많은 시간이 필요하지 않았다.

마리아의 애인이 일어나서 마리오 쪽으로 몸을 돌렸을 때 그는 잠들어 있었다. 베개가 얼굴 위로 세게 떨어졌을 때, 그는 눈을 떴다. 그러나 너무나도 강한 힘이 그를 눌렀기 때문에 그는 숨조차 쉬기 힘들었다. 죽음이 탄환의 형태로 그에게 다가왔을 때, 그는 거기에 조금도 저항하지 않았다. 총알이 발사되기 전, 그는 베개 위에 있는 마리아의 손 무게를 느낄 수 있었다.

마리아는 자신과 애인이 잠들어있는 사이 마리오가 침대 밑에서 권총을 끄집어냈다고 진술하였다. 보기에 그는 자신의 존재에 대해 환멸감을 느꼈고, 마리아에게 자기 몸에서 떠날 수 있는 기회를 주고, 자신은 자유롭고 품위 있는 삶을 얻기 위해 그런 결론을 내린 것 같았다.

그것은 말 그대로 하나도 거짓이 없는 사실이었다.

작업

나는 전투 전문가다.
나는 전투에서 패하는 것에 전문가다.
나는 모든 전투에서 전문가다.
아키라 쿠로사와 감독의 『일곱 명의 사무라이』

나는 지금 추워서 얼얼하게 얼어버린 발을 바닷가에 디딘 채 서있다. 내가 대답할 수 없는 모든 질문에 대한 답이 숨겨져 있을 것만 같은 검푸른 바다의 수평선을 바라보고 있다. 나는 지금 여기서 무엇을 하고 있는가, 나 자신에게 물어본다. 바다는 왜 나를 부르는가? 바다는 왜, 내가 뛰어들기를 바라는 걸까? 과

연 나는 저 검푸른 바닷물 속으로 들어갈 만한 용기를 가지고 있는가? 나는 계속해서 스스로에게 묻고 있다….

아, 그래! 이제 기억이 난다.

-카탈로그 끝냈어?

이제 가만히 생각해보니, 로레토는 무척이나 매력적인 여자였다. 아니, 적어도 그녀와 함께 일하기 전까지는 그렇게 보였다. 그녀가 내 상사라는 위치에 있고 나서부터는 상황이 180도 바뀌었다. 항상 자신의 몸에서 뿜어져 나오는 악취에 익숙해진 후각이 자신의 냄새를 맡지 못하는 것처럼, 정작 그녀는 자신이 예쁘다는 사실을 의식하지 못하는 것 같았다.

-응, 거의 다 끝나가.

나는 마지막 페이지를 작업하고 있었다. 내 눈앞에 38센티미터짜리 자위기구 사진이 펼쳐졌다. 이놈은 여성 성기와 항문에 쾌감을 주기위해 표면이 오돌토돌하게 처리되어 있고, 질속에 삽입하면 속에서 둥글게 회전운동을 한다. 나는 이놈의 효과와 성능에 대해 자세하고 기가 차게-물론 조금 과장해서- 설명하였다.

최근 43일간 나는 제품설명서를 만드느라 하루에 다섯 시간씩 컴퓨터 작업에 매달렸다. 라텍스와 젤로 된 자위기, 질·항문 자극 진동기, 플라스틱 질, 풍선 인형, 남성 팽창기, 피임기구 등…. 이런 것들이 우리 인터넷 성인용품점에서 취급하는 상품들로, 이 제품들의 카탈로그를 만들어 올리는 작업이 내 일이다. 나는 이 제품들마다 황당무계한 별명을 붙인다; 똘똘이, 홍두깨, 거시기, 변강쇠…. 전에 나를 지도하시던 영화과 교수님이 입이 마르도록 칭찬해 주시던 나의 넘쳐흐르는 상상력이 이런 식으로 고갈되다니. 그 교수님들이 지금 마치 삼류 포르노물 제작자 같은 나의 이런 모습을 보신다면…, 그러나 나는 자위했다. 바로 이곳이 나의 그 풍부한 끼를 실현시키는 현장이라고. 나는 나보다도 훨씬 더 개 같은 놈들을 위해 그 빌어먹을 자위기마다 이름을 붙이고 있다.

아무쪼록 이 기구들을 가지고 마음껏 인생을 즐기시길!

-자, 이제 다 됐어.

나는 기쁨을 감추지 못한 채 안도의 한숨을 내쉬었다.

-수고했어. 그럼 나하고 잠시 이야기 좀 할까?

나는 아침마다 탁자 위에다 내 얼굴을 파묻게 만들던 그 졸음을 떨쳐 내려고 애쓰면서, -하지만 이놈의 졸음은 결국 집으로 돌아가야만 해결되었다. 사실 나는 나에게 주어지는 아침 한나절의 자유 시간을 이용해 영화대본을 쓰거나 새로운 영화촬영 계획을 세우기로 마음먹고 있었다.- 문서 작업을 계속하였다. 그리고 카탈로그 작업이 이제 막 끝났다는 사실을 이메일로 영업담당자에게 알렸다. 나는 자리에서 일어나 칸막이로 직원들과 나 사이를 가로막아 보안을 유지하고 있는 내 책상 공간을 벗어났다.

그리곤 옆방으로 건너가 안락한 회전의자에 앉아있는 여자 상사와 마주했다. 그녀는 그 온라인 잡지(통상 그렇게 불렀다)사의 젊은 경영주였다. 통이 큰 그 경영주는 나보다 겨우 몇 살 위였지만, 유료 성인사이트가 가져올 수 있는 엄청남 수익성을 예견하는 눈을 가지고 있었다. 포르노 세계에 대한 로레토의 관심이 순전히 경제적인 이유에서였다는 것은 굳이 말할 필요도 없다.

-너하고 잠시 이야기 하고 싶었어.

-음, 알았어.

-아…! 아!

옆방에서 우리가 계약한 두 여자애들이 자위행위를 하면서 내지르는 신음소리가 들려온다. 우리는 이 화면을 고객들에게 제공하는데 우리 잡지사가 제공하는 서비스 중에서 가장 비싼 아이템이며, 지금까지 가장 성공적으로 인정받고 있는 온라인 모델이다. 빵집 주인이라는 한 고객은 그 여자애 중 한 명에게 매주 자신이 직접 만든 케이크를 보내주었다. 아마도 그는 하루 종일 인터넷으로 그 애만 쳐다보고 있을 것이다.

　-긴히 할 말이 있어.

　-아…! 아!

　-나도 그런데.

　이제 작업은 다 끝났다. 그 썩을 놈의 카탈로그는 이제 더 이상 손댈 것 없어. 다시는 이 따위 일에 손대지 않을 거라고 나는 맹세하고 또 맹세했다. 로레토의 책상으로 가서 그 얼굴에 침을 탁 뱉고 사표를 낼 거야. 더 이상은 싫어. 매일 아침 나는 있는 힘을 다해 일어났다. 새로운 날을 맞이할 능력도 없고, 남아 있는 에너지를 모아 이후의 시간 속에서 나를 기다리고 있을 새로운 미래에 대적할 능력도 없이 그저 침대에 30분 정도 앉아 허공만 멍하니 바라보았다. 매일 아침 내 옆에 잠들어 있는 라이아를 깨워서, 제발 내가 그 뭣 같은 일을 못하게 조르고, 나더러 꿈을 이루라는 말을 해주기를 바랐다. 그러나 그 여자는 절대로 내게 그런 말을 할 위인이 아니었기 때문에, 나는 단 한 번도 그녀를 깨운 적이 없었다. 도리어 그 여자는 나를 이해할 수 없다는 식으로 바라봤을 게 분명하다. 비록 영화학교에서 내가 계속 공부할 수 있을 만큼의 충분한 월급은 받지 못했지만, 이 일 때문에 우리는 적어도 먹고 살 수는 있었다.

　몇 달 동안 나는 내 자신을 속이며 살았다. 이 직업은 어느 정도 나의 예술적 재능과 글재주, 그리고 단편제작에 부합되는 일이었고, 이 일을 기반으로 진정 내가 원하는 영화제작의 꿈을 실현할 수 있을 것이라고 몇 번이고 나 스스로에게 다짐하고 또 다짐했다. 그러면서 나는 내가 가장 존경하는 영화감독 알프레도 마르토렐처럼 유명한 감독이 될 수 있을 것이라는 꿈도 꾸었다. 최근 20년을 통틀어 스페인 영화사 최고의 걸작인 ≪상처받은 아버지≫를 제작한 그 감각적인 감독처럼 말이다. 나는 이 영화를 무척이나 좋아해서 50번 이상은 보았다. 이 영화에 대해서만큼은 훤하게 꿰뚫고 있다. 그리고 나는 이것을 능가할 영화를 제작할 수 있으리라는 확신을 가지고 있었다. ≪상처받은 아버지≫보다 더 뛰어난 영화를 내가 완성하는 날, 사람들은 울고 웃으면서 이렇게 외칠 것이다: 이 영화를 한 번만 볼 수 있다면 죽고 사는 게 뭐 그리 대순가! 꿈은 반드시 이루어질 것이다.

그러나 오후에 책상에 앉아 대본을 쓰고 시나리오를 구상하고, 새로운 단편영화 제작을 위해 배우들을 캐스팅하는 것과 카메라맨, 조감독 등 스태프를 무보수로 부르는 일이 나로서는 절대 불가능하다는 것을 깨닫고 어깨가 축 늘어진 채 집으로 돌아왔다. 그러니 책상 앞에서 허공을 바라보며 애꿎은 상상의 나래만 펼 수밖에. 그러다 정신을 차렸을 때 갑자기 분노가 치밀어 올랐다. 속으로 울부짖으며 더러운 내 팔자를 원망하였다. 왜 하필이면 가난한 집 자식으로 태어나, 어쩌자고 내 계획을 이해해주고 도와줄 수 있는 여자도 만나질 못 했나…. 내 부모님들은 어려서부터 인생이 얼마나 힘든가를 알라고, 내 자신을 죽이는 법을 배우라고, 목표를 달성하고 인생의 승리자가 되기 위해서라면 누구라도 밟고 지나가는 법을 가르치려고 열일곱 살 때 나를 집에서 내쫓았다. 그때 나는 부모님이 교통사고로 일찍 돌아가셔야 그나마 내 인생에 도움이 될 수 있을 거라고 생각했었다. -불행하게도 부모님들은 실제로 교통사고를 당하셨는데도, 무사하셨다-.

그러나 그 모든 것이 바뀔 때가 왔다. 나는 운명을 거스를 수 없었다. 로레토에게 이제 떠나야겠다고 말할 때가 온 것이다.

진정한 나의 삶을 시작할 때가 되었다.

-잡지사를 네가 좀 이끌어줬으면 좋겠어.

-거기에 대해서 나도 할 말이 있는데, 응, 이번 주 내내 생각한 건데…. 그런데, 뭐라고!

-네가 웹 사이트 좀 맡아줘.

-…….

-아…! 아!

-내 말 알아듣겠어? 이거 전부 좀 맡아 달라고.

-아…! 아!

-아니, 솔직히 말하자면…. 나는 무슨 말인지 모르겠어.

-좋아, 더 확실하게 말할게. 나는 네가 새로운 사장이 되었으면 해.

-사장은 너잖아.

-아…! 아!

-그래, 앞으로 한 5년 지나면 이 사업도 궤도에 오를 거고. 지금이 바로 다른 사람 손에 사업을 맡길 적기라는 생각이 들었어. 그리고 또….

-아…! 아!

-너도 알다시피, 루이스와 나는 지금이 아기를 가질 때라고 생각하고 있어. 그래서 다른 사람에게 사업을 맡기는 것이 최선이 아닐까 싶어.

-그렇지만 나는…, 내가 적임자라는 생각이 들지 않아….

-우리 회사의 고삐를 이끌고 가기에 너 만한 적임자는 없는 것 같아. 나는 너의 도움에 무척 만족해하고 있어. 너는 완벽해. 글 잘 쓰고, 업무 진행도 잘해 나가고, 그리고 또 너는 포르노를 좋아하지 않는 몇 안 되는 남자 중 한사람이야. 다시 말해서 너는 이성을 잃지 않고도 돈을 벌 준비가 되어 있어. 아마, 이제부터는 하루에 8시간, 필요하다면 그 이상 근무를 해야 할 거야.

-아…! 아!

-나는…, 뭐라고 말해야 할지 모르겠네. 나는 할 수 없을 것 같은데….

-물론 급여도 엄청나게 오를 거야. 한 달에 2천 유로면 되겠어?

-아…! 아!

-…….

-아…! 아!

-내 말 듣고 있어? 내 말은….

-응, 듣고 있어. 그런데….

-이해해. 그럼! 나도 그렇게 많은 월급은 아니라는 걸 잘 알고 있어. 그러나 너도 알다시피 우리 회사는 아직 규모가 작잖아. 직원도 얼마 안 되고, 그렇지만 건실하고 탄탄하잖아. 그리고 매월 신규 가입자 수에 따라 보너스도 지급할 거구. 그러면 1년에 6천유로는 더 받게 될 거야.

-…….

-어때?

-나는…. 무슨 말을 해야 할지 모르겠네.

-원칙적으로 회사 방침은 별다른 변화 없이 지금 그대로 진행될 거야. 그러나 어느 정도 시간이 지나, 네가 너의 자리에 훨

썬 더 만족을 하고, 회사일 전반에 걸쳐 모두 파악을 하고 나면 그때 가서는 모든 결정을 네가 다 알아서 해. 나는 단지 돈만 받으러 올 거야. 어쨌든 회사 방침에 대해 바꿀 게 있다면 주저 말고 말해 줘.

-아! 그래. 거기야…! 아…!

-방음 장치를 좀 더 완벽하게 고치면 어떨까?

거리로 나와 빌딩 기둥에 기대섰다. 하느님, 왜 저한테 이런 일을 맡기셨습니까? 왜 라이아와 나 사이에 전에는 없었던 갈등을 일으키게 만드는 겁니까? 라이아는 절대로 내가 그 제안을 거부하도록 놔두지 않을 것이다. 웹 사이트 사장이라니, 이런 제기랄!

만약 그 제안을 받아들인다면, 나는 절대로 그 건물에서 빠져나올 수 없다는 것도 잘 알고 있었다. 나는 거기서 권태로움에 빠져 허우적거리다가 결국 고액연봉을 받는 그저 그렇고 그런 평범한 샐러리맨으로 운명에 순응하며 살아갈 것이다. 안락한 사장자리에 머무를 것이며, 긴긴 동면상태에 빠질 것이고, 내가 진짜로 이루고 싶은 것을 위한 투쟁을 포기할 것이다. 젊은 날 품었던 꿈에 대해 작별인사를 해야 할 것이다.

그 일로 인해 나는 물질적으로는 혜택을 보겠지만, 정신적으로는 교수형에 처해지게 된 것이다.

또 다른 탈출구는 없을까? 혹시나 라이아와 의논을 했더라면…. 그러나 라이아가 무슨 말을 할지는 안 봐도 뻔하다. 고정적으로 상당한 액수의 봉급을 받으며 아파트 대출금을 갚아 나갈 수 있는 길과, 안전망도, 분명한 목적도 없이 약한 외줄을 계속해서 타는 것 사이에서 라이아는 조금도 주저하지 않고, 첫 번째 옵션에 매달렸을 것이다. 하긴, 어느 누구도 두 번째 길을 따르는 머저리는 없을 것이다.

그러나 나는 또 다른 선택의 길이 있다는 말을 듣고 싶었다. 모두가 다 나름대로 각자의 길이 있다고 생각하는 것이 미친 짓이 아니라고, 구역질 날 정도로 혐오스러운 그런 일을 굳이 계속할 필요는 없다고, 너는 행복해질 수 있는 길을 선택할 권리가 있다고, 누군가 내게 그렇게 말해주길 바랐다.

나는 라이아가 내게 했을 말과는 다른, 그런 사심 없는 의견이 듣고 싶었다. 그런 친구가 없을까 생각해 봤지만 그런 충고를 해줄 만한 친구는 머리에 떠오르지 않았다. 가장 친한 친구 두 명은 결혼을 했다. 찰스는 화가가 되겠다는 꿈을 접고 지금 은행에서 일을 하고, 데이빗은 대기업 과장으로 있다가 지금은 조화를 판매하는 일을 하고 있다. 이 두 친구 모두 내가 탈출하고 싶었던 그런 삶을 살고 있다. 세 번째 친구 산티만이 남았다.

그의 부모님은 그를 집에서 내쫓았다. 지금 이 순간 그가 어느 하늘 아래서 생존의 몸부림을 치고 있을지는 오직 신만이 알뿐이다. 잘 생각해보면 내가 만일 이 직업을 선택하지 않았더라면 나에게도 닥칠 수 있는 바로 그런 유형의 삶을 그는 살고 있다.

내 하소연을 들어줄 친구는 더 이상 아무도 없었다. 나의 부모님 또한 마찬가지다. 그분들에게서 어떠한 가능성도 찾지 못한 나는 괴로움 속에서 헤매야만 했다. 실제로 그분들은 나에게 아무런 돌파구도 열어주지 못했다. 우리 어머니는 다른 모든 어머니들처럼 실용주의적인 태도를 보이며, 더 이상 꾸물거리지 말고 그 일을 받아들이라고 하셨을 게 분명하다. 아버지는 내가 어떻게 하든 무관심한 태도를 보이셨을 것이다.

나는 꿈을 잃어가고 있었다…. 더 이상 기다릴 순 없어!

돌연 나는 한 가닥 희미한 빛을 보았다. 나는 루시아에게 희망을 걸었다. 그래 루시아라면! 몇 달 동안 그녀에게 연락조차 하지 못했다. 그러나…, 나는 그녀가 그런 것에 별로 개의치 않을 거라고 확신했다. 이 경우 루시아가 가장 적합했다.

나는 수첩 여기저기에 끼여져 있는 메모지들 사이에서 그녀의 전화번호를 찾았다. 혹시나 없을까 싶어 조마조마한 심정으로. 그런데 다행히도 꼬깃꼬깃 구겨져 있는 메모지에 그녀의 전화번호가 있었다.

라이아와 내가 관계를 맺었던 5년 동안 루시아는 가장 큰 암초 같은 존재였다. 몇 년 전에 나는 극장에서 그녀를 알게 되었다. 처음 우리는 극장 입구에 있는 포스터를 보고 있었다. 그리고 왜 그랬는지 지금은 모르겠지만, 우리는 이야기를 나누었다. 나는 내가 겪고 있는 그런 불안감을 똑같이 겪고 있는 사람을 발견했다. 그녀는 자신을 위해서 글을 썼으며, 언젠가는 영화감독이 될 꿈을 가지고 있었다. 그녀는 디자인을 공부하면서 아르바이트로 비디오 가게에서 일을 하고 있었으며, 단편영화 스크립터로 활동하고 있었다. 그녀는 나에게 비디오 가게 주소를 가르쳐 주었고, 나는 시간이 나는 데로 한번 들르겠다고 말했다. 그러나 실제로 그런 일은 일어나지 않을 거라고 생각했다. 왜냐면 나는 이미 한 달 전부터 라이아와 같이 살고 있었고, 그녀를 속일 생각은 추호도 없었기 때문이었다.

그러나 다음 날, 나는 영화 학교로 걸어가는 도중에 들르는 길이라며 비디오 가게로 들어갔다. 물론 이 말은 사실이지만, 정작 나는 학교를 걸어서 간 적이 한 번도 없었다. 다음 날 나는 또 거기에 들렀고, 그 다음 날 또 그랬다.

얼마 지나지 않아 우리는 비디오 가게에서의 반복적이고 단순한 만남에서 벗어나 1차로 극장에서 만나, 2차는 비디오 가게, 그리고 마지막 3차로 침대에서 만났다.

다행히도 그 일은 그렇게 오랫동안 진전되지는 못했다. 몇 주가 지나자 우리의 만남은 습관성에 빠지게 되었고, 우리들 마음속에서 일고 있던 지적이고 성적인 화학반응은 무관심의 망토에 덮여 꺼져 버렸고, 결국 서로간의 매력을 더 이상 느끼지 못했다. 어느 날부턴가 나는 더 이상 그녀에게 전화를 걸지 않았고, 다시 버스를 타고 학교를 다니기 시작했으며, 그녀 또한 나에게 아무런 연락을 하지 않았다.

이미 몇 달 전부터 나는 루시아에 대해 아는 것이 아무 것도 없었다. 그러나 그녀는 매우 똑똑하고, 독립심이 강하며, 인생계획을 통해 자아를 실현하고 자신을 내세울 줄 아는 여자였다. 그러니 지금의 나에게 객관적인 충고를 해주는데 가장 적합한 인물이었다.

나는 길모퉁이에 있는 공중전화박스로 다가갔다. 루시아의 휴대폰 번호가 바뀌지 않았기를 바라며, 전화번호를 누르고 기다렸다.

-누구세요?

즉시 목소리가 흘러나왔다. 나는 단박에 그 목소리 주인공이 누군지 알 수 있었다.

-루시아?

-응, 누구지?

-나야. 기억 안나? 전화한지 꽤 지났네….

-아, 너구나…. -전화기 속 그녀의 목소리에는 실망감이 섞여 있었다. -어떻게 지냈어? -그녀는 무관심하게 물었다.

-응, 잘 지냈어. 아주 잘 지냈어…. 그런데 말이야. -휴대폰 연결 통화가 내 동전을 성큼성큼 잡아먹는 속도 때문에 나도 모르게 긴장을 하면서 나는 급히 서둘렀다. -문제가 하나 생겼는데…. 음, 사실 문제라고 할 것 까지는 없지만…. 일종의 딜레마라고 해야 할까. 그런데 어떻게 해결해야 할지 모르겠어. 사실 어쩌면 좋은 소식인데….

-아, 그래. 지금은 좀 곤란한데….

-기다려!- 내 마음과는 달리 나는 약간 히스테릭하고 날카로운 톤으로 말했다. -금방 끝낼게. 있잖아. 보수가 좋은 일자리가 하나 생겼는데, 좀 지겹긴 하겠지만, 복잡하지는 않은 일이야. 그런데 보수는 상당히 좋아. 문제는 하루에 8시간이나 근무해야 된다는 거야.

-얼마 준다는데? - 마침내 나는 그녀가 관심을 보이고 있다는 것을 눈치 챘다.

-음, 그게 문제야…. 2천유로 주겠데. 나쁘지 않지? 물론 다른 사람들에 비교한다면 그리 많은 것은 아니지만, 그렇지만 나는 지금까지 그런 액수를 받아 본 적이 없잖아….

-그럼 받아들여.

-응? 그래, 나한테 좋은 기회라는 것 나도 알아. 그러나 내가 영화감독이 되고 싶다는 건 너도 잘 알잖아. 그게 내 인생의 꿈인데. 만일 이 일을 하게 되면, 시간이…. 결국, 영원히 나는 영화감독의 꿈을 포기해야 할 거야.

-그냥 받아들여.- 그녀는 계속 주장했다. 이제는 노골적으로 초조함을 보이는 것 같았다. -바보처럼 굴지 말고. 2천 유로면 얼마나 큰돈인데.

-그래, 알아. 그런데….

-큰돈이라니까. 자, 이제 전화 끊자. 애가 울고 있어. 애기 기저귀 갈아줘야 돼.

-뭐?

나는 전화를 끊었다.

나는 멍청하게 수화기를 들고 그 자리에 그대로 서 있었다. 전문 직업여성들이 사용하는 자위기를 조금 변형시킨 일반인들을 위한 보급형 자위기구처럼 보이는 수화기가 내 손안에 조용히 잠들어 있었다. 그래! 루시아는 딸이 있었다. 하느님 맙소사! 모두가 같은 병에 감염된 것 같았다. 모두 다!

나는 주위를 둘러보았다. 거기서 나는 몇 분을 보냈다. 어디로 가야 하나?

그때 나는 내 자신에 대해 생각해 보았다. 무엇을 어떻게 해야 할지 모르고 방황할 때, 나는 라이아를 만나기 전에 무엇을 했던가? 지금까지 살아오면서 지금 내가 처해있는 것처럼 풀기 어려운 문제에 부딪혔을 때, 딜레마에 빠졌을 때 나는 어떻게 했던가?

그래! 나는 그 방법을 알고 있었다.

부근에 있는 대형 백화점에는 멀티플렉스 극장이 있었다. 나는 그 쪽으로 걸어갔다. 극장 안에서 나는 지친 몸이 필요로 하는 평화로움을 찾을 수 있을 거라 생각했다.

거기에 해답이 있었다.

나는 총각 딱지를 떼고 나서부터 항상 거기서 해결의 실마리를 찾았다. 기분 나쁜 일이 있거나, 혹 시험 전날 공부 스트레스를 심하게 받을 때나, 극도의 우울함을 느낄 때 나는 극장안의 어둠 속으로 대피하여, 스크린에서 뿜어 나오는 흡인력 있고 힘을 재충전시켜주는 허구의 세계에 몸을 싣고 정처 없는 여행을 떠났으며, 1시간 30분 만에 나는 그 동안 헤매던 어둠 속에서 벗어나 새로운 빛을 보면서 나를 에워싸던 두려움을 저 멀리 떨쳐 버리곤 했었다.

이 해결책만큼은 그동안 실패한 적이 없었다.

이번에도 실패하지 않을 것이다. 나는 극장 문 앞에 다다랐다. 입구에 있는 포스터들을 조금 불안한 마음으로 한 번 더 훑어보았다. 그중 상영시간이 가장 긴 영화를 선택하였다. 3시간이라는 시간은 내 영혼이 꿈속의 자욱한 연기 속에서 벗어나, 가장 편안하게 집으로 돌아갈 수 있는 해답을 도출해 내기에 충분한 시간이었다.

영화가 시작되면서 자기의 세계를 투사하였다. 나는 그 세 시간 동안 영화에 몰입하여 그것의 절대적인 명령에 복종하며 그 세계 속을 여행하였다.

지치고 감사한 마음으로 여행에서 돌아왔을 때, 나는 아무런 해답도 얻지 못하고 있었다.

30분 동안 이 거리 저 거리를 아무 생각 없이 돌아 다녔다.

이번에는 아무런 해답을 얻지 못했다. 나는 실패를 인정했다. 이제는 라이아에게 돌아가는 길밖에 남지 않았다. 날은 벌써 어둑어둑해졌고, 현실에 직접 부딪혀 볼 도리 밖에 없었다. 걸음을 멈추고 어둠이 내리는 하늘을 바라다보았다. 나는 지금 어디에 있는 걸까?

나도 모르게 해변까지 걸어갔다. 쓸쓸한 바닷가 한 복판에 서 있었다. 그러다 바닷가 가까이로 좀 더 걸었다. 왠지 모르게 나는 바다에 이끌렸고, 거부할 수 없는 강한 자력이 내 몸을 끌어당기는 것을 느꼈다. 수평선 위로 밀려왔다 밀려가는 파도를 바라보았다.

그때 불현듯 이런 생각이 들었다; 나는 비겁한 놈이다. 나는 항상 그랬다. 나는 지금까지 한 번도 나한테 닥친 문제와 정면으로 대결해 본 적이 없다. 진짜로 내가 원했던 일을 해 본적이 없다. 항상 마지막 순간에 주저했으며, 항상 망설였다. 지금 내 발걸음은 나를 물로 데리고 간다. 나는 어떻게 물이 나를 부르는지 알고 있다. 그러나 나는 허공으로 돌진할 능력이 없다. 물로 뛰어든다! 그러면 모든 것이 끝난다. 내 날개에 의지해서 여기저기를 날다가 목적지에 도착할 것이다. 그래서 나는 일자리를 받아들이지 않겠다는 말을 못하는 것이다. 나는 겁이 나 죽을 지경이고, 이 비천한 재능과 이 뭣 같은 겁쟁이 신세에 대해 다른 사람들의 이해와 도움을 구할 것이다. 나는 항상 울보가 될 것 같다. 아마 이 말이야말로 가장 나를 잘 나타내는 것 같다: 울보. 개 같은 세상! 그래도 내가 불알을 찬 놈이라면 아무 생각 없이 옷을 홀라당 다 벗어 던지고 이것저것 안 따지고, 꿈을 찾아 돌진해야 하는 것처럼, 물로 뛰어들어야 할 것이다.

그래도 내가 불알을 찬 놈인가? 이 순간에도 나는 나에게 질문을 던진다: 나의 모든 질문에 대한 답이 숨겨져 있는 것 같은 검푸른 바다 한 복판을 멍하니 바라보면서 내가 지금 여기서 무엇을 하고 있는 거지? 바다는 왜 나를 부르는 걸까? 왜 물로 뛰어들라고 나를 꼬드기는 걸까? 저 물속으로 뛰어들어 이 삶을 단번에 끝낼 용기가 나한테는 있는가?

바닷물로 뛰어들려는 생각이 뇌리에 박힌다. 그것은 하늘에서 내려온 성스러운 메시지였으며, 내 운명의 고삐를 쥐고 있는 내 자신을 실제로 시험해 보는 것이었다. 그러나 나의 소심한 성격이 그것 때문에 사라지리라고는 기대하지 마시길.

내 자신의 뜻과는 상관없이, 내가 물로 뛰어 드는 것이 옳은지 아닌지 30분 동안 골똘히 생각했다. 괜히 독감에라도 걸리면 어쩌지? (아니면 그것보다 더 나쁜 일이 일어나지 않을까? 이를테면 익사하던지, 도심에서 가까운 이 오염된 바다에서 몹쓸 병에라도 감염된다면…)

하늘이시여, 제발, 도와주소서!

나는 공포감에 싸인 채로 바닷물로 뛰어 들었다. 그 축축하고 차가운 담요 속으로 들어갔다. 모든 것이 물에 잠겼다. 신발, 바지(아차, 수첩!), 난방, 외투…. 안경은 썰물에 떠내려갔다. 나는 정신을 잃지 않으려고 발버둥을 쳤다. 아니, 정신이 하나도 없었다. 내가 지금 무슨 짓을 하고 있는 거지?

나는 인사불성에서 깨어나, 발걸음을 옮겼다. 바닷가로 나오기 위해 거의 정신 나간 사람처럼 허우적거렸다. 여기서 결코 빠져 나갈 수 없을 것 같은 두려움에 휩싸였다. 바닷물에 온 몸을 흠뻑 적신 채로 간신히 바다에서 빠져나와 모래밭에 발을 디딜 수 있었다. 온 몸에서 물이 뚝뚝 떨어지고 웃음과 공포감이 섞인 이상야릇한 감정이 엄습해 왔다. 주위를 둘러보았다. 다행히도 나를 본 사람은 아무도 없었다.

쓴 웃음이 흘러 나왔다. 역설적으로 내가 충동적인 행동을 저지를 만한 위인이 못 된다는 것만 보여준 꼴이 되어버렸다. 비이성적인 충동에 의한 행동을 벌이기까지 나는 30분 동안 주저하고 망설이면서, 순간적인 행위를 계산된 행동으로 바꾸었다. 사람들이 내게 손가락질해대며 겁쟁이라고 놀리는 것이 듣기 싫어서 그렇게 한 것이다. 겁이 나서 그렇게 한 것이다. 내가 벗어나고 싶어 했던 바로 그 두려움 때문에.

분명한 해답을 찾기 위해 내 뇌의 일부분은 계속해서 절망적인 회전을 하고 있었다. 그러나 최초의 그 질문은 그 어느 때보다도 확실하고 분명하게 다시 나타났다: 이제는 어떻게?

나는 대형백화점을 지나갔다. 옷에서는 계속해서 물이 뚝뚝 떨어져서, 내가 지나가는 길에는 끝없는 자국이 남았다. 인도에 있는 사람들이 돌아서서 무표정하게 나를 쳐다보았다. 나는 내 자신이 인간들을 비롯한 모든 생물들에게 무섭고 괴로운 형벌을 내리기 위해 깊은 바다 속에서 출현한 괴물처럼 느껴졌다.

나는 피곤했고 내 자신이 너무 서글펐다. 옷은 몽땅 젖어서 택시를 잡아탈 수도 없었고, 집도 너무 멀다보니 걸어갈 수도 없는 처지가 되었다. 그리고 나의 운명의 끈에 대한 가상의 체념은 폐렴에 걸릴지도 모른다는 그 알 수 없는 두려움 때문에 가증스러움이 드러났다. 이제 정신이 바짝 들었다. 어머니는 항상 말씀하셨지, 젖은 옷을 입고 있는 것은 좋지 않다고.

그래서 나는 내가 가장 좋아하는 영화감독 알프레도 마르토렐을 찾아가기로 했다. 그는 올림픽촌이라 불리는 이 지역에서 살고 있었다. 이곳은 중산층이나 신흥부자들이 주로 살고 있는데, 아파트와 빌딩 그리고 광장이 전부 시멘트로 뒤덮여있는 끔찍한 곳이었다. 1년 전 어느 날이었다. 나는 일전에 한 영화 페스티벌에서 그에게 접근하여 내가 ≪상처받은 아버지≫를 얼마나 좋아하는지를 말하였고, 그에게 맥주 한 잔을 대접했었다. 곧 바로 우리는 죽이 척척 맞는 사이가 되었다. 그 사연은 이랬다. ≪상처받은 아버지≫는 비평가들로부터 신랄한 혹평을 받았고, 극장 창구에서는 완전한 참패를 당하였다. 이후 그 작품의 성공은 마케팅 전략의 결과로 이루어진 것이었다. 그 걸작품이 지니고 있는 예술적 가치와는 전혀 거리가 먼 방법이었다.

그는 내가 그 작품의 열렬한 팬이라는 것에 대해 무척 감사해하며, 자기 전화번호와 주소를 가르쳐 주었다. 그리고 자기와 이야기를 나누고 싶다면 언제라도 들르라면서, 그러면 그 때 자기도 한 잔 사겠노라 말했다.

나는 수첩에서 정확한 주소를 확인한 다음(다행히도 물이 수첩 속까지는 침투하지 못하고, 표지만 젖어 있었다), 그 집 앞까지 걸어갔다. 문은 회색 금속과 유리로 된 2중문이었다. 시간은 밤 9시 30분 이었다. 나는 그 집에 다른 사람이 없길 바랐고, 또한 그가 지금 예술 활동을 하고 있으면 방해나 되지 않을까 걱정도 하면서 초인종을 눌렀다.

-누구세요? - 인터폰을 통해 굵직한 남자 목소리가 밤의 정적을 깨며 흘러 나왔다.

그가 내부 카메라에 비쳐진 나의 이상한 몰골을 자세히 들여다보면 어쩌나 싶어서 빨리 말하기 시작했다.

-안녕하세요…. 접니다. 저 기억하시겠습니까? 시체스 영화제에서 만났던 사람인데요, 단편영화 제작하고…. 지금 막 사고를 당해서, 아시겠습니까? 바다에 빠져서…. 좀 올라가도 괜찮겠습니까?

즈즈즈즈…. 인터폰 누르는 소리 때문에 내 말은 중단되었다. 가슴이 쿵덕쿵덕 거렸다. 육중한 문을 열고 현관으로 들어섰다.

옷에서는 계속해서 물이 뚝뚝 떨어졌다. 계단으로 올라갈지 승강기를 탈지 망설이다가 후자를 택하였다. 4층까지 계단에 물을 뚝뚝 흘려서 지나가던 이웃을 미끄러져 다치게 하는 것보다는 승강기 바닥에 물을 흘리는 편이 더 나을 것 같았다.

집 앞에 도착했을 때, 그는 미리 문을 열어 놓고서 팔에 수건 두 장을 들고 문 옆에 기대선 채로 나를 바라보았다. 그는 뱀가죽으로 만든 그 유명한 바지를 입고 있었다. 도대체 그는 이런 바지를 집에서도 입고 있는 걸까, 아니면 나를 맞이하려고 입은 것일까? 그리 큰 실례가 된 것 같지는 않았지만, 그는 좀 뜻밖이라는 인상이었다.

-도대체 무슨 일이야?

-날 기억해? 나는….

-그럼, 기억하다마다. 들어와, 어서.

집안으로 들어갔다. 큰 거실로 들어섰는데, 한 8살쯤 돼 보이는 여자 아이가 TV 앞에서 플레이스테이션 게임을 하고 있었다. 잠시 무관심한 시선으로 나를 흘깃 쳐다보더니, 다시 게임에 몰두하였다.

-딸이…, 있는 줄은 몰랐어.

-자, 목욕탕으로 가서 샤워하는 게 좋겠다.

우리는 몇 계단 올라갔다. 나는 이렇게 크고 화려한 집은 처음 봤다. 그래서 예술은 돈과 양립하는 것인가? 그 아파트는 복층으로 되어 있었으며, 우리는 끝도 없는 복도 양쪽에 나열해 있는 수많은 방들을 지나갔다. 복도 끝에서 그는 문 하나를 나에게 가르쳐주며, 자신은 건너편에 있는 화장실로 들어갔다.

-갈아입을 옷 빌려줄게.

화장실로 들어갔다. 생각보다 그리 크지 않았는데, 분명 이 집에는 더 많은 화장실이 있을 거라는 생각이 들었다. 알프레도는 깨끗하게 세탁해서 싹 다려놓은 옷과 수건 두 장을 가져와서는 다정하게 건네주었다.

-그런데 도대체 무슨 일이야?- 마침내 그가 물었다.

나는 지금 내가 누군가에게 지금까지의 일을 말하고 싶어 한다는 것을 알아차렸다. 그렇다면 이 친구가 가장 적절하지 않을까?

-이야기 하자면 길어. 사실 나는 바다에 빠지지 않았어…. 내가 혼자 뛰어든 거야. 새로운 직장을 선택할 건지 말건지 그걸 결정하려고 그랬던 거야. 사실 괜찮은 보수를 준다는 직장 제의가 들어 왔는데, 전에 우리가 만나서 나누었던 이야기 기억날는지 모르겠지만, 나는 영화계에서 성공하고 싶고, 진짜로 좋아하는 일에 내 전부를 던지고 싶어. 나는 내 스스로 결정할 수 있다

는 것을 나 자신에게 증명하기 위해 바다에 들어갔었어. 물론 경솔하고 철없는 짓이었지. 보다시피 온 몸이 물에 흠뻑 젖어서 괜히 너만 귀찮게 만들었네.

알프레도는 아무 말이 없었다. 마치 세면대에서 갑자기 화성인을 만난 것처럼 그렇게 나를 바라보기만 하였다. 그는 자신의 시선이 좀 무례하다는 생각이 들었던지, 몸을 돌려서 들고 있던 것을 화장실 수납장 위에다 놓았다.

-여기 옷 가져왔어. 나중에 편한 데로 돌려줘.

그는 다른 말없이 화장실에서 나간다. 그 자식은 아무 것도 이해하지 못한다. 나는 내 자신이 개똥처럼 느껴지면서 샤워기를 틀었다. 나는 단지 죽지 않았을 뿐이다.

그의 바지와 남방으로 갈아입고 30분 만에 나왔다. 그의 옷은 나한테 좀 헐렁했다. 그런데 여자애가 보이지 않았다. 알프레도는 코카콜라 한 잔을 주고, 나를 빤히 쳐다보더니, 한숨을 길게 내쉬며 말했다.

-나는 네가 어떤 결정을 내렸는지 몰라. 하지만 내가 너라면 그 일을 받아들일 거야. 너는 네가 한 일이 아니라, 하지 않은 일에 대해 후회하게 될 거야. 그리고 설혹 마음에 안 든다면 그 때 가서 포기해도 되잖아.

나는 고개를 숙이고 그의 말에 동의했다.

-네?

-라이아, 나야.

-어디야? 너무 늦었잖아. 스파게티가 다 식어버렸어.

-알았어. 지금 바로 갈 테니까 너무 걱정 마. 네가 깜짝 놀랄 소식이 있어. 좋은 소식이야.

망원경으로 쳐다보시는 분

마르타는 그렇게 예쁜 애는 아니었다. 그러나 상처 입은 내 젊은 시절, 실오라기 하나 걸치지 않은 자연 그대로의 모습을 나에게 보여준 첫 번째 여자였다. 아니, 그것은 사실이 아니다. 물론 19년 동안 나는 벌거벗은 몇 명의 여인들을 보긴 했다. 처음으로, 코를 통해서 엄마의 '찌찌'를 봤다. 그래, 열네 살 때가 기억난다. 여름 학기 때 가장 못 생겼던 베아. 한 번은 그 애 비키니 끈이 풀어지면서 하얗고 한천 같은(왜 그러냐고 묻지 마라. 아마도 그 때 그녀의 젖가슴에 바닷물이 방울방울 맺혀 있어서 지금 그렇게 기억이 나는가보다) 젖가슴이 드러났다. 거기에는 귀엽고 예쁜 장밋빛 젖꼭지가 달려있었지. 그 애는 못생겼지만 젖꼭지만큼은 아주 예뻤다. 그때 그녀의 젖꼭지를 생각하면서 수도 없이 자위행위를 했던 기억이 난다. 그 당시는 여자애들이 바닷가에서 젖가슴을 홀라당 드러내놓고 햇볕을 쬐는 것은 그리 흔한 일이 아니었다. 그래서 이런 경험에 대해서는 더 말해 줄 것이 별로 없다.

물로 나는 성인 잡지나 영화에서 여자의 누드를 보았다. 그러나 분명 그것은 다른 것이다. 실제로 나는 하루 종일 포르노 잡지를 보면서 자위를 했다. 나는 내 옷장 구석에, 엄마가 그리도 소중하게 간직하고 있는 초등학교 교과서 밑에다 열댓 권의 성인 누드잡지를 숨겨놓고 있었다. 거기가 집안에서 가장 안전한 곳이었다. 언젠가 엄마가 그것을 발견하였을 때, 나는 그것들이 ≪내셔널 지오그래픽 같은 자연도감≫이라고 얼버무렸다. 그런데 어찌 보면 그 말도 어느 정도 일리가 있었다.

나는 사춘기 때 두 가지 취미를 가지고 있었다. 하나는 자위행위 하는 것이고 또 다른 하나는 사랑의 시를 쓰는 거였다. 또 모르지, 언젠가 내가 훌륭한 시인이 될 수 있을는지. 그러나 첫 번째 취미의 경우 내가 어느 누구에게도 뒤지지 않았다는 것을 자신 있게 말할 수 있다.

아, 한 가지 잊은 일이 있다. 그때 나는 아직 딱지도 떼지 않은 숫총각이었다. 나는 그것을 너무도 당연하게 여겼지 때문에 특별히 언급할만한 일은 일어나지 않았다. 그래, 나는 여학생들이 마마보이라고 손가락질하던 그런 소심한 놈이었다. 나는 스물세 살이 될 때까지 애인이 없었다. 가까이 다가가 거짓말을 하도록 놔둔 여자가 없었던 것이다.

그래서 오스카, 마리오, 마르타를 알게 되고, 그들이 누드 비치로의 여행을 제안했을 때 나는 조금도 주저하지 않고 동의했다. 그들은 습관적으로 거기에 갔었지만, 나는 꿈이 현실로 이루어지는 것 같았다. 걱정 근심이 하나도 없는 알몸의 세계, 얼마나 멋질까? 그곳이야 말로 나의 행복을 찾을 수 있는 장소일 것이다. 단지 눈만 즐거워진다 할지라도.

친구들은 나보다 나이가 더 많았는데, 누드 비치로 같이 가자고 제안한 것을 보면, 분명 나를 자기들 그룹의 일원으로 받아들인 것이 틀림없었다. 나는 나이에 비해 약간 조숙했고 (이성경험이 없는 것만 빼놓고는), 기꺼이 그들과 함께 어울렸다.

오스카는 홀쭉한 편이고, 매우 샤프한 친구로 나이는 23살, 전공은 경영학인데 만화가가 되고 싶어 했다. 그는 만화를 잘 그렸지만, 실제로 영화 시나리오를 쓰는데 더 탁월한 능력을 보여주고 있었다. 그런데 나는 그 말을 하지 않았다. 왜냐하면 그가 나보다 더 잘 쓰기 때문이었다. 마르타는 오스카와 같이 공부하고 있었다. 나이도 같았던 것 같다. 결단력이 상당한 여자였다. 얼굴은 그렇게 못 생긴 편도 아니고, 뭐 그저 그랬는데 그런데 시간이 지나 갈수록 매력적으로 보였다. 그녀는 나와 대화하면서 조금도 불편해하지 않는 몇 안 되는 여자 중 한명이었고, 그래서 나는 특히 고마운 마음을 품고 있었다.

마리오는 우리들 중에서 나이가 제일 많았다. 나는 그의 나이를 몰랐는데, 서른 안팎이라 들었다. 행정학 전공에 말이 별로 없고 좀 무뚝뚝한 편이어서, 내 마음에는 별로 안 드는 친구였다.

나로 말할 것 같으면 대학 문턱도 밟아보지 못한 놈이다. 중3 때 학교를 중퇴하고 아버지를 도와 구두 만드는 일을 하고 있었다. 좀 감동적인 소리로 들릴 것이라는 것을 나도 안다. 그렇지만 나는 불쌍한 아버지를 도와드려야만 했다. 아버지는 폐병에 걸려서 각혈을 자주 했고, 하루 4시간 이상 일을 할 수가 없었다. 그러니 내가 나머지 일을 도맡아 해야만 했다. 검붉은 빛으로 물든 나의 긴 손톱과 손금 사이에서 묻어나오는 고약한 냄새는 여자 애들이 나를 싫어하는 또 하나의 이유였다.

누드 비치로 떠나는 날 아침, 날씨가 무척 좋았다. 마리오가 운전을 했다. 그가 핸들을 잡았으니 음악도 그가 선택했다. 그런데 그가 틀어 논 노래들은 재수 없게도 오페라 아리아였다. 계속해서 조른 끝에 그는 나에게 최신 댄스 음악 40곡 테이프를 잠시 들을 기회를 주었다. 나는 그들이 이 테이프를 좋아할 거라 생각했다. 내가 이 그룹에 자연스럽게 섞이기 위해서는 그들을 즐겁게 해주어야만 했다. 그러나 자동차 소음과 열어놓은 창문사이로 들어오는 바람 소리 때문에(날씨가 무척 더웠고, 차 안에는 에어컨이 없었다), 음악소리가 거의 들리지 않았다. 그렇지만 나는 그 노래들을 잘 알고 있었기 때문에 겨우 들릴락 말락 한 멜로디를 따라 부를 수 있었다.

마침내 우리는 해변에 도착했다. 내가 처음 본 것은 나를 무척 실망스럽게 만들었다. 나는 거기가 성의 에덴동산일 것이라 기대했었는데, 입구에 다음과 같은 큰 표지판이 있었다: ≪쳐다 보는 분들은 고문실로≫ 나는 아무 생각 없이 멍하니 그것을 쳐다보았다. 그곳이야말로 누드의 축제장이 아닌가! 그렇다면 우리는 장소를 잘못 고른 것이다.

그렇지만 보라! 해변에는 벌거벗은 사람들이 있었다. 해변에 들어서면서 우리는 저 멀리 있는 몸뚱이들을 보기 시작했다. 어떤 사람들은 누워있고, 또 해변을 거니는 사람들도 보았다. 눈을 반쯤만 뜨고 보니 전부 알몸이었다.

우리도 사람들 틈에 끼였다. 그들 대부분이 서른이 조금 넘은 가족들이나 연인들이었고, 조그만 애들을 데리고 온 가족도 있었다. 아무런 강박관념이나 편견 없이 자라는 그 꼬마 애들이 부러웠다. 나는 이 나이가 될 때까지 겨우 젖꼭지 하나만 봤는데, 나와 비교해보면, 저 놈은 나체를 과식하는 것 같았다.

다른 친구들은 사람들 사이에 자리를 잡고는 (해변에는 50명 정도의 사람들이 있었다) 옷을 벗기 시작했다. 내가 가장 두려워했던 때가 왔다. 진실의 시간에 옷을 벗기에는 내가 너무 수줍음을 타지 않을까, 얼굴이 붉어지지 않을까? 아니면 기꺼이 옷을 벗고, 주변 분위기가 얼마나 마음에 드는 지를 내 물건이 드러내지는 않을까? 탱탱하게 부풀은 물건을 드러내놓고 누드 비치를 활보할 수는 없다는 말을 들었다. 이런 생각을 하니 몸이 으스스해졌다. 어떻게 벌거벗은 여자들 앞에서 물건이 얌전하게 있겠는가? 남자들 앞이라면 모르겠지만. 하지만 여자들 앞에서라면?

나는 옷을 벗고 친구들과 함께 드러누웠다. 당연히 나는 안경을 벗지 않았다. 그때는 우리 아버지라도 벗지 않으셨을 것이다. 나는 내 옆에 누워있는 마르타와 이야기 할 거리를 찾았다. 단지 그녀를 보기 위해서.

이상하게도 내 물건은 그녀의 나체 앞에서 아무런 반응을 보이지 않았다. 사실 나에게 일어난 감정을 요약해야 한다면, 그것은 흥분이상의 문화충돌 같은 것이라고 말할 수 있겠다. 내 옆에서 실제로 벌거벗은 여자를 보는 것은 그녀가 처음이었다.

그 모습은 지금까지 내가 잡지에서 보아온 나체 사진들에서 느끼는 성적흥분이 아니라, 과학적인 경이로움과 흥미를 유발시켰다. 사실, 지금 기억해보면, 그때는 성적 감정이 거의 일어나지 않았다. 가장 먼저 내 관심을 끈 것은 곱슬곱슬한 그녀의 음모였다. 그리고 무엇보다 나를 놀라게 한 것은 오스카의 물건이었다. 내 것보다 훨씬 컸는데, 그나마 마리오 것보다도 더 컸다는 사실에 조금은 위로가 되었다.

-너는 안경 안 벗니?- 갑자기 마르타가 물었다.

-응? 아니. 그런데 왜?- 나는 초조하게 보이지는 않을까하는 두려움 때문에 조바심을 내면서 대답했다.

-여기서 보는 사람들은 거세시킨데.- 마리오가 허연 이빨을 드러내고 웃으면서 끼어들었다. 그는 내가 별로 내키지 않는다는 모습으로 나를 바라보았다.

-저기 쳐다보는 놈들 많은데.- 마르타가 우리를 바라보고 있는 사람들을 손으로 가리켰다. -불쌍한 놈들, 인생이 불쌍타.

-아!- 나는 고개를 숙이고 침을 꿀떡 삼키고 입을 다문 채로 대화내용을 바꾸려고 하였다. 그러나 안경을 벗을 생각은 추호도 없었다. 안경 없이는 아무 것도 볼 수 없었다. 당신도 눈이 있다면 볼 권리가 있지 않습니까? 나는 주머니를 만지작거리며 무언가를 찾았다.

-누구 사진 찍어줄까?

어느 누구도 그 제안의 엉뚱함을 알아차리지 못했다. 오스카가 ≪목요일≫이라는 잡지를 (그는 항상 그 잡지에 만화를 그리는 것을 좋아했다) 내려놓더니, 내가 무슨 뜻으로 그런 제안을 하는지를 알아차렸다는 듯, 한 쪽 눈을 찡긋하며 나를 보았다. 그리고는 씩 웃었다.

-사진기 가져왔어? 끝내준다! 좋아, 우리 사진찍자.

마르타가 기꺼이 동의했고, 마리오도 찬성의 표시를 했다.

나보다 더 엉큼한 놈들 같았다. 그들은 불알을 덜렁덜렁 거리며 사진 찍는 것에 전혀 개의치 않았다. 나는 전에 삼촌이 선물했던 밤색 가죽 케이스에 들어있는 사진기를 꺼냈다. 모래나 안 들어갔는지 확인한 다음 나는 그들로부터 몇 미터 떨어져 무릎을 꿇고 자세를 취하였다.

-너는 안 찍어?- 마르타가 말했다. 내가 굉장한 자존심을 가지고 있는 인간이었더라면, 마르타가 진짜로 나에 대해 특이한 관심을 가지고 있었다는 것을 깨달았을 지도 모른다. 그러나 나는 무엇보다도 그들에게 잘 보이는 것에만 신경을 썼고, 자기들만 사진에 나오기를 바란다는 것을 은근히 눈치 챘었다.

-아니, 지금은 말고 조금 이따.

카메라 초점을 맞추었다. 마치 아무렇지도 않다는 듯 나체로 포즈를 취하고 있는 친구들을 사진 찍는 것은 그런대로 재미있는 일이었다. 나는 계속 꿈을 꾸고 있는 것 같았다.

그런데 모든 것이 한 순간에 허물어졌다.

아니면 그 반대일지 모른다. 그들에게 초점을 맞추었을 때, 그 작은 사각의 유리 앵글 속에서 나체의 마르타를 봤을 때, 바로 그 때 온 몸의 피가 전부 아랫도리로 쏠리면서, 내 물건이 닻을 올리고 있음을 느꼈다. 나는 빳빳하게 서서 위로 돌진하고 있는 내 물건 앞에서 소스라치게 놀라면서, 카메라를 손에서 놓쳤는데, 하필이면 이것이 내 불알 쪽으로 수직 하강하였다.

-아우!- 나는 고통스런 소리를 지르며 내 몸을 가리기 위해 앞으로 몸을 숙였다.

-하하하!- 마리오가 폭소를 터뜨렸다.

-왜 그래, 무슨 일이야?- 누군가 다쳤을 때 모든 여자들이 그러는 것처럼, 마르타는 조금의 조롱기도 없이 모성의 근심어린 표정으로 물었다.

-좀 다쳤어….- 나는 얼굴이 후끈 달아오르며 웅얼거렸다.

-야, 임마! 좀 아팠겠는데.- 오스카가 말했다. -그렇게 큰 무기가 거시기에 떨어졌으니.

나는 별로 개의치 않는다는 식으로 씩 웃어 넘겼다. 다행히 어느 누구도 이 난관에 관심이 없는 듯 보였다.

-차에 연고가 있는데, 좀 도움이 될 거야.- 마르타가 말했다.

-아니야, 아무렇지도 않아.

-바보처럼 굴지 마.- 오스카가 말하면서 수영복에서 무언가를 찾는다. -여기 열쇠 있어.

-그거 내 핸드백에 들었어. 다친 데가 좀 시원해질 거야. 아까 충격이 좀 큰 것 같던데.

나는 완전히 감동 먹었다. 그렇지만 은근히 걱정도 되었다. 다치고 나서부터 나는 그 자리에서 일어나지 않았다. 엎어진 채로 가만히 있었다. 도대체 아랫도리는 어떻게 됐을까?

나는 숨을 가다듬으면서 그들 앞에 일어섰다. 그들은 아무 말도 하지 않았다.

나는 카메라를 잡으려고 몸을 숙였고, 그 순간을 이용해서 내 사타구니를 한 번 힐끗 쳐다보았다. 거시기가 보통 때보다 더 커져서 꼭 순대 같았다.

-이젠 됐어.- 나는 중얼거렸다. 그러나 속으로는 친구들에게 놀림 받지 않았다는 사실에 얼마나 행복했는지 모른다.

그러나 마치 폭탄이 터져서 지상의 모든 인간들이 벌거벗은 채로 나뒹굴어져 있는 것처럼 그렇게 모래사장에 누워있는 남녀들의 육체 사이로 지나가는 동안, 불길한 생각이 내 머리에 떠올랐다. 내 무의식 속에는 아직도 카메라 앵글 속에 잡힌 마르타의 영상이 남아 있었다. 그 이미지는 갈수록 선명하게 다가왔다. 차로 가는 도중 나는 근처 바위들을 둘러보았다. 가까이 있는 바위가 눈에 들어왔다. 저기서 내 몸을 숨기고 마음껏 마르타를 볼 수 있을 거야. 아무도 눈치 못 채겠지. 그러면 내 물건이 내 속마음을 드러내는 불상사 없이도 그녀의 온갖 포즈를 사진에 담아서 나 혼자만 즐길 수 있을 거야. 그것이 뭐 나쁜가? 그녀도 아까 사진 찍는 걸 좋아했잖아.

그들의 시야에서 벗어나자마자 옆길로 새서는 풀숲사이로 조심스럽게 걷기 시작했다. 1분 만에 제일 앞에 있는 바위에 도착했다. 그리고는 돌로 된 포장길로 다가서서 그들을 보았다. 그들은 아래쪽으로 겨우 15미터 정도쯤 떨어져 있었다. 나는 가장 가까운 바위에 몸을 숨기고, 어느 누구도 나를 볼 수 없다는 것을 확인한 다음, 엎드려서 태양을 즐기고 있는 마르타를 살피다가 작업에 들어가기로 결심했다.

나는 그녀의 머리부터 발끝까지 관찰할 수 있었다. 숨겨진 그녀의 은밀한 부분이 너무나도 자연스럽게 노출되면서 나의 시각과 생각을 온통 지배하였다. 나를 억누르고 있는 무거운 짐을 벗어던지고 그들에게 다시 다가가기 위해 최대한 빨리 자위행위를 끝내려고 하였다.

-아, 아….

숨이 가빠지기 시작했다.

거시기가 팽창할 대로 팽창해 있었다. 나는 바로 자위행위를 시작했다.

-아, 아….

그런데 자위를 하다 옆으로 고개를 돌려보니, 큰 바위 옆에 나 같은 놈이 또 한 명 있는 것이 보였다. 그는 나보다 한 20살은 더 들어보였다. 그 양반은 쪼그리고 앉아서 나처럼 자위행위를 하고 있었다. 놀랍게도 그는 망원경으로 해변을 쳐다보고 있었다. 온 몸에 소름이 쫙 끼쳤다.

그는 나 같은 것은 안중에도 없었다.

-당신 볼일이나 보슈. 여기 오면 다 이런 거지 뭐.

나는 내 눈을 믿을 수가 없었다. 몇 초 동안 그를 자세히 바라보았다. 머리는 몇 가닥만 남은 대머리였고, 안경테가 무척 번쩍거렸다. 그리고 빨간색 난방과 바지를 입고 있었다.

-망원경 좀 빌려 주실래요?

그 양반은 투덜거리며 빌려주었다. 꽤나 무거웠다. 나는 한 손으로 그것을 들고 있을 수 있을까 의심스러웠지만, 어쨌든 시도해 보았다. 굳이 초점을 맞출 필요가 없었다. 보아하니 그 양반도 내 목표물을 보면서 즐기는 것 같았기 때문이었다.

이제 마르타는 좀 더 가까이에 있었고, 완전히 내 사람이 되었다. 30초 동안 나는 더욱 격렬하게 자위행위를 했다. 옆 사람 때문에 신음소리를 거의 죽여가면서.

한 손으로는 망원경을 움켜쥐고서 다른 한 손으로 열심히 피스톤 운동을 했다. 젖은 손을 바위에 기댄 채, 나는 망원경으로 해변 전체를 훑어보았다. 벌어진 조개들, 휴식을 취하고 있는 똥구멍들, 축 처진 유방들. 그리고 나를 바라보고 있는 그 늙은이.

-음….- 나는 온 몸이 뻣뻣하게 마비되는 것 같았다.

-왜 그래요? 나도 내 식대로 하는데, 아저씨.

망원경 속에서 그 늙은이는 일어나더니 나한테 손가락으로 무언가를 가리키면서 입을 막 움직였다. 그와 동시에 나는 누군가 지르는 소리를 들었다.

-망원경으로 쳐다보는 놈이 있다!

그 소리에 몇몇 나체주의자들이 용수철처럼 벌떡 일어나서 우리 쪽으로 뛰어오고 있었다.

-씨팔!- 늙은이가 바지를 올리고 투덜거리면서 도망치기 시작했다.

나는 어찌할 바를 모른 채 그 자리에 돌처럼 굳어 있었다. 더 많은 사람들이 ≪쳐다보는 새끼 죽여≫라고 경멸적인 어조로 외치면서 나한테로 달려오고 있었다. 그 때 나는 마르타와 다른 친구들이 고개를 쳐들고는 놀란 눈초리로 나를 바라보는 것을 보았다.

몇몇 나체주의자들이 화가 난 채로 나에게 달려왔다. 나는 본능적으로 바위 위로 올라가서 소리 지르기 시작했다.

-쳐다보는 새끼가 저쪽으로 도망간다!

나는 망원경을 땅에 집어 던지고는 내 공범자가 도망간 쪽으로 황급히 달렸다. 사람들이 마치 신이 자기들 편이라도 되는 것처럼 눈에 불을 켜고 주먹을 불끈 쥔 채 나를 뒤따랐다.

우리는 그 늙은이를 금방 따라 잡을 수 있었다. 그 멍텅구리 영감쟁이는 바위에서 떨어져 발을 삐었다. 내가 그를 걷어차기 시작하자, 그는 왜 그러느냐는 표정으로 나를 쳐다보았다.

-이 더럽고 치사한 영감쟁이, 이런 놈은 맞아야 정신 차려!

많은 사람들이 더 합세하여 정신이 이상해진 도덕가들처럼 소리를 빽빽 지르면서 발길질을 해댔다.

-닭대가리!

-음탕한 새끼!

-색마!

-또라이!

-옷까지 입었네!- 나는 더 세게 두들겨 패면서 말했다.

그가 더 이상 서 있을 수도 없을 정도로 온 몸이 만신창이가 되자, 모여 있던 사람들은 서로 몰랐던 사람들처럼, 아무 일도 일어나지 않았다는 듯 뿔뿔이 흩어졌다. 그 불쌍한 늙은이는 깨진 안경을 끼고, 피를 뱉어내면서 뒤도 안돌아보고 내뺐다.

나는 넋이 나간 사람처럼, 정신이 하나도 없는 상태로 친구들 있는 데로 돌아왔다. 친구들은 처음에는 나를 이상하다는 식으로 쳐다보더니, 내 설명을 다 듣고는 잠잠해졌다.

-좋아, 이제는….- 나는 신이 나서 손바닥을 쳤고, 내 물건은 아주 조신하고 얌전하게 있었다. 나도 이제 한 30분 동안은 다른 사람들처럼 자유롭게 행동할 수 있게 된 것이다.

-다시 사진을 찍어볼까? 너희들 생각은 어때?

멀리서 한 사랑

나는 이야기하는 재주는 없지만, 그래도 실제로 일어났던 이야기 하나 해야겠다. 이 이야기는 나에게 일어난 일이기 때문에 너무나도 분명한 사실이다.

나는 여러 번 사랑에 빠졌었지만, 그 어떤 경우도 내가 그녀에게 느꼈던 사랑과는 비교할 수조차 없다. 그녀는 대형 멀티플렉스의 신문 가판대에서 일했고, 바로 그 앞에서 나는 팝콘을 팔고 있었다. 거기서 나는 멜로영화를 보기 위해 팔짱을 꼭 끼고 걸어오는 모든 연인들을 볼 수 있었다. 나는 그저 기계적으로 그들에게 팝콘을 팔았고, 어떤 때는 나의 멍청한 미소와 고정된 시선을 감사의 표정으로 착각하며 떠나는 그들의 인사말을 들을 때도 있었다. 사실, 결코, 나는 그들의 얼굴을 보지 않았다. 단지 반대편에 있는 그녀의 얼굴만 바라보았다.

나는 그녀에게 완전히 사로잡혀 있었다. 천사 같은 그녀의 모습을 내 눈은 항상 찬양하고 있었다. 나는 팝콘 노점을 열 때마다 침묵 속에서 그녀를 숭배했고, 한 번씩 우연을 가장해서 그녀의 눈과 마주치곤 했다. 오직 나를 받아들이기 위해 나를 기다리고 있는 것처럼 촉촉한 그녀의 눈동자 속에 빠져 그 속에서 홀딱 벗고 목욕을 했다. 우리는 단 한마디도 나누지 않았지만, 그 여신 앞에서 팝콘을 파는 것만큼 달콤하고 감사한 일은 없었다.

어느 날 나는 그녀에게 무언가 한 마디 하려고 다가갔다가, 아무 말도 못하고 신문만 하나 샀다. 나는 신문을 읽지 않는다. 그래서 그 신문을 팝콘 기계 바닥을 닦는데 사용했다. 어쩌면 그녀도 그것을 알아차렸을 것이다.

나는 그런 어정쩡한 관계에서 보다 충만한 관계로 발전하기 위해 그녀에게 접근할 구실거리를 끊임없이 찾고 있었다. 나는 여러 가지 시나리오를 짜 보았고, 우연한 만남을 계획해 보았으며, 그녀와 우연히 대화하는 장면도 설정해 보면서 항상 행복감에 빠졌었다.

결국 나는 해냈다.

어느 날 그녀가 다가와 영화 한 편 추천해 달라는 부탁을 했다. 나는 더듬거리면서 내가 가장 좋아하는 영화에 대해 이야기했고, 그녀는 또 다른 영화에 대해서도 이야기 해달라고 했다. 나는 다른 영화는 본 것이 없다고 대답했다.

그 날 일을 마치고 우리는 함께 영화를 보았다.

여신에게 키스한다는 것은 있을 수 없는 기적 같은 일이었다. 그것은 실제로 넘을 수 있으리라는 아무런 희망도 없이 마음속에 수 천 번이나 새겨 놓은 문지방을 넘는 것 같았다.

어느 날 밤, 우리는 사랑을 나누었다. 그러나 그것은 완전한 실망 그 자체였다. 우리는 하나가 되었고, 나는 그녀의 몸 안에 있었다. 우리는 얼굴을 맞대고, 그녀의 숨결이 내 코에 닿았고, 그녀의 체취가 내 눈에 들어왔으며, 그녀는 살짝 흘기면서 내 눈을 바라보았다.

그러나 이미 그녀는 내가 사랑했던 그 여신이 아니었다. 우리는 계속해서 만났지만, 그녀에 대한 나의 비굴할 정도로의 집착은 실망감으로 바뀌어갔다. 여신이라고 여겨왔던 그녀는 그저 한 사람의 여자일 뿐이었다. 초자연적 불가사이를 과학적으로 해명했을 때 몽상가가 느끼는 환멸감, 영화가 실제가 아니라는 것을 알았을 때 어린아이가 느끼는 허탈감.

그 어떤 감정보다도, 부적절한 조망에 의해 왜곡된 그녀의 완벽한 아름다움 앞에서의 환멸감이 내 몸을 마비시키는 것 같았다. 그녀를 내 품에 안고 그 균형 잡힌 몸매와 이상적인 얼굴을 바라보는 것은 끔찍한 일이었다. 가까이서 보면 그 아름다운 얼굴은 가면 쪼가리로, 껴안을 수 없는 얼굴의 그로테스크한 부분들로, 끔찍한 조각들로 변하여, 내가 숭배해왔던 그 조화로운 육체와는 전혀 다른 모습이었다. 멍청한 눈, 구멍이 뻥뻥 뚫린 턱 피부, 냄새나는 입술, 우물처럼 넓은 콧구멍.

나는 그제야 깨달을 수 있었다. 그 여인을 먼 거리에서만 사랑하였다는 것을. 상세한 도면은 그녀에게 치명적이었다.

그녀에게 더 이상 만나지 말자고 했다. 어떠한 설명도 덧붙이지 않았다. 그녀는 떠났다.

그러나 다음 날 내가 그토록 사랑했던 여인은 돌아왔다. 이전과 똑같은 모습으로 거기에 있었다. 둥글고 고상한 얼굴, 날씬하고 품위 있는 몸매. 분노와 원한이 섞인 그녀의 관능미는 더욱 두드러져 보였으며, 이 두 요소가 서로 간의 완전한 상호작용으로 이루어질 때만 그녀의 외모는 아름다웠던 것이다. 비로소 나는 우리들의 사랑이야기는 짝사랑이었고, 그것은 단지 적당히 떨어진 거리에서만 이루어진다는 것을 깨달았다.

마녀

　내가 유일하게 간직하고 있는 그녀의 사진 두 장을 앞에 놓는다. 나는 항상 심계항진을 초래하는 담배 연기를 빨아들이면서 그녀를 바라본다. 두 장의 사진은 같은 날 찍은 것인데, 얼마간의 시간차이로 찍었는지는 모른다. 그러나 두 장의 차이는 밤과 낮처럼 뚜렷이 나타난다. 마치 그녀처럼.

　내가 지금 바라보고 있는 사진 속의 이미지는 2001년 9월 11일 맨해튼에서 찍은 것이다. 나는 그 날짜가 이 원고가 세상의 빛을 보는 것과 무슨 연관이 있는지는 모른다. 다만 내가 워드로 작업을 하고 있는 지금, 이 이야기는 이제 시작점을 지난 21세기에서 가장 중요한 역사적 여정을 그린 것이다.

두 장 중 한 장에는 뉴욕 타임스퀘어 전체가 잡혀있다. 거기 구석구석에 있는 가게들이 기억난다. 거기 있는 버진 메가 스토어 앞에서 우리는 사진을 찍기 10분전에 만났었다.

첫 번째 사진에 나타나는 그녀의 모습에는 타임스퀘어 한 쪽에 떨어진 그림자가 드리워져 있다. 그녀의 등 뒤로는 노란 택시가 한 대 지나가고 몇몇 관광객들이 여기저기 주위를 둘러보고 있다. 그녀는 내가 한 번도 풀 수 없었던 그 수수께끼 같은 시선으로 카메라를 응시하고 있다. 대리석처럼 하얗고 가느다란 목은 그 고운 얼굴을 지탱하고, 눈초리가 살짝 올라간 어두운 눈동자의 눈은 신비스러우면서도 뭔가를 질책하는 것 같은 표정으로 대상을 바라보고 있다. 그것은 마치 카메라 다른 편에 있는 사람의 편도선 굵기를 측정하고 있는 것 같아 보인다. 내가 바로 다른 편에 서 있던 사람이다. 나는 사진을 좀 더 가까이서 보았다. 그러나 그 분노에 찬 눈에서 뿜어져 나오는 이상한 빛이 도대체 무엇인지는 알 수 없다.

쌍둥이 빌딩에서 찍은 사진 한 장은 완전히 다르다. 앞의 사진과 시간차가 그리 많이 나지는 않을 것이다. 어쩌면 겨우 몇 분 상관일지도 모른다. 그러나 그녀의 포즈는 완전히 달랐다. 두 눈은 반짝이고, 미소는 해맑다. 자신만만하게 대상을 바라보고 있다. 그녀가 그토록 사랑하는 그 도시의 거리에 잘 어울리는 하이힐을 신은 자신의 매끈한 다리에 대한 자신감을 보여주고 있다. 왼쪽 사진에서, 도시의 불빛이 켜지기 시작하면서 사진 배경에 있던 사람들이 몸을 돌려 갈 길을 간다. 그러나 그녀는 그렇지 않았다. 불빛은 그녀의 육체에서 신비로움을 걷어내고, 그녀의 미소와 눈을 잔인하고 딱딱한 이미지로 바꾸어 놓았다. 그녀를 보다가 나는 장작더미위에서 불타죽으면서 자신을 처형하는 사형집행인을 모욕하고는 승리의 미소를 짓는 살렘의 한 마녀가 기억났다. 그녀 자신은 희생될 것이지만, 그녀에 대한 기억은 그녀를 죽인 살인자의 가슴 속에 불로 각인되어 남아있을 것을 알고 있는 것처럼. 마치 그녀 자신은 희생자가 아니라는 듯. 그녀는 그것을 알고 있었다.

희생자는 그녀가 아니었다.

그것이 나의 가장 큰 실수였다.

나는 전화를 들었다. 그녀의 목소리는 매우 달콤했고, 이상하게도 어떤 가수의 노래를 듣는 것만 같았다.

-안녕하세요, 페스티벌.- 나는 처음부터 에로틱한 언급은 하지 않는 것이 더 좋을 거라 생각했다.

-안녕하세요, 음…. 있잖아요, 저는 ≪최신 라인≫ 잡지사에서 리포터로 일하는데요, 이번에 에로틱 페스티벌에 대해서…,

저…, 몇 가지 알고 싶어서….

나는 머뭇거렸다. 에로틱 페스티벌에서 일하는 여자라면 그 누구라도 다 그렇고 그런 여자일 것이고, 또한 성관계에서 매우 적극적인 자세를 보일 것이라 생각했기 때문이다. 그래서 나는 제대로 말조차 꺼내지 못하고 있었다. 그녀의 말을 듣는 순간 나는 마음이 요동하는 것을 느꼈다.

-여기는.- 그녀의 목소리에는 기대 이상의 친근함이 묻어 있었다. -한 평 남짓한 공간에 양쪽 발톱에 매니큐어를 칠한 여자애들 몇이 같이 있어요.

-저런, 나는 당신이 그런 일에는 이제 익숙해졌을 거라 생각했었는데.- 나는 조금 용기를 내서 한 마디 던졌다.

나는 그녀가 그러한 행사장에 처음 참가하였고, 그녀가 거기서 하는 일은 변호사 사무실이나 치과 예약실에서 하는 일들과 비슷한 거라는 것을 알게 되었다.

-저는 아무 것도 할 줄 몰라요. 그저 전화만 받고, 그러니 돈도 별로 못 벌어요. 제 생각으로는 저도 언젠가는 몸을 팔아야 할 것 같아요.

그녀의 그런 자유분방한 돌출성과 매력이 처음부터 내 관심을 끌었다. 다음 며칠 동안 나는 그녀에게 다시 전화 걸 구실을 찾았다. 전화로 다가오는 그녀의 목소리는 항상 천진난만하고 애교스러웠다.

페스티벌 첫째 날, 결국 나는 그녀를 만났다. 그러나 그리 탐탁한 만남은 아니었다. 나는 포르노 제작에 필요한 여배우를 발굴하고, 초대할 여배우들을 선별하고, 감독과 배우들을 안내할 도우미들을 찾아내느라 정신이 없었다. 심지어 선정적인 동작으로 흥을 돋우는 스트리퍼들까지 찾아내야 했으니, 눈코 뜰 새 없이 바빴다. 수백 명의 젊은이들이 줄줄 흘러내리는 땀을 식히기 위해, 지난날 자신들의 성적 욕망을 해결하는 유일한 수단이었던 그 손으로 부채질을 하고, 또 그 손으로 캠코더를 받쳐 들고는 각각의 방에서 에로틱한 휴식을 위해 선택한 순간들을 캠코더에 담고 있었다. 나는 우리 세대의 억눌린 성을 그대로 따르는 것 같은 젊은이들의 출현에 마음이 답답해졌고, 또 그 속에서 나 자신을 발견한 것 같아 마음이 조금 불편해져서, 공짜 팸플릿이나 잡지 혹은 비디오테이프 같은 것들이나 하나 얻을까 싶어 기자 회견실로 들어가려 했다.

-몽땅 미친 것들만 모였네.- 나는 전시장 뒤에 앉아 있는 첫 번째 여자에게 아무런 거리낌 없이 지껄였다. 그녀는 화장도 짙게 하지 않았고 유방확대 수술도 받지 않은 여자였다. 나는 페스티벌 프로그램과 홍보책자를 뒤적거렸다.

-그건 그냥 놔두세요. 그게 《카라칸다오》예요.- 나는 그 말이 그녀가 상투적으로 쓰는 말 중 하나일 거라고 생각했다. 나는 그 말뜻을 정확히 몰랐다. 그러나 그녀가 말하는 톤으로 봐서 대충 감이 잡혔다.

그리고 동시에 나는 그녀의 목소리를 금방 알아 차렸다. 나는 미안함과 실망감에서 오는 안쓰러움을 억제하지 못한 채 한동안 그녀를 바라보았다. 그녀를 에로물 모델로 착각하는 사람은 거의 없을 것이다. 더구나 포르노 여배우로, 심지어 내레이터 모델로 생각하는 사람도 없을 것이다. 하물며 영화감독 비서로 여기는 사람은 죽어도 없을 것이다.

-마침내 여기서 만나네요.

-네, 저도 당신이 누군지 알아 봤어요. 이제 서로 얼굴을 맞대고 이야기 하게 됐네요.- 그녀는 전화를 거는 것처럼 손으로 제스처를 취하였다. -며칠 동안 전화 안 받으시던데, 지금 도착했어요?

나는 무관심하게 그녀의 연속적인 질문에 대답했다. 그러나 나의 속마음이 얼굴에 나타나지나 않을까 심히 염려되었다. 바로 그때 나는 그녀가 매우 독특한 모습의 소유자란 생각이 들었다. 살이 피둥피둥하고, 흰 피부에, 넓적한 얼굴을 지닌 19세기에나 어울릴만한 여인이었다. 잘 어울리지도 않는 머리끈으로 묶은 밤색 머리카락은 미국 서부영화에 나오는 여성의 이미지를 연상시켰다. 큰 가슴을 둘러싸고 있는 빅토리아 여왕시대에나 볼 수 있을 것 같은 초록색 원피스도 그녀에게는 역시 어울리지 않았다.

-사람들은 제가 다른 시대 사람처럼 보인데요.- 그녀는 마치 내 생각을 읽고 있는 것처럼 말했다.

-네, 사실 그러네요.- 나는 내 말이 경멸스런 말투로 들리지 않도록 조심하면서 낱말 선택에 무척이나 신경을 썼다. -당신을 보니 인디언들이 공격할 때 항상 열심히 달아나던 영화 속의 여자들이 생각나네요.

-네, 사람들은 제가 스페인 여자 같지 않다네요.- 그녀는 맥이 빠진 사람처럼 말했다. 나는 그녀를 속일 수 없었다. 나에게 어떠한 감정도 불러일으키지 못한다는 것을 깨달은 그녀의 두 눈은 흐려있었다. 그녀가 재빨리 다른 기자에게 다가가는 것을 보고 나는 그녀의 자존심이 상했다는 것을 알 수 있었다.

나는 페스티벌 기간 동안 몇 차례 더 그녀와 이야기를 나누었다. 그렇다고 특별히 언급할 만한 일은 없었다. 그녀의 얼굴에서 나를 가장 당혹스럽게 만든 부분은 숱이 적고 넓게 퍼진 눈썹이었다. 그것 때문에 그녀는 소위 말하는 비행 청소년 같은 인상을 보이고 있었다. 그러나 잠시 그렇게 생각해 본 거고, ≪

참 친절하구나≫라는 생각은 내가 집에까지 가져간 그녀에 대한 유일한 인상이었다. 나는 더 이상 그녀에 대해 관심을 보이지 않았고, 그 후 몇 달이 지나도록 기억조차 하지 않았다.

어느 날 밤, 편집실에서 일하던 동료가 나를 불렀다. 초청장이 들어있는 잡지가 내 이름으로 왔다는 거였다. 도대체 뭐냐고 물어보자, 그는 그 도시의 어떤 클럽에서 개최하는 광란의 파티에 입장할 수 있는 초청장이라 대답했다. ≪소돔과 고모라 파티야?≫, ≪나도 잘 모르겠는데, 에로틱 페스티벌을 기획한 회사에서 너한테 보냈더라≫.

나는 그녀가 나에게 초청장을 보냈으리라고는 상상도 못했다. 사실 나는 그동안 그녀에 대한 생각을 조금도 하지 않았다. 여성들이 자기를 더 이상 사랑하지 않는 남자들을 기억에서 지워버리는 것처럼, 남성들이 성적 욕구를 일으키지 않는 여인들을 잊어버리는 것처럼, 그렇게 나는 그녀를 내 마음 속에서 지워버렸다.

바르셀로나 변두리에 있는 어둡고 협소한 공간, 그곳에는 테이블 두 개, 의자 몇 개, 은밀한 장소로 인도하는 계단이 있었다. 거실 중앙에는 여러 가지 퍼포먼스를 벌일 수 있는 공간이 있었다. 그때 가죽 옷을 걸친 마흔 살쯤 되어 보이는 남자가 천장에 걸쳐져 있는 족쇄에 묶여 있는 무척 야윈 여자애의 등에 채찍질을 하였다. 그녀가 입고 있는 에나멜 칠을 한 가죽옷은 구멍이 숭숭 뚫려서 서글픈 젖가슴을 다 드러내 보이고 있었다. 축 늘어져 신음소리를 내뱉으며 그녀는 거짓(혹은 진짜일지도 모를) 행복감을 몸으로 표현하고 있었다. 쉰 살쯤 되어 보이는 남자가 의도적으로 내 몸을 더듬으면서 옆으로 지나갔다. 그는 번쩍번쩍 빛나는 빨간색 PVC로 만든 딱딱한 옷을 입고, 원추형의 가짜 젖가슴을 끼고, 50센티미터나 되는 높은 구두를 신고 있었다. 나는 성적으로뿐만 아니라 도덕적으로도 완전무결해야 된다는 강박관념에 휩싸이기 시작하면서, 본능적으로 그에게서 멀어졌다.

나는 혹시나 하는 마음에 여자 파트너를 찾아보았다. 그러나 쌍으로 오지 않은 유일한 여자는 아까 내 몸을 더듬은 그 ≪프리마돈나≫ 뿐이었다. 나는 더 이상 그런 퇴폐적인 분위기 속에서 이상한 인간들과 섞이는 게 싫었다. 나는 무료로 주는 술 한 잔을 마시기로 했다. 술잔을 받아들고 관음증이나 충족시킬 생각으로 자리에 앉으려 했을 때, 나는 자리가 이미 꽉 차있음을 깨달았다. 자리에 앉아있는 몇몇 섹시한 여자애들이(너무 어두워서 어느 정도 섹시한지는 제대로 파악이 되지 않았다) 자기 애인들에게 노골적인 애정표현을 하고 있었다. 구역질나는 분위기라서 나는 조명이 가장 밝은 첫 번째 테이블로 자리를 옮기려 했다.

그런데 그 쪽으로 가지 못했다.

그녀가 미소를 지으며 나에게 다가오고 있었다. 나는 그녀가 가까이 올 때까지 누군지 몰랐다. 굽 높은 신발을 신어서 무척 날씬하고 천사처럼 보였다.

-아니, 당신은!- 나는 믿을 수 없다는 듯 소리쳤다.

그녀는 환한 미소를 지었다. 분명 그녀는 몇 달 전의 피둥피둥 살찐 바로 그 여자였다. 다이어트를 한 것이 분명했다. 새까만 머릿결 때문에 그녀의 광대뼈와 턱은 더 두드러져 보였고 눈은 그윽하게 빛났다. 검은색 원피스를 입고 있는 그녀는 그야말로 환상적인 변신을 한 것이었다.

그녀는 가까이 다가와 내 볼에 입맞춤을 하더니 살포시 어깨에 기댔다. 숨이 콱 막히는 것 같았다. 그녀가 내뿜는 숨결의 향기를 빨아 마시면서, 나는 처음부터 그녀의 포로였고, 그녀는 나의 것이 되는 숙명을 지니고 있었다는 확신이 들었다. 그녀는 나를 슬쩍 보았고, 나는 그 눈동자에서 승리의 기쁨을 보았다.

-당신은…. 오늘 끝내주는데.- 나는 속삭였다.

-아!…- 그녀는 붉고 촉촉한 입술을 관능적으로 표현하려고 하였으나, 조금 어색해 보였다. -우리 앉아요. 높은 구두 때문에

발이 아파 죽을 지경이에요.

그러면서 그녀는 포르노 업계에서 일하는 친구한테서 그 환상적인 신발을 빌렸는데, 자신은 너무 촌닭 같아서 그런 번쩍거리는 신발이 어울리지 않는다고 말했다. 그녀는 발에 심한 통증을 느끼고 있었다. 겨우 몇 미터를 걷더니 그녀는 내 어깨에 팔을 걸쳤다. 여러분에게 분명히 말씀드리는데, 나는 그날 밤의 행운아였다. 지금까지 보아 온 여자 중에서 가장 여자다운 여자가 자신이 기댈 남자로 나를 선택한 것이다.

우리는 홀에서 가장 어두컴컴한 자리에 있는 의자에 앉았다. 기괴한 모양의 악마 복장을 한 사람들이 강렬한 색상의 유성처럼 번쩍거리며, 관능적인 좀비처럼 흐느적거리며 테이블 주위를 돌아다녔다. 그녀는 가끔 깔깔거리며 웃었다.

-노는 꼬락서니들 하고는, 정말 눈물이 다 나오네.- 그녀의 거칠고 시니컬한 입담은 여전했다. 그러나 지금 나에게는 그녀가 그 어느 누구보다도 사랑스러웠다. -저런 인간들 좀 안보였으면 좋겠다.

그녀는 신발을 벗었다. 나는 그녀의 한쪽 발을 잡고는 쓰다듬었다. 그녀의 피부가 가볍게 떨렸고, 내 손은 그 자그마한 식물에서 뿜어져 나오는 촉촉한 부드러움으로 목욕을 하였다. 그녀는 한쪽 발을 내 손에 맡긴 채 즐거운 듯 나를 바라보기만 하였다. 그 때 닭대가리처럼 생긴 녀석이 우리 앞에 자리를 잡고 는 우리를 물끄러미 쳐다보자, 그녀는 내 손에 있던 발을 뺐다.

-이 변태들 좀 봐!- 그녀가 내 귀에다 대고 소곤거렸다. 그녀 의 웃음소리는 못된 짓을 막 끝낸 여자애의 웃음소리처럼 들렸 다. 그러더니 그 닭대가리 같은 친구에게로 몸을 돌렸다. 나는 이때를 이용해서 내 손에 묻어있는 향기를 맡았다. -이것 봐요, 당신 할일이 그렇게 없어요? 우리는 우리끼리 조용히 있고 싶어 요. 우리는 정상인이에요, 알았어요? 정상이라고요, 정상!- 다시 한 번 그녀의 입이 내 귀에 가까이 다가왔다. -내가 이렇게 말하 는 걸 우리 사장이 본다면 아마도 나를 죽이려 들 거예요. 하지 만 나는 이제 거기서 일하지 않아요.

-너 때문에 미치겠다.- 나는 중얼거렸다.

-이미 알고 있어요.- 다시 한 번 그녀는 깔깔 웃었다. -그런데 당신은 한 번도 저한테 관심을 보이지 않았는데, 왜 그랬어요? 전에는 마음에 들지 않았나 봐요.

-전에는 내가 바보였나 봐. 너처럼 환상적인 여자를 왜 내가 진작 알아보지 못했는지 나도 모르겠어.

나는 키스를 하고 싶다는 표정을 지었다. 마치 쿵푸 선수가 나쁜 놈의 갑작스런 기습을 자연스럽게 피하듯, 그녀는 냉정하 고 노련하게 내 의도를 피했다.

-이따 차에서 해요, 오빠. 그전에 나는 신발 좀 갈아 신어야 겠어요. 그리고 오빠가 좋아하는 것에 대해 이야기해요. 그렇지만 단지 말 만이에요. 적어도 몇 가지 일이 해결될 때까지는요.

그녀는 옷을 보관하는 곳으로 갔고, 나는 드디어 내 인생의 짝을 찾았다는 것을 깨닫고, 또한 그녀는 나의 어리석은 행동에 화가 나서 돌아오지 않을 수도 있다는 사실을 깨달으면서 속으로 투덜거렸다. 그러나 그녀는 채 1분도 지나지 않아서 돌아왔다. 그녀는 굽이 낮은 편한 신발을 신고는 자유롭게 걸었다. 그녀의 다리는 활처럼 휘면서 앞으로 나아갔고, 살짝 꼬인 것 같은 그녀의 발은 똑바로 걸을 수 없을 것처럼 보였다. 그녀의 걸음걸이는 오리걸음과 비슷했고, 저렇게 굼뜨고 꺼벙한 모습으로 다가오는 여인에게 내 얼이 쏙 빠진다는 사실에 내 자신도 놀랐다.

-키스해도 돼? 키스하고 싶어 죽겠어.

-안돼요, 오늘은 안돼요.- 그녀는 조금도 주저하지 않고 대답했다. -기다려요. 전화할 데가 있어요.

그녀는 핸드백에서 휴대폰을 꺼내서 자동번호를 눌렀다. 나는 조바심이 났다.

-여기서 말할 수 있어?- 나는 계속해서 그녀의 관심을 끌려고 했고, 그녀는 아무런 대꾸도 하지 않았다. 몇 초 동안 그녀는 전

화를 듣고 있다가 단지 이런 말만 했다.

-루벤? 우린 이제 끝났다는 걸 알려주려고 전화했어.

그녀가 전화를 끊더니, 휴대폰을 핸드백에 넣고 다시 미소를 지으며 바라보았다. 나도 씩 웃으면서 그녀에게 달려들었다. 그녀의 손이 나를 제지했다.

-안 돼, 지금 이런 식은 싫어.

-왜?- 나는 껄떡거리며 물었다.

-난 그렇게 쉬운 여자가 아니거든. 당신은 우리가 처음 알게 된 날, 나를 그저 스쳐 지나쳤어. 당신도 이제 고통을 좀 느껴봐야 돼.

-그렇지만 그건…. 네가…. 네가 너무 변해서!

그녀를 바라보았다. 분명히 그녀는 변했고 그녀 자신도 그것을 알고 있었다. 그녀의 얼굴은 유명한 여성잡지의 핀업 걸(Pin-up girl)을 연상시켰고, 몸이 움직일 때는 킴 노박의 부드럽고 관능적인 허망함이 깃들어 있었다. 나는 강가에 서있는 그녀를 상상했다. 신발을 손에 들고 맨발로 춤을 추는 그녀는 영화 ≪피크닉≫에서 열연했던 노박과 똑같아 보였다. 한참이나 시간이 지난 어느 날, 나는 농담조로 그런 이야기를 해줬다. 그녀는 화를 내면서 왜 자기가 뚱뚱하다고 생각하는 그런 여배우들과 자기를 비교하느냐면서 더 이상 자기를 그런 ≪코끼리들

≫과 비교하는 것을 참을 수 없다고 말했다.

나는 앤티크 도자기를 좋아하는 사람처럼, 그녀를 아끼듯 바라보며 밤을 지새웠다. 그런 나에게 몸을 맡기며 내가 하는 대로 가만히 있으면서도, 한 번씩 깔깔거리며 웃는 그녀의 눈에서는 어떤 잔인함이 묻어 있는 광채가 뿜어져 나왔다.

나는 이미 그녀의 마법에 걸려 있었고, 거기서 벗어날 수 없었다.

그 다음날부터 우리는 연인이 되었다. 처음 그녀가 내 공격에 무릎 꿇었을 때, 그녀는 나의 기대를 저버리지 않았다. 그녀의 입술은 촉촉했고, 그녀의 침은 달콤했다. 그녀의 숨결은 미지근하면서 독성을 품고 있었다. 나는 그녀의 입술을 마셨고, 그녀를 통해서 숨을 쉬었다.

우리는 장소를 가리지 않고 어디서든 사랑을 나누었다. 내 방에서, 현관에서, 옷가게 탈의실에서. 그녀는 무척 만족해했고, 나도 그런 식으로 그녀를 보는 것에서 진한 쾌감을 느꼈다. 우리는 동물처럼 교미를 했고, 해도 잘 했다. 사실인즉슨 그 체위는 우리가 하는 것 중에서 가장 잘하는 것이었고, 아마도 우리가 떨어져서 하는 것 중에서도 가장 잘 하는 것이었다.

그 시기에 그녀는 직장을 바꿔 세 명의 전문의가 소속된 성형외과에서 일하고 있었다. 그녀는 그 일이 마음에 들지 않았으나, 아무도 몰래 하나의 희망을 품고 있었다. 그것은 공짜로 입술 수술을 받는 거였다. 그녀는 입술 때문에 심한 콤플렉스를 가지고 있었는데, 입술 한 쪽이 너무나도 얇은 것이었다.

비록 그녀의 외모와 움직임이 섹시함을 드러내고, 그녀의 몸짓과 목소리에 진한 여성이 드리워져 있긴 하였지만 그녀는 지극히 평범한 여자였다. 그럼에도 불구하고 그녀를 특별하게 만드는 그 무언가가 있었다. 그것은 아마도 세상과 사람들, 그리고 사물들 위에서 그녀가 저만치 떨어져 사는 방식이었다. 그것은 마치 그녀가 살아가면서 부딪치는 현실의 비참함이 그녀에게만큼은 아무런 영향을 끼치지 못하는 것 같았다. 그녀는 마치 하층 계급의 난폭성과 더러움에서 멀리 떨어져 있는 왕국, 마법의 왕국에 사는 왕비 같았다. 가끔씩 그녀의 목소리는 어리광피우는 어린 여자애의 목소리 같기도 하고, 외부 세계를 바라보는 것을 거부하고 달콤한 어린 시절의 추억 속으로 몸을 숨기려는 어른의 목소리가 되기도 하였다. 그녀의 목소리를 듣고 있노라면 가슴 속에서 애절함이 끓어올랐다.

우리들의 관계는 완벽함과는 거리가 멀었고, 우리들의 성격 차이는 얼마 지나지 않아 분명하게 나타나기 시작했다. 그 여자는 완벽한 이기주의자였고, 자기를 좋아하는 남자는 자기의 변덕스러움을 모두 받아들일 준비가 되어 있어야 한다고 생각하고 있었다. 그녀의 일상적인 기질은 의지할 사람 한 명 없이 비전도 없는 막막한 앞날에서 자신을 방어하는 과정에서 형성되었다(그녀는 언젠가 학사모를 쓰리라는 희망을 품고는 여가 시간에 아무도 모르게 통신대학 과정을 공부하고 있었다). 모든 것에 대한 그녀의 경멸적인 태도로 인해 나는 한 번 씩 핏대가 서곤 했다. 그녀는 자신의 삶 속에서 유일한 관심사인 돈이라는 것을 얻고 즐기는 것을 허락하지 않는 세상에 대해 선전포고한 작은 전쟁에 내가 참전하기를 바랐다. 그녀는 쾌락주의를 실천할 수 없는 쾌락주의자 같았다. 그래서 내가 그녀 옆에 선다는 것은 나를 모든 세상 사람들과 마주보게 세우는 것과 다름 없다는 것을 나는 얼마 지나지 않아 곧 깨닫게 되었다.

그녀는 항상 자기에게 좋은 말만 해주는 것에 목말라 있었다. 그러나 절대로 그 말들을 믿지 않았다. 내가 예쁘고 날씬하다고 말하면 자기는 자신이 뚱뚱하다는 것을 잘 알고 있기 때문에 거짓말하지 말라고 대꾸하면서 기분 나쁜 표정을 지었다. 내가 아무리 그의 외모를 찬양해도(분명 그녀는 정신보다는 외모에 더 많은 관심을 보였다), 그리고 이런 꼬드기는 말들을 내가 진지하게 말하는 경우까지도, 그녀는 무시하였다.

-예쁘다는 말을 믿지 못한다면서 너는 왜 내가 너하고 같이

살 거라고 생각하니?

　-나는 마녀고, 너는 마법에 걸렸기 때문이야. 우리가 처음 만났을 때 기억나? 나를 쳐다보지도 않았잖아.

　물론 그녀의 말이 틀린 건 아니다. 그러나 그때 나는 어떻게 내가 그녀에게 반하게 됐느냐에 대해 설명해 줄 수 있는 이유를 찾아냈다: 내가 알았던 사람은 몇 달 뒤에 내가 만났던 사람과 동일인이 아니다.

　몇 주 뒤 우리들의 이야기는 지옥으로 바뀌었다. 우리는 아무 일이나 서로 핏대를 올리며 말다툼했고, 우리들 각자의 자아는 초심으로 돌아가기를 거부하고 있었다. 우선 내 편에서 본다면, 나는 그녀의 변덕스러움과 끊이지 않는 전화 통화, 그리고 그녀를 이해시키려고 무진 애를 쓰는 나의 노력을 전혀 알아주지 않는 그녀의 비타협적인 횡포를 갈수록 참아내지 못했다.

　그러나 그 무엇보다도 나를 귀찮게 한 것은 집요할 정도로 계속해서 나를 윌리라고 부르는 것 때문이었다. -윌리는 어린이 만화영화 시리즈 ≪꿀벌 마야≫에 나오는 배불뚝이 친구의 이름이다-. 처음에는 웃으며 넘겼다. 그러나 몇 주 지나자 나는 그녀에게 내가 그 웃기게 생긴 친구하고 무슨 연관성이 있다고 그러느냐고 묻지 않을 수 없었다. 나는 그렇게 뚱뚱하지도 않고, 말도 그렇게 어눌하고 굼뜨게 하지 않는데 말이다. 그런데도 그녀는 웃음을 멈추지 않고 나를 그 윌리라는 친구와 비교하였다.

그녀는 언젠가 충분한 돈을 모으면 뉴욕으로 도망갈 꿈을 꾸고 있었다. 그녀에게 뉴욕은 가정 완벽한 도시였다. 뉴욕의 거리 하나는 비참하고 어리석은 사람들로 가득 차 더럽고 지저분한 바르셀로나 도시 전체와 맞먹었다. 그녀는 어느 날 뉴욕에 정착해서, 모든 것을 다 잊어버릴지 모른다. 그녀가 자신의 꿈에 대해 이야기 하는 것을 듣다보면 절망적인 사람이 울부짖으며 하는 탄원의 기도를 듣고 있는 기분이 든다.

이러한 이유들 때문에 나는 조금씩 그녀의 반경에서 멀어지기 시작했다. 그녀는 그 불가능한 뉴욕으로의 여행에 내가 함께 동반할 마음이 없다는 것을 눈치 챘다. 결국 몇 달 만에 우리는 우리 삶이 공존할 수 없을 뿐만 아니라 너무나도 다른 인생의 목표를 가지고 있다는 것을 알게 되었다.

다음 날 밤 나는 카페에서 그녀에게 말했다.

-내가 너한테 믿음을 주지 못했나봐.

거기서 모든 것이 끝났다. 아니면 모든 것이 새로 시작됐다.

그녀와 헤어진 지 몇 주가 지났건만 그녀를 잊을 수 없었다. 그녀의 피부는 내 피부에 접촉 자국을 남겨 놓았고, 나는 우리가 벌였던 육체의 향연을 떠올리며 자위행위를 하곤 했다. 몇 번이나 그녀를 설득시켜 다시 만나려고 하였다. 수없이 전화를 해서 그녀에게 만날 약속을 제의했고, 그것이 싫다면 하룻밤 섹스만을 위해서라도 만나자고 했다. 그녀는 이 모든 제안을 거절했다.

　-월리, 그건 우리를 서로 죽이는 길이야. 우리는 서로를 견디지 못했잖아?

　분명 그녀의 말이 옳다. 그러나 옳건 틀리건 나한테는 마찬가지다. 나는 그녀를 사랑했었다. 그러나 형이상학적인 방식이 아니라 보다 리얼하고 소유할 수 있는 그런 사랑이었다. 나는 나를 위해서 그녀를 사랑했었다. 그녀를 내 무게 밑에 두고, 내 뜻대로 통치하고 소유하려 했었다. 그녀가 내 것이 되기를 바랐었고, 그 감미로운 얼굴에서 모멸적인 미소를 지우려 했었다. 그녀가 내 뜻대로 움직이기를 바랐었다.

　그녀의 사랑을 받고 싶었었다.

　그녀가 나 없이는 살 수 없기를 바랐었다.

　나는 또 다른 방식으로 그녀를 원했었다. 전에는 그녀가 내 속을 긁으면, 속으로 그녀를 원망하는 게 고작이었는데, 이제는 동정심이 일어났다. 그녀는 자신이 의지할 곳이라고는 하나도 없다는 것을 의식하고 있었다. 그러다보니 그녀의 독단적인 성격은 자신의 두려움을 은폐시키는 방편이었다. 그녀는 진정 어린 시절로 되돌아가고 싶어 했다. 그런 그녀를 나는 이해했다. 불쌍하게도 그녀는 자기를 이해해주는 사람이 곁에 없었다. 이런 상황에서 어떻게 그녀가 잔인하고 이기적인 인물이 되지 않을 수 있었겠는가?

어떠한 경우라도 나는 그녀를 설득시키지 못했다.

나는 거의 절망적인 상태에 빠져 있었다. 그녀의 피부를 거칠게 더듬으며 흥분한 내 성기가 그녀의 몸속으로 돌진하여 그녀와 한 몸을 이루면서 분노를 가라앉히는 것이 필요했다. 그녀가 나를 포용하고 거기에 내 몸을 맡기는 것이 필요했다. 그것만이 나의 육체적 번뇌를 해결할 수 있는 유일한 대책이었다.

그 자포자기 때문에 나는 난잡한 생각을 갖게 되었다.

그러나 그것이 내 생각대로 이루어지리라고는 믿지 않았다.

-안녕? 나야. 음…. 윌리. 응. 저기…. 다 좋아. 그래 일은 항상 똑같지. 뭐…. 아니, 그렇지도 않아. 더 좋아지는 게 없어. 월급은 쥐꼬리만 하고…. 사실은 이번 휴가 때 네가 뭐 할 건지 알고 싶었어. 어…. 저런, 안됐다. 또 여름이 다 끝나가네…. 나는 9월 초에 한 2주간 뉴욕에 다녀올 거야…. 우리 잡지에 삽화를 기고하는 스페인 친구가 한 명 거기 있어서, 돈도 별로 들지 않을 거야. 그런데 네가 올 수 없다니…. 너를 초대하고 싶었는데. 두

사람을 위한 여행 패키지가 나왔던데. 저금해 둔 돈도 좀 있고. 이 돈을 너를 위해 쓰고 싶어…. 음, 좋아. 네가 어떻게 생각하든 그건 네 자유지만, 조건이 있어…. 물론…. 너는 나와 함께 해야 돼…. 무슨 말인지 알지? 나는 이제 예약을 해야 하니까, 결정 내려…. 안녕….

우리는 그것 때문에 만나기로 약속했다. 그녀는 나와 같이 잔다는 조건으로 내가 모든 비용을 다 지불하면서 뉴욕으로 함께 가자고 제안한 것이 무척 놀라웠던 모양이다. 그러나 자기 의사와 상관없이 대답을 할 정도로 그렇게 놀라웠던 것은 아니다. 도리어 이렇게까지 한 내 자신이 더 놀라웠다. 나는 분명한 답을 얻어내기 위해 집요하게 밀어 붙였다.

-훌리안, 그렇게 강요하지 마, 알았어? 너무 그러면 싫어.

이 말은 그녀가 나의 제안을 받아들인다는 것을 의미했다.

우리는 바르셀로나 공항에 있는 C터미널에서 만났다. 나는 그녀가 염색하지 않은 원래 머리 색깔로 나타나길 바랐다.

-너 얼굴 꼴이 그게 뭐야, 무슨 일 있었어?- 내가 약간 퉁명스럽게 말을 내 뱉는 동시에 거기 있던 여행객 중 반 정도가 놀라서 그녀를 바라보았다.

-아무 일도 없었는데, 그렇게 소리 지를 것 까지는 없잖아,

병신.- 그녀는 창피한 듯 중얼거리면서 내 곁으로 왔다. -3일 전에 실리콘을 넣었어.

-도대체 입하고는, 퉁퉁 붓고 온통 보랏빛이네!- 어떻게 저런 입술에다 내가 뽀뽀를 할 수 있을까라고 생각했다.

-나는 뭐 지금 안 아픈 것 같아? 점점 나아지겠지 뭐.

-얼마나 있어야 붓기가 빠진데?

-응…. 일주일 정도.- 그녀는 별 것 아니라는 식으로 웃어버렸다.

-그렇지만…. 그렇지만….

과연 그런 여행을 할 만한 가치가 있을까 생각하니 내 머리 속은 복잡해지기 시작했다.

≪이베리아 437편으로 암스테르담으로 가실 승객 여러분께서는 27번 게이트를 통해 탑승해 주시기 바랍니다≫. 안내 방송이 흘러 나왔다.

-일주일?

-응. 사람에 따라 조금 차이는 있지만. 그리고 나면 너는 내가 입술 수술을 했다는 걸 눈치 못 챌 거야. 조금만 삽입했거든.

-3일전에 수술했으니까, 아직 4일 남았네.

-그래, 그런데 왜 그렇게 신경 써, 윌리?

물론 나는 그녀 앞에서 그 이유를 밝힐 수 있을 만큼 그 정도로 추접한 놈은 아니었다. 비록 그녀가 그 이유를 알고 있다 할지라도. 그녀의 입술이 다 가라앉아서 내가 키스할 수 있을까 속으로 계산하면서 짐을 질질 끌면서 묵묵히 그녀를 따라갔다.

그러나 탑승하려고 줄을 서면서, 우리가 예전의 만남에서 가졌던 흥분의 일부분을 다시 한 번 느끼게 되었다. 나는 금방 그 입술의 염증을 잃어버리고, 그녀는 다시 나에게 빛나는 존재로 다가왔다. 이미 추측하고 있었듯 그녀는 실리콘 주사뿐 아니라 엄청난 양의 자기 맹신 주사도 맞았다. 그녀는 통통거리며 모든 사람을 비웃는 그런 경박스러움의 소유자였는데, 지금은 그 증세가 그 어느 때보다도 더 심하게 나타나고 있었다. 한 2주 정도 그녀는 슬프고 암울한 세상과 작별인사를 하고 자기가 사랑하는 뉴욕에게 만남의 인사를 한다.

위선을 용서하시길! 그러나 나 또한 그녀가 행복해 하는데 일조했다는데서 오는 행복감을

맛보았다.

우리는 잘 어울리는 연인처럼 계속 이야기를 나누었다. 그녀의 여행 집착증이 나에게 전염되었는지, 아니면 이런 예쁜 여인과 여행한다는 즐거움 때문인지, 나의 비행 공포증은 거의 나타나지 않았다. 그래, 그녀는 분명 예쁘다. 그 우쭐거리는 것만 좀 없어지면…. 비행기가 이륙할 때, 우리가 어떻게 하면 여행기간

동안 잘 보낼 수 있을까에 대해 이리저리 머리를 굴리며 이야기하려고 하자, 그녀가 손으로 내 말을 막았다.

-자기야, 나는 말하면 머리가 아파. 나 좀 자게 놔둘래?

나는 입에서 나오는 말을 멈췄다. 그녀는 비스듬히 누워서 눈을 감았고, 나는 말문이 막히고 기가 차서 그녀를 바라보기만 했다. ≪나는 말하면 머리가 아파≫. 그런데 말하고 있었던 사람은 나였잖아!

누군가 내 어깨를 건드렸다. 나는 눈을 뜨고 기지개를 펴면서 시계를 슬쩍 보았다. 암스테르담 공항을 떠난 지 겨우 30분밖에 지나지 않았다. 내 옆을 봤다. 마이크 타이슨 얼굴을 가진 천사가 내 곁에서 계속 자고 있다. 앞좌석에서 거의 내 나이쯤 된 금발 젊은이의 불그스레한 얼굴이 튀어나왔다. 캠코더를 갖추고는, 손가락으로 내 창문의 유리창을 두드렸다. 밖을 한 번 보라는 것 같았다. 나는 고개를 숙이고 봤다. 그것은 우리 비행기 날개 쪽에서 액체 방울들이 뚝뚝 떨어지면서 영원을 향해 날아가는 것이었다.

이제 죽었다는 생각이 들었다. 우리 비행기는 상공에서 연료가 다 떨어지게 된다.

기장의 목소리가 스피커에서 흘러 나왔다. 목소리 톤으로 봐서는 승객들에게 뭔가를 설명하고 있는 것 같은데, 내 영어 실력도 별로인데다 그의 영어 발음도 그리 신통치 않다보니 무슨 말인지 영 알아들을 수가 없었다. 게다가 캠코더를 가지고 있는 작자는 계속 웃으면서 연료가 뿜어져 나오는 장면을 촬영하고 있었다.

나는 겁에 질려 거의 실신할 지경이었다. 그 때 주변을 둘러보았다. 여승무원들이 황급히 왔다 갔다 하는 것이 나보다 더 갈팡질팡하는 모습이었다. 그러니 상황을 진정시키는 데는 아무런 도움이 안 되었다.

-이런 제기랄! 왜 이런 일이 일어났는지 잘 알지!

비행 도중 처음으로 나는 규칙을 안 따르기로 했다. 내 규칙들. 추락할 운명에 처한 상황에서 안전하게 도착하기 위해 내가 만들어낸 의식이다. 그것은 비행도중 문제의 비행기가 추락할 거라고 계속해서 말하는 것이었다. 그러면 나는 살아서는 도착 못할 것이라는 생각에 익숙해지게 되고, 결국 기장은 내 말에 반박하면서 승객들을 안전한 공항에 데려다 준다. 나는 내 의도가 실패하지 않았음에 미치도록 기뻐한다. 그것은 다시 태어난 기분이다. 그러나 이 기장은 내가 이런 기쁨을 즐기도록 놔둘 기분이 아닌 것 같았다.

-이 새끼야, 비디오 좀 그만 찍어! 비행기가 충돌해 사건 현

장의 모습을 확보하려면 그 씨팔 캠코더만 찾으면 되겠지! 어떻게 인간이 그 모양이야!

그 작자는 이빨 사이로 알아들을 수 없는 몇 마디 말을 웅얼거리며 실실 웃더니, 계속 캠코더를 작동시켰다.

그 때 나는 그녀가 생각났다. 그녀는 아직까지 내 옆에서 평온하게 잠들어 있었다. 조심스레 그녀를 깨웠다. 그때 그녀에게 사랑의 감정이 조금 들었다. 그녀의 뺨에 입맞춤을 하였다.

-뭐하는 거야?- 그녀는 나를 옆으로 밀고는 얼굴을 돌렸다. 그녀의 눈에는 뭔가 나쁜 일이 일어나고 있다는 것을 눈치 챈 것 같은 표정이 어려 있었다. -무슨 일이야?

-연료가 새고 있어.- 나는 애써 차분한 표정을 지었다. 그러나 우리는 우리가 비극적 종말을 선고 받았다는 사실을 알고 있었다.

-무슨 일인지 나는 몰라. 개 같은 기장 새끼도 상황 파악이 안 되는가 봐.

그녀는 조금도 지체하지 않고 여승무원을 잡고는 서툰 영어로 무슨 일인지 물어보았다. 다행히도 그 승무원은 스페인어를 알고 있어서, 비행기 동력시스템에 문제가 발생해 암스테르담 공항으로 되돌아가야 된다는 설명을 해 주었다. 또 이 비행기는 대륙횡단용이기 때문에 연료탱크에 연료가 가득 차있었는데,

그중 상당량이 유출되어서 착륙 시 화재가 발생해 폭발이 일어
날 위험도 있다는 말을 덧붙였다.

우리는 비행기 고장이 뭔지 정확히 이해할 수 없었다. 그러
나 목소리로 봐서는 자못 심각한 문제인 것 같았다. 여승무원이
가고 나서 우리는 무슨 일인지 알아보기로 하였다. 앞좌석에 있
던 작자가 우리에게 말하기를 착륙장치가 작동을 하지 않는다
고 기장이 말했다는 것이다.

-아이구, 세상에!- 나는 말도 제대로 못할 지경이었다. 나는
내 자신이 신의 잔인한 장난질에 아무런 대꾸 한마디 하지 못하
고 죽어가는 무능한 희생자처럼 느껴졌다. 그녀 쪽으로 몸을 돌
렸다. -이제 어떡하지?

그녀는 그저 한숨만 내쉴 뿐이었다. 그녀는 선글라스를 깊숙
이 눌러 쓰고는, 헤드폰을 끼고 음악을 들으며 머리를 의자에
기대었다.

그리고는 한 마디도 하지 않았다.

나의 불길한 예언에도 불구하고 비행기는 착륙장치 없이도
안전하게 착륙할 수 있었다. 모두들 초긴장 속에 구명조끼를 입
고 산소마스크를 착용한 채로 비상구로 몰려들었다. 통로는 소
화기에서 뿜어져 나온 거품이 우리 목까지 가득 차 올라왔다.

아수라장 속에서도 그녀는 침착성을 잃지 않고, 눈을 감은 채 음악을 들으면서, 자기 방식대로 세상과의 작별을 준비하고 있었다.

그때만큼 그녀가 그렇게 존경스럽게 보인 적이 없었다.

우리는 암스테르담 공항에서 3시간이나 줄을 섰다가 2개의 플라스틱 케이스에 담은 비상용품과 공항호텔의 2인실 방을 배정받았다. 그때야 비로소 나는 죽음의 시간에서 벗어났음을 깨닫게 되었고, 다음날 예정된 목적지로 또 다시 같은 회사 비행기를 타고 떠날 수 있을 거라 생각했다. 대부분 승객들이 다른 비행기 타는 것을 거부하고, 모든 여행 일정을 취소하고 리무진 버스로 각자의 집으로 돌아가고 싶어 했다. 그들은 어쩔 수 없는 경우가 아니라면 앞으로 절대 비행기를 타지 않겠노라 맹세했다. 그러나 우리는, 아니 더 정확히 말해서, 그녀는 절대로 여행을 취소하지 않겠다고 버텼다. 나를 더 놀라게 한 것은 그녀의 앞뒤 안 가리는 행동이 우리가 겪었던 그런 끔찍한 경험 때문이 아니라, 예정된 일정보다 하루 더 뉴욕에서 보내지 못한다는 사실 때문이었다는 것이다. 이건 정말 지나가는 개도 웃을 일이다.

어쨌든 우리는 호텔방에 들어가서 우리를 기다리고 있는 부부용 침대를 바라보았다. 그것은 마치 17살 어린 신부가 긴장한 채로 신랑을 기다리고 있는 모습이다. 우리 기분도 그런대로 괜찮아졌다.

-와, 끝내준다!- 그녀가 탄성을 내지르며 하얀 침대 시트에 몸을 내던졌다. 나도 그녀처럼 행동했다. 그때 그 기쁨, 죽음의 고비를 넘긴 뒤에 오는 기쁨, 그리고 준비된 침대에서 그녀를 내 품에 안는 기대감. 그러나 그것은 꿈이었다. 그녀는 자연스럽게 옷을 벗더니 나에게서 멀리 떨어져 침대 가장자리에서 시트 속으로 들어갔다.

나도 옷을 벗었다. 내 거시기는 이미 초긴장 상태에 들어가, 우리들 사랑이 뜨거워지기를 기다리고 있었다. 내 몸속에서 뜨거운 욕망이 최고조로 끓어오를 때, 나는 우리가 내일 하루를 살아서 보낼 수 없을 거라는 생각이 들었다. 우리는 내일 또 착륙장치가 있을지 없을지 모를 그런 비행기에 같이 오를 것이며, 이번에는 우리를 데리고 논 신이 오늘 시작한 그 일을 완전히 끝낼 것이라는 확신이 들었다.

절망적인 기분으로 옆에 누워있는 그녀에게 다가가 내 거시기로 그녀 몸을 찔러댔다. 그녀는 소리를 질렀다.

-아! 왜 그래?

-자, 이리로 와.- 다시 그녀를 껴안았다.

-안 돼, 너무 피곤해.

-나도 마찬가지야…. 그런데 이것 좀 봐….- 한 번 일어선 거시기는 꺾이려 하지 않았다. 나는 사선을 넘어서 찾은 이 기쁨을 잃고 싶지 않았다. 그녀의 입술을 찾아 키스했다.

-아!- 그녀의 비명은 가식이 아니었다. -도대체 뭐하는 거야, 나를 죽일 작정이야!

그녀는 잼싸게 내 몸에서 떨어졌다. 나는 아무런 움직임도 없이 가만히 있었다. 마치 바보같이, 엄마 잃은 고아처럼, 나는 뻣뻣하게 서 있는 내 물건을 팔로 감싸고 쥐구멍이라도 들어가고 싶었다.

-그만 자자. 너무 피곤해.

그녀는 탁자의 스탠드를 껐다.

그녀는 잠이 들었다.

-다행히도 그녀는 채식주의자였다!

소피는 앙심을 품은 눈초리로 나를 쳐다보았다. 우리는 캐나다식 소스를 곁들인 감자칩을 먹고 있었다. 캐나다 오타와 출신인 그녀는 그 소스에 고기가 들어 있는지 살펴보고 있었다. 몇 주 전부터 그녀는 채식주의자 같은 강박관념에 쌓여 있었다.

-하하!- 나는 웃었다. -고기가 들어있건 말건 이미 먹었는데

무슨 상관이야! 계속 먹어!- 감자칩 봉지를 그녀에게 내밀었다.

그러자 그녀는 펄쩍 뛰었다. 며칠 전부터 소피와 아벨의 집에서는 이런 모습이 나타났다. 그것을 지키지 않는 사람은 나뿐이었다. 내 여자 친구는 그렇지 않았다. 그녀는 뉴욕 악센트를 써가며 알랑거리는 덕분에 그들의 마음을 사로잡았다. 그러나 그런 방법으로는 바보들이나 속이지 나는 못 속였다. 나는 그녀가 스페인 노동자 계층이 사는 동네 출신의 수다스러운 여자라는 사실을 누구보다도 잘 알고 있었다. 비록 그녀의 발음이 좋을지는 몰라도 그녀는 겨우 네 마디 정도의 영어 단어만을 알고 있을 뿐이다. 그녀가 아무리 세련된 모습으로 치장을 한다 하더라도 자신의 본분을 숨길 수는 없었다. 나는 그녀의 베일을 벗겨 그녀의 진정한 모습을 다른 사람들에게 보여줄 수 있었다. 천하고 닳아빠진 여자의 속 모습을. 그러나 그렇게 하면 분명하게 보이는 것은 저질스럽게 닳아빠진 내 모습이었다.

우리는 8일 동안 뉴저지의 호보큰에서 지냈다. 그러나 그녀는 내가 자신의 터럭 하나 건드리는 것조차 허용하지 않았다.

그러니 육체적인 사랑을 나누는 것은 꿈도 못 꿀 일이었다.

나는 안달이 나 미칠 지경이었다. 항상 이런 저런 핑계를 대며 그녀는 나의 접근을 사전에 차단하였다. 그녀는 그리 피곤하지 않을 때는, 집주인이 우리들이 주고받는 말을 엿듣지나 않을까 걱정하며 -집주인은 우리가 연인 사이라는 것을 기정사실화하고 있었다-, 음악을 틀어 놓기도 하였고, 또 어떨 때는 입술이 계속 아프다는 핑계도 댔다. 입술 붓기는 이제 완전히 없어졌고, 그녀는 내가 그토록 연모했던 이전의 모습을 되찾았다.

그렇다고 물론 내가 속마음을 노골적으로 드러낸 것은 아니었다. 나는 내가 저질스러운 강간범처럼 보이기는 싫었다. 그러나 그녀가 문제를 해결했던, 그날 밤 내 욕망을 방해했던 그 뻔뻔스러운 방법에 나는 화가 났던 것이다. -네가 나를 이런 식으로 대했다 이거지, 어디 두고 보자!

자신은 결혼을 했다고 그녀가 밝히면서 침대로 갔을 때 나도 침대로 갔다. 아벨은 서재에서 자신이 발간할 책 표지 스케치 작업을 하고, 소피는 거기에 색상을 칠하는 일을 하고 있었다. 우리들 방은 그들 방 바로 위에 있어서 가끔씩 어둠 속에서 그들의 거친 숨소리가 들렸다.

-나 좀 놔둬, 밑에서 다 들을 거야!- 그녀가 누울 때 내가 팔을 잡자 그녀가 소리쳤다. 내 거시기는 또 다시 삿대질하는 손가락처럼 그녀를 가리켰다.

-괜찮아!- 나는 우리들이 진짜로 뭔가 하고 있다고 그들이 생각하게끔 일부러 목소리를 높였다. -이젠 이판사판이야. 더 이상 못 참겠어.

-나는 별로 내키지 않는데 어떻게 해! 말했잖아, 너하고 하기 싫다고! 나는 너하고 할 수가 없어, 씨팔!

-왜 안돼?- 나는 침대에 무릎을 꿇고 그녀에게 소리 질렀다.

-나는 애인이 있단 말이야!

내가 얼마나 오랜 시간 동안 침대위에서 얼이 빠진 놈처럼 앉아있었는지 모른다. 오직 내 거시기만 그 상황에서 유일하게 살아있다는 징조를 보여주고 있었다. 그것은 자신도 알아차리지 못하게 조금씩 고개를 숙이고 있었다. 전화벨이 울릴 때까지 얼마나 많은 시간이 흘렀는지 몰랐다. 아래층에서부터 부드러운 목소리가 들리더니, 조금 있다가 몇 걸음의 발자국 소리가, 그리고 날카로운 전화벨 소리를 중단시키며 전화를 받는 소리, 그리고 남자와 여자의 속삭임이 들려왔다.

이 밤도 별 볼일 없이 끝날 것 같았다. 우리는 침대 가장자리에서 각각 잠을 청했다. 누군가 아무 말도 하지 않고 불을 껐다.

-우린 바로 떠나야 돼.- 다음 날 아벨이 말했다. -소피 아버지의 장례식이 내일이어서 식구들이 기다리고 있어. 냉장고에 먹을 것이 가득 들어 있으니까, 그리 불편하지는 않을 거야.- 그는 별다른 감정 없이 말을 계속 했다. 마치 밤에 외운 구구단을 발표하는 사람처럼. -아니면 뉴욕갈 일 있으면 며칠 다녀오든지.

어설러티 항구까지 직행버스가 있어. 일단 오타와로 가서 언제까지 있어야 되는지 알게 되면 너희한테 전화해 줄게. 우리가 돌아오기 전에 떠나게 된다면 문단속 잘하고 가.

나는 소피가 울음을 그치기를 차분히 기다리면서 그녀를 계속 바라보았다.

그들은 아침을 먹자마자 바로 오타와로 떠났다. 그들은 외제 지프차를 타고 갔는데, 우리가 처음 미국에 도착했을 때 뉴욕으로 데려다 준 바로 그 차였다. 처음에 우리는 그날 아침 버스를 타는 게 좋겠다고 생각했다. 그러나 조금 더 생각해 보다가 하루 늦춰 떠나기로 결정했다. 그럼으로써 소피 아버지의 갑작스런 죽음에 대한 애도를 표시하는 것이라 여겼다.

그래서 우리는 그날 하루 종일 집에 틀어박혀 있었다. 지금 생각해보니, 그때 그 집은 안에 우리 둘이 있는데도 이상하리만큼 텅 빈 것 같았다. 나는 아벨의 비디오 영화들을 여러 편 보았고, 그녀는 이 책장 저 책장을 뒤적거리다 잠시 소파에서, 그리고는 의자에서, 또 현관계단에서 눈을 붙이곤 하였다. 마치 버릇 나쁜 고양이처럼.

우리는 공통점이 하나도 없었다. 내가 그녀에게 가까이 다가갈수록 그녀는 나를 멀리했다. 그녀는 내 간섭을 참지 못했고, 항상 자신만의 고독과 독립을 추구했다. 그리고 그런 시간들을 무척 잘 이끌어 갔다.

하루의 시간이 흐르는 동안, 내 속에서는 분노가 이글이글 끓어올랐다. 그 분노는 텔레비전 화면에 부딪히며 두 배의 무게로 나에게 튕겨져 되돌아왔다. 그때 나는 내게 중요한 것이 바로 아벨과 그의 부인 소피, 혹은 그의 아버지, 혹은 뉴욕 전체라는 것을 깨달았다. 그 씨팔 애인이 진짜 인물인지 아니면 그녀가 그때 만들어낸 가공의 인물인지는 나에게 전혀 중요한 문제가 아니었다. 그녀만이 나에게 중요했다. 비록 우리 사이에 아무런 공통점이 없다 하더라도 그녀의 삶, 그녀의 육체, 그녀의 숨결, 그녀의 행복이 내게는 중요하였다. 내가 그녀 곁에 있는 것이 중요하였다. 나는 그녀 곁에 있고 싶었고, 그녀가 나를 받아주기를 바랐다. 왜 나를 받아주지 않을까? 왜 날 전염병환자 보듯 그렇게 피했을까?

-안녕, 나 자러 갈게.- 부드러운 그녀의 목소리가 문지방에서 들려왔다.

그 목소리 때문에 또 다시 부아가 치밀어 올랐다. 한 때는 내 것이었던 그 목소리, 나의 거친 돌격 앞에 자신의 몸의 신비를 파헤치는 탐사작업을 멈추지 말라고 요구하며 뜨거운 열기를 토해냈던 그 목소리. 그러나 바로 그 목소리로 이제는 차갑게 나를 내쫓았다.

그러나 그녀는 내 여자가 될 것이라고 말했었다. 내 여자! 그 것을 약속했었다. 아마도 말로만 한 약속이 아니었을 것이다. 그러나 나는 그녀가 게임 규칙을 받아들였다는 것을 알고 있었 다. 나는 그것을 알아차려야만 했었다.

일어나서 천천히 복도를 걸었다. 발자국 소리가 나지 않게 신경을 쓰면서 계단을 올라가 닫힌 문 앞에 멈춰 섰다. 귀를 세 우고 그녀가 혹시 나를 위해 놀랄만한 즐거운 일을 준비하고 있 지나 않을까 싶어 기다렸다. 딱 한 번.

나는 들어갔다. 그녀는 우리 방에 있는 조그만 화장실 안에 서 양치질을 막 끝내고 있었다. 김이 모락모락 나는 그녀의 잠 옷용 셔츠를 바라보았다. 그 아래에는 아무 것도 걸치고 있지 않았다. 나는 내 앞에 있는 것이 암퇘지라고 생각했고, 또한 그 렇게 생각하는 내 자신에 무척 놀랐다.

나는 침대 곁에 앉아 옷을 벗기 시작했다. 그리고 반사적으 로 잠옷을 입었다. 화장실 문이 닫히고 그녀가 다가오는 소리를 들었다.

-윌리, 오늘 파자마 입었네?

기분이 좋아 보였다.

-같이 자고 싶어.- 나는 중얼거렸다.

-오늘 너무 피곤해.- 그녀가 하품을 하면서 투덜거렸다. 그리

고는 말했다.

-자위나 하고 자.

나는 침대에서 내려왔다. 모든 것이 다 깨졌다. 그녀의 손목을 잡고는 침대 쪽으로 그녀를 넘어뜨렸다. 왼손으로 그녀의 가슴을 누르면서 오른 손으로는 그녀의 얼굴을 쓰다듬었다. 그러나 마지막 순간에 이성의 빛인지 두려움 때문인지 몰라도 아무튼 나의 충동적 본능은 그녀의 몸에서 나를 몇 십 센티미터 떨어트려 놓았다. 나는 침대를 주먹으로 내리치면서 소리 질렀다.

-이젠 지겹다! 내 말 알아듣겠어? 지겹다고! 너를 사랑해, 씨팔. 내가 네 머릿속에 들어가려면 어떻게 해야 되지! 더 이상 사람 애간장 태우지 마! 다 끝났어! 알아듣겠어? 다 끝났다고, 다 끝났어!

처음으로 그녀의 눈에서 두려움이 비쳐지는 것을 보았다. 나는 이내 잠잠해졌다. 그리고는 떨기 시작했다. 나는 내가 그녀를 죽일 수도 있었을 것이라 생각했다. 지금은 아니지만, 바로 몇 초 전 그럴 수도 있었다.

-나 놀랐어, 나 너무 놀랐어.

-미안해, 진짜.- 나는 무릎이 떨려서 바닥에 쓰러졌다.

-미안해, 너를 놀랠 의도는 없었어. 나는…. 더 이상 어떻게 할 수가 없어서, 네가 나를 자꾸 피하기만 하니까…. 너는 나하

고 할 수 있는데….

　-그만해.- 그녀는 정신을 차리는 것 같았다. 지금까지 그랬던 것처럼 냉담하게 나의 포옹을 피했다. 그러나 이번에는 공포의 빛이 어리어 있었다. -나 좀 놔둬. 나 좀 가만히 놔둬.

　-미안해, 미안해. 그럴 생각은 없었는데…. 다시는 그런 일 없을 거야. 자, 이제 됐어. 다 끝났잖아.

　-나 건들지 마!

　내가 꼭 죽일 놈처럼 느껴졌다. 이 지상에서 가장 추잡스런 놈 같았다. 스스로를 컨트롤 하지 못하는 내 자신한테 구역질이 났다. 그녀가 눈을 크게 뜨고, 눈길을 피하면서 침대 속으로 들어갈 때, 나는 일어나서 다른 쪽으로 천천히 걸어갔다. 이번에는 내가 그녀에게 등을 돌린 채 담요 속으로 들어갔다. 행여나 그녀를 건드릴까 봐 몸을 웅크렸다. 그녀 눈을 다시 바라볼 수 있을까 나 자신에게 물어보았다. 내가 가장 두려운 것은 내 자신의 행동에 대해 내 몸 속에서 나 자신을 욕하고 경멸하고 비난하는 목소리를 느끼지 못하는 것이다. 그런 것은 들리지 않고, 단지 침묵만이, 마치 내 마음 속 깊은 곳에서는 다른 행동을 취할 수 없었다는 것을 인정하는 것 같은 침묵만 남아있었다.

　그때 무슨 소리가 들렸다. 지금까지 들어보지 못한 소리여서 신경을 집중했다.

그녀가 울고 있었다.

그녀는 북받쳐 오르는 감정을 억제하지 못하고 있었다. 그녀가 그렇게 우는 모습을 지금까지 본적이 없었다. 그녀가 그토록 처량한 모습이었던 적은 없었다. 내 가슴은 갈기갈기 찢어졌다. 그녀의 울음은 몇 분 동안이나 계속되었다.

어쩔 수 없이 내가 입을 열었다.

-내일…. 원한다면, 내가 호텔로 옮길게. 너는 그냥 여기 있어. 아벨과 소피한테는 별 문제가 안 될 거야. 그렇게 해보자.

나는 확신이 섰다. 이제 그녀에게서 떠나야만 했다. 그렇지 않다면 진짜 그녀에게 상처를 입히게 될 것이다. 사실 바로 몇 분전 그녀를 죽이고 싶다는 마음이 들었다. 어느 누구도 나를 그렇게 미치게 만든 적이 없었다. 이제야 나는 좀 전에 그녀가 그것을 이해했던 것처럼, 바로 우리들의 관계는 항상 불가능이라는 선 위에 설정되어 있다는 것을 이해했다. 우리가 계속해서 함께 있다면, 우리는 서로를 파멸의 길로 이끌게 될 것이었다.

진정으로 그녀에게서 떠나야만 했다. 그녀는 나를 괴물로 바꾸는 특이한 재능을 가지고 있었다.

그녀에게서 떠나야만 했다.

이런 생각을 하면서 잠이 들었다.

깨어났을 때 지난밤의 기억들로 머리가 아팠다. 도저히 등 뒤 쪽에 있는 그녀를 바라볼 용기가 나지 않았다. 숨소리와 침을 삼키는 모양을 보니 그녀는 깨어 있었다. 가장 먼저 생각한 것은 어떻게 그녀에게 다시 용서를 비느냐 하는 것이었다. 어쨌든 ≪나 건드리지 마≫라는 말을 다시 하게 해서는 안 되었다.

-내가 어떻게 했으면 좋겠어?

그녀는 내 뒤에서 움직였다. 나는 그녀가 일어날 거라 생각했지만, 그녀는 그러지 않고 나에게 가까이 다가왔다.

그리고 나를 껴안았다.

나는 이 글을 쓰고 있는 지금 이 순간에도 그녀가 나를 확 껴안았을 때만큼이나 그녀에 대한 의심을 버리지 못하고 있다. 눈을 감은 채 얼굴을 가까이 대더니 나의 입술에 키스했다. 그 순간 나는 격렬하게 그녀에게 키스를 퍼부었다. 곧 두 몸은 서로 엉켰고, 나의 입술은 그녀 몸 전체를 음미하였다.

-코…콘돔 껴, 피임약 아직 안 먹었어.

그녀의 말을 따랐다. 그날 아침 당장 떠나려고 했던 내가 그녀의 단 한마디 명령에 굴복했다. 그녀와 사랑을 나누기 위해서는 콘돔을 껴야 한다는 명령을 어떻게 감히 어길 수 있겠는가? 나는 지금껏 그 어느 누구도 사랑해 보지 않은 사람처럼 그녀를 사랑했다. 그토록 무거운 증오심과 굴욕감을 떨쳐버리기 위해 그녀를 사랑했다. 나 자신에 대한, 그리고 그녀에 대한. 내가 그녀를 사랑했다는 것을 느낄 수 있었다.

그녀가 무엇을 느끼고 있는지 나는 모른다.

다음 날부터 우리는 몇 번씩 거사를 치러 냈다. 그녀는 마치 주인의 몽둥이가 무서워 말을 잘 듣는 개처럼, 그렇게 큰 쾌락을 느끼는 것 같지 않은데도 열심히 나의 섹스 파트너 역할을 수행했다. 나는 꿈을 꾸고 있는 것 같았다. 그래서 너무 많은 생각은 하지 않기로 했다.

그러나 그녀의 행위에서는 그 어떠한 괴로움이나 두려움을 찾아볼 수 없었다. 오히려 그 반대였다. 그녀는 만족하였고, 나와의 관계도 이전처럼 정상을 되찾았다(만일 이전 나와의 관계가 정상이었다면). 한 번씩은 굉장히 기뻐하는 것 같았고, 또 한 번씩은 적당히 즐거운 표정을 지었고, 그리고 또 나에게 애정을 품고 다가오기도 하였고, 전처럼 내 존재를 완전히 망각해 버리기도 하였다. 그렇지만 한 번도 그날 밤의 사고에 대해서는 한마디 언급도 하지 않았고, 그것에 대해 나를 질책하거나 나로 하여금 죄책감이 들게 하지도 않았다.

그래서 나 또한 그날 일을 잊었다.

우리가 사랑을 나눌 때, 그녀는 일이 끝나기 바쁘게 내가 쓸

데없는 짐 꾸러미라도 되는 양 밀쳐내곤 했다. 그리고 한 번은 기분 나쁜 식으로 내 뱉는 말을 들었다. ≪짐승 같은 새끼≫.

사흘 뒤 아침에 놀랄만한 일이 일어났다. 그녀가 화장실에서 나오는데, 머리는 수건으로 터빈처럼 말아 올리고는 실오라기 하나 걸치지 않은 것이다. 나는 놀라서 소리를 지를 도리 밖에 없었다.

-마음에 들어, 월리? 너무 뚱뚱해 보이지 않아?

-아니야, 진짜 끝내주는데.

-진짜? 정말로?- 물웅덩이에서 폴짝폴짝 뛰는 장난꾸러기 소녀처럼 그녀의 목소리는 기쁨으로 가득 차 있었다.

-거짓말 하나 안보태고 말하는데, 진짜 멋있다. 모델 같아.

이 말을 듣는 순간 그녀는 좀 거만한 표정을 지었다. 자신이 톱모델이라도 된 것처럼, 한 손을 허리에 얹고는 궁둥이를 양쪽으로 삐쭉 삐쭉 내 밀면서 침실 안을 여기저기 예쁘게 걷기 시작했다. 나는 거의 숨도 쉬지 못할 지경이었다.

우리들의 여행 일정이 이제 이틀 밖에 남지 않았다. 우리는 매일 버스로 뉴욕을 갔다 왔으며, 아벨은 전화로 우리가 떠나기 전까지는 돌아올 거라고 하면서, 혹시 못 돌아올 경우에는 잘 가라는 인사를 미리 한다고 말했다. 나는 열쇠는 현관 문 밑에

뇌두고, 집안은 잘 정리하고 떠나겠노라 말했다.

11일 아침 10시에 우리는 버스에 올랐다. 다음 날 상쾌한 아침에 우리는 비행기로 미국을 떠날 것이다.

-정말 여기를 떠나고 싶지 않아.

그녀는 창가에서 눈을 떼지 않았고, 아침 햇살에 비친 그녀의 금빛 머리칼은 눈부셨다. 나는 스페인으로 돌아간다는 것이 그녀에게 얼마나 큰 고통인지를 알고 있었다. 아무런 비전도 없는 그 거지같은 직장으로 돌아간다는 것. 나는 며칠 동안 그녀의 얼굴에서 어떤 빛을 보았다: 록펠러 센터 주위를 산보할 때나 엠파이어스테이트 빌딩에 올랐던 그날 아침에, 그녀의 눈빛은 보통 때와는 달리 보다 생동감 있고 강렬했다. 눈동자에서는 힘이 넘쳐흘렀고, 미소를 머금은 얼굴은 홍조를 띠었다. 그리고 나에게 미소를 보냈다. 그러나 그녀의 미래 사진에 나는 등장하지 않는다는 것을 나는 잘 알고 있었다.

마지막 날 아침에 우리는 몇 시간 떨어져 있었다. 그녀는 물건을 사지도 않을 거면서 이 집 저 집 길가의 상점들을 기웃거리며 시간을 보냈고, 나는 한 달 전에 구입한 미제 DVD콤보플레이어를 위해 비디오와 DVD를 사려고 돌아다녔다. 늦을지도 모른다는 조바심에 1시 정각에 비디오 가게에서 급히 나왔다. 우리는 버진 메가 스토어에서 만나기로 했었는데, 20분 늦었다.

그녀가 엄청 화를 내고 있을 거라 생각했다. 그녀는 약속시간에 늦는 것에 대해 한 번도 그냥 넘어간 적이 없었으니까. 나는 일반인들에게 잘 알려지지 않은 제임스 딘 사진이 인쇄된 엽서 한 장을 가지고 갔다. 이 엽서 덕분에 그녀의 화가 풀어졌을 뿐만 아니라, 10분 후에는 그녀가 지금까지 나하고 여행하면서 보여준 것 중에 가장 상냥하고 다정한 모습을 보여주었다. 그녀의 목소리는(지금까지 한 번도 그런 적이 없었는데) 모성애로 가득 차 있었으며, 내 뺨에 키스한 순간 내 몸은 흐물흐물 녹아내리는 것 같았다. 이렇게 그녀의 기쁨이 이루 다 헤아릴 수 없는 상황에 다다르자 그녀는 기꺼이 사진 찍는 것을 허락했다.

-나 잘 나왔어?- 사진 한 장을 찍은 후 그녀는 마치 현상한 사진을 바라보는 것처럼 나에게 물었다.

-분명히 잘 나올 거야. 너는 항상 사진발을 잘 받았잖아.

우리는 구체적인 목적지 없이 계속 걸어 다녔다. 고층 빌딩을 바라보고 있는 그녀의 시선에서 뭔가 낙담한 빛이 느껴졌다.

-왜 그래?

-여기를 떠나기 싫어. 한 달 내로 다시 돌아올 수 있을까?

-물론이지.- 그녀를 확신시켰다. -분명 다시 올 수 있어. 여기는 일거리가 많아서, 너는 쉽게 일자리를 구할 수 있을 거야.

-문제는 내가 돈이 없다는 거야. 지금 가지고 있는 돈으로는

겨우 몇 달 밖에 못 견딜 거야.

-걱정 마, 다 잘 될 거야. 너는 여기서 성공할 수 있는 능력을 충분히 가지고 있어.

그녀는 아무런 대꾸도 하지 않았다. 낙심한 표정으로, 움직이는 그 뭔가를 바라보고 있었다. 아니면 지평선을 바라보고 있는 것 같기도 했다. 갑자기 시선을 위로 하면서, 다시 눈빛이 반짝였다.

-쌍둥이 빌딩!- 광분해서 소리를 내지르더니, 거리를 가로 질러 어느 타워 입구까지 갔다. 그 바람에 몇 대의 차들이 급정거를 하였다. -여기서 사진 한 장 찍어줘! 제발 부탁이야, 한 장만 찍어줘!

그녀는 뭔가 좀 조급해 보였다. 마치 거꾸로 흐르는 시간 속에서 우리가 그 순간을 고정시킬 기회를 단 한 번밖에 가지고 있지 않은 것처럼.

-알았어, 지금 한 장 찍을게.- 나는 카메라 자동 줌을 작동시키면서 말했다.

-빨리해, 빨리!

카메라를 준비하고 셔터를 눌렀다. 아직 내 뇌리에는 이글이글 타오르던 그녀의 눈빛이 남아있다. 그때 조그마한 광채를 보았고, 나는 그것이 카메라 플래시가 터진 것이라 생각했다. 그리고 카메라를 바라보았는데, 그 광채가 여전히 내 머리 위에서 강렬하게 빛나고 있었다.

-윌리!- 그녀의 놀란 목소리를 듣고, 그녀 쪽을 바라보았을 때, 그녀는 보이지 않았다.

깨어나 보니 병원이었다. 의사가 그동안 무슨 일이 일어났었는지 설명해 주었다.

사고 때 입은 강한 충격 때문에 나는 며칠간 입원해야 한다는 의사의 권고를 따랐다. 그도 그럴 수밖에 없었던 것이 입원비는 보험으로 다 처리할 수 있는데다, 미국 내 모든 공항이 일시적으로 폐쇄됨에 따라 스페인 행 비행기를 탈 수 없었기 때문이었다. 간호사들과 의사가 사고에 대해 한 번씩 이야기 해주었는데, 내 머리 속에서는 단 하나의 이름만이 자리 잡고 있었다. 그것은 그녀의 외침이었다: ≪윌리!≫

그녀의 시체는 찾지 못했다. 그 이상한 여인이 어떻게 되었는지 아는 사람은 없었다. 아무리 물어봐도 그녀의 마지막에 대해 말해준 사람도 없었다. 나는 스페인 대사관과 그녀의 가족들과의 접촉을 통해 실마리를 찾으려 했으나, 아무런 성과가 없었다. 그 당시 쌍둥이 빌딩 밑에서 그녀가 내 옆에 있었다는 사실을 입증할 만한 어떠한 흔적도 나타나지 않았다.

스페인으로 돌아온 지 몇 주가 지난 어느 날, 불현듯 나는 카메라의 필름이 생각났다. 카메라는 외관상 완전히 망가져 있었으나, 필름은 다행히 멀쩡하였다. 바로 그날 오후 필름을 사진 현상소에 가지고 갔다.

몇 달이 흘렀다. 이 세계가 지도에서 사라지지 않는다는 것에 매일매일 놀라워하는 동안, 나는 그때부터 지금까지 계속해서 두 장의 사진을 응시해왔다. 한 장의 사진에 나타난 그녀의 시선은 불가사의했고, 뭔가를 캐내려는 사람 같은 표정이었다. 두 번째 사진에는 뭔가 결행을 앞둔 사람처럼 단호한 표정으로 나타났다. 어쩐지 확실한 결론을 내린 사람 같았다.

마치 영원히 뉴욕에 남을 수 있다는 것을 알고 있는 사람 같았다.

《어떻게 나를 버릴 수 있어?》 그녀의 목소리가 들린다. 《어떻게 네가 나를 버릴 수 있니?》 그녀의 마지막 외침만이 내 고막 안에서 울린다.

나는 그녀의 절규를 피하기 위해 애써 외면하기 위해, 어렸을 적 할머니가 불러주시던 자장가를 기억해냈다: 《그러자 마녀는 날아가 버리고, 마법의 주문만 남았네.》.

불임모의 밤

-오늘 밤 저녁 먹으러 와. - 여류작가가 작가 지망생에게 말했다.

작가 지망생은 손가락 발가락 끝으로 찌릿 찌릿 전기가 통하는 것 같은 짜릿한 쾌감을 느꼈다. 이런 초대에는 분명 숨은 뜻이 있다. 드디어 그 여류작가가 자기를 그들 중 하나의 구성원으로 인정한다는 분명한 표현이라는 것이다.

작가 지망생은 기성 유명작가들과 같은 배에 오르기 위해 그 여류작가에게 가까이 다가갈 수 있게 되길 진정으로 바랐다. 그는 그 여류작가를 특별히 좋아한 것은 아니었지만, 그렇다고 싫은 상대로 느끼지도 않았었다. 그녀는 겉으로 드러나는 특별한 매력은 없었지만, 묘하게 사람을 끄는 매력이 있었다. 또한 그녀가 쓴 글들이 그렇게 마음에 들지도 않았지만, 그렇다고 그렇게 못쓴 글도 아니었다. 그러나 그런 것은 중요하지 않았다. 설사 육체적인 욕망 때문에 그녀에게 이끌린다손 치더라도 그것 또한 중요한 것은 아니었다. 문제는 이런 것이 아니었다. 중요한 것은 그 자신이 다른 인물로 탈바꿈하기 위해 그녀의 명성을 조금씩 뜯어내 삼키고, 그녀를 유명인사로 바꾸어 놓은 그 실체에 감염되는 것이었다.

저녁 식사. 개인 저택에서 벌어지는 선택된 자들만의 만찬.

작가 지망생은 드디어 때가 오고 있다는 것을 감지했다.

여류작가는 좋아하는 게이 애인이 있었다. 그는 연극과 관계된 일을 했는데, 지망생은 그가 정확히 무슨 일을 하는지 몰랐고, 또 굳이 알려고 하지도 않았다. 지망생은 연극계 사람들을 좋아하지 않았지만, 그 게이만은 예외였다. 작가 지망생은 그들의 관계를 망치고 싶지 않았다. 그 애인이 자기를 미워할 정도로 그 여류작가에게 가까이 다가가는 어리석은 짓은 하고 싶지 않았다.

그들은 그의 왼쪽에 앉았다. 건너편 테이블에서는 놀라운 일이 벌어졌다. 피둥피둥 살찌고 성격이 괴팍한 그의 대학시절 영화과 교수이자 영화비평가가 보였다. 헤아릴 수 없는 욕설과 험

악한 말들이 그의 입에서 마구 쏟아져 나왔다. 여기 모인 모든 사람들이 그로 하여금 욕을 하게 만든다고 지망생은 생각한다. 그는 주요일간지에 발표된 그 교수의 영화비평에 대해 단 한 번도 동의한 적이 없었다. 그러나 그 또한 중요한 일이 아니었다. 그는 훌륭한 교수였고, 자신의 견해와 아무리 다르다 하더라도 지망생의 의견을 발표할 공간을 만들어 주었다. 그는 오늘 만찬에서 자신의 가장 든든한 동맹군이라고 지망생은 생각한다.

그의 오른쪽 맞은편에 오늘 만찬을 준비한 주인 부부가 있었다. 이미 중년의 부부였다. 남자는 건장한 체격에 배가 좀 나왔다. 손님들은 마치 지망생이 그 주인이 누구인지 반드시 알아야만 하는 것처럼 그의 이름을 말해주었고, 지망생은 이미 알고 있다는 표정을 지었다. 그러나 그 이름을 기억하지 못했다. 단지 대학교수라는 것만 기억에 남았다. 그의 기억에 남는 대학교수들은 TV에서 방영한 반(反) 프랑코 다큐멘터리에 나온 교수들뿐이었다. 부인은 약간 말랐고 인상이 제법 날카로워 보였으며, 얼굴에 주름이 많았다. 그러나 머리카락은 아름다웠다. 가늘고 금발이어서 스페인 여자 티가 거의 나지 않았다.

조명은 희미하였고 집은 아담하면서 조용하였다.

지망생은 아는 사람이 아무도 없는 이 조그만 세상이 조금도 낯설지 않았다. 마흔 살 쯤 먹은 중년의 남녀들과 이렇게 편안한 스웨터 차림으로 식탁에 함께 있어본 적이 없었다. 그들에게서 우쭐거리는 모습은 찾아 볼 수 없었다. 그만큼 이 모임에서는 삶의 진지함 같은 것이 배어 나왔다. 금발의 여인이 부조리한 이데아의 부채를 펄럭거리며 이야기를 시작했다. 그녀는 정치적인 노이로제 증세를 보였고, 여류작가에 비해 마녀로서의 자질이 부족하다는 것을 작가지망생은 알아차릴 수 있었다.

그들이 나누는 대화는 처음에는 봇물 쏟아지듯 마구 뿜어져 흘러나오더니, 나중에는 축구경기장에서 파도타기 응원을 하는 것처럼 리듬을 타며 움직였다. 작가 지망생도 그 파도타기에 기꺼이 동참했다. 그가 보기에 그 파도 조각은 너무나 조화롭고 완벽했다. 그 파도는 예뻤다.

그는 입을 다물었다. 무슨 말을 해야 할지 몰랐다.

대화는 파출부에 대한 이야기들로 이어졌다. 모두들 자신들은 외계인이라도 되는 양, 파출부를 쓰고 있었다. 작가 지망생은 불안해져서 더 이상 그들의 이야기를 듣고 싶지 않았다. 그렇게 소박한 밤색 스웨터를 입은 사람들이 어떻게 파출부를 쓸 수 있는지 그는 이해할 수 없었다. 그러나 한사람만 그런 것이 아니라 모두 다 그렇다니! 누군가 파출부들이 요구하는 청소세제가 터무니없이 비싸다고 불평한다. 어떤 이는 웃고 있다. 그 말이 농담이라고 생각한 사람은 지망생뿐이다. 그는 불안해졌다. 모두들 불만을 토로한다. 그들이 보기에 파출부 여성들이 식기세제나 비누, 그리고 바닥청소세제들을 사는데 돈을 너무 많이 쓰는 것 같다. 그 돈은 전부 그 남자들 주머니에서 나갈 것이다. 그렇지 않다면 그들이 그렇게까지 불만스러워 하지는 않을 것이다. 작가지망생은 빌딩 계단을 닦고 있는 자신의 어머니를 생각한다. 파란색 유니폼을 입은 어머니 모습이 떠오르면서 속에서 뭔가 울컥한 것이 올라온다. 그는 처음 맛보는 수프에 신경을 집중하려 애쓴다.

파도의 방향이 바뀌어, 이제는 그도 동참할 수 있게 되었다. 하지만 이내 답답함을 느낀다. 이제 모두들 파출부 여성들이 얼마 전에 벌인 데모에 대해 이야기한다. 그 지역 경찰이 곤봉으로 사람들을 몰아내면서 극장 점령을 단호하게 진압하였다. 부상자가 속출했고, 죽은 사람이 있을지도 모른다는 말까지 돌았다. 거기에 참석했던 사람들은 한결 같이 경찰의 과잉진압을 성토하였다. 법이 사라졌다. 무법천지다.

수프는 작가지망생의 뱃속에서 뭔가를 뜨겁게 태우고 있다. 그는 지금 자기가 딛고 서있는 땅을 이해하지 못했고, 자신이 미끄러질 것이고, 그 때 머리가 깨지지 않는다면, 스웨터를 입고 있는 저 작자들이 뚱뚱한 몸무게로 자신을 질식시킬 것이란 것을 알아차렸다. 그는 자신을 도와 줄 동맹군이 여기 없다는 것을 깨달았다. 뱃속에서 불덩어리가 점점 커지더니, 벌써 목구멍까지 올라왔고, 급기야 입을 벌리자 불이 뿜어져 나왔다.

불길은 쉽게 스웨터들에 옮겨 붙었다. 부부가 먼저 불에 탄다. 그들은 일어났지만 중심을 잡지 못하고 이리 저리 비틀거린다. 이젠 거실 전체로 불길이 번진다. 작가지망생은 미쳐 날뛰며 그들에게 덤벼들었다. 그는 집 전체가, 심지어 시멘트벽까지 몽땅 타버리길 바란다. 혼이 쏙 빠진 금발여인이 자신은 태우지 말라는 애원의 표정으로 그의 얼굴을 바라본다. 그가 씩 웃는다. 그는 그들에게 신세진 일이 없다. 지금까지 그가 신세진 사람이 있다면, 그건 스탈린을 추종하는 목수나 입을 다물고 말이 없는 여인이다. 그가 내뿜는 불길의 연료는 전혀 다른 것이다.

그들의 얼굴에 불길이 쏟아진다. 불길이 더욱 격렬해진다. 그는 그들 전부가 타버린다는 것을 확신시켜주기 위해서, 그들을 와락 껴안는다. 불길은 끝내 그의 등 뒤로까지 번졌다. 그러나 그는 개의치 않는다. 단지 그들이 죽어 없어지는 것을 보는 것만이 유일한 관심사다. 그는 그들과 같지 않다. 사회 계층이 다르다. 그들에게 경멸과 증오감을 보여주는 대신 희생이라는 대가를 지불하게 한다.

결국 여류작가와 그 게이 애인, 영화 비평가는 자기들한테 떨어지는 불길을 잡고, 화재를 진압하려 한다. 이제 모든 것이

거의 다 재가 되었다.

모임에 참석한 사람들은 재가 된 주인부부를 뒤로 한 채, 조용히 집을 빠져 나간다. 작가지망생은 뒤늦은 변명을 꾸며내다가 살덩이가 타는 악취 속에서 아무 생각이 없어진다. 거리에 나서니 모든 사람들이 냄새 때문에 그를 피한다.

다음 날, 그는 아프리카 어린애의 사진을 팩스로 받는다. 그것은 금발여인이 쓸데없는 신념으로 점철된 인생의 마지막 숨을 쉬면서 그에게 보낸 것이다.

똥 밟은 날

―…씨팔, 더러운 년!

지금까지는 상상도 할 수 없었던 그런 강한 힘으로 수화기를 전화박스 위에다 내리치기 시작했다. 파란 플라스틱 수화기는 박살이 나면서 산산조각 나버렸다. 내 손에서 내리 칠만한 딱딱한 것이 더 이상 남아있지 않을 때까지 멈추지 않았다.

똥 누는 자세로, 다리를 구부리고 숨을 헐떡이면서 전화박스 앞에서 1분 정도 고개를 숙인 채 가만히 있었다. 사실 나는 뱃속에 상당한 양의 똥이 차있음을 느꼈다. 나는 가장 친한 친구에게 방금 전화를 걸어서 하비가 어디 있는지 물어보았고, 그녀는 10분간 젖을 주고 나서 내 사무실에 놔두었다고 말했다. 그녀는

이처럼 말했다: 정확히 10분 동안 네 사무실에서 젖을 먹였어. 그놈은 그 좋은 것을 빨아먹으며 씨팔, 그녀와 밀통한 것이다. 그녀는 마치 업무 성과에 관해 보고하듯, 다시 한 번 ≪네 사무실≫이란 말을 덧붙였다.

나는 내 애인이 나를 배신했다는 사실을 이렇게 해서 알게 되었다.

그래, 나를 속인 것이 이번만은 아니었다는 것을 나는 잘 알고 있다. 남자가 자기 여자를 속이다가 들통 나는 것은 뉴욕 행 크루즈를 타고는 도착하면서 아메리카를 발견했다고 말하는 것과 다름없는 것이다.

-씨팔 년, 재수 없는 년, 배은망덕한 년!

가장 친한 친구! 절대로 그 년을 용서하지 않을 거야. 내 분명 이 빚을 갚아 주리라. 내 살아생전 반드시 너를 똥통에 빠트리리라. 더러운 년.

내 앞에, 유리창을 통해서, 쉰 살쯤 되어 보이는 아주머니의 탐스러운 개가 성당 계단 밑에서 똥을 누고 있는 것이 보였다. 그 개가 즐겁게 해결중인 똥 덩어리들을 주우려고 아주머니는 손에 신문지를 들고 몸을 숙이기 전, 당혹스러운 표정으로 주위를 둘러보고 있었다. 무척이나 불안해 보이는 그녀의 시선이 나의 시선과 마주쳤다. 나는 웃기 시작했고, 그 나이든 부인은 마치 용서받을 수 없는 파렴치한 범죄를 저지르다 들킨 것처럼 잔뜩 찌푸린 눈초리로 나를 쳐다보았다. 나는 잔인하게도 계속 웃었고, 급기야 그 부인은 개똥을 주우려 몸을 숙이는 대신 앞으로 몇 발자국 더 나가더니 준비해 온 신문지를 휴지통에 집어던지고는 개를 끌고 멀리 가버렸다. 마치 자기는 자기가 속한 계층에 어울리지 않는 그런 창피한 일은 절대 하지 않는다는 식으로.

그러자 그에 대한 반작용 때문인지, 뱃속 창자에서 배변의 징조를 알리는 느낌이 쏴아 밀려왔다. 괄약근에 잔뜩 힘을 줘서 일단 위기는 모면했지만, 나는 최악의 상황에서 최악의 처지에 몰렸다.

-저…. 실례해요, 아가씨….

그 말이 다섯 번 들릴 때까지 나는 내가 바로 그 아가씨라는 것을 알아차리지 못했다. 깜짝 놀라서 머리를 들다가 공중전화 박스 천장에 머리를 찧고 말았다.

-아야!- 아파서 소리를 내질렀다.

-이런…, 미안합니다.

너무나 아파서 눈앞에 별이 번쩍였다. 나에게 이런 고통을 야기한 그 장본인을 향해 주먹을 한대 날리고 싶은 마음이 간절했다. 나는 부풀어 오르기 시작한 머리를 만지면서 돌아섰다.

-왜 그러세요?

아마 좀 더 관심을 기울였더라면, 나를 마치 경제사범인 양 쳐다보는 휠체어를 타고 있는 허름한 차림의 중년남자를 보면서 무척 놀랐을 것이다.

-아가씬 지금 아가씨 것도 아니면서 공중전화를 박살냈어요.

-아, 네, 네, 알겠어요. 물론 여러 사람이 쓴다는 거 잘 알고 있습니다. 제가 너무 흥분했었나 봐요. 죄송합니다. 그런데 이것 말고도 다른 전화박스가 더 있잖아요? 다른 데로 가세요.

-나도 그러고 싶지만 장애인용 전화박스는 이것밖에 없습니다. 이 전화박스는 당신 같은 사람들을 위한 것이 아니라는 것을 모르십니까? - 그는 내가 ≪사람≫ 축에도 들지 못한다는 식으로 ≪사람들≫이라고 말하고, 내 다리가 장애가 아니라는 것을 비난하는 말투로 ≪당신≫이라고 했다.

-아, 네. 잘 알고 계시네요. 장애인용 전화박스는 항상 비어 있고, 또 언제나 작동이 되지요. 왜냐하면 다행히도 사람들이 전부 다 장애인은 아니니까요.- 나는 냉랭한 분위기를 깨려고 그에게 미소를 지었다. 그럼에도 그 작자는 명품 옷을 빼입은 나 같은 쭉쭉 빵빵 아가씨에게 전혀 관심이 없었다.

-당신은 이 전화박스를 사용할 권리가 없어요.- 그 작자는 싸움이라도 벌일 기세로 같은 말을 반복하면서, 나를 째려보았다.

나는 깊은 숨을 들이쉬면서 얼마 전 수술로 더욱 풍만해진 가슴으로 그를 구슬려 볼 생각으로 가슴을 내밀었다. 그러나 실패였다. ≪씹새끼, 재수 없는 놈≫. 나는 생각했다. ≪분명 고자일 거야≫. (물론 이 말은 하지 않으려고 했다.)

-당신을 고발할 수도 있어!

나는 부러진 채 내 손에 들려있는 수화기 쪼가리를 바라보았다. 이 작자의 똥구멍 같은 낯짝에다 그걸 확 집어 던질 수도 있었다. 그러나 좀 더 생각해 보니 그 남자가 전에 한 번이라도 내 길을 가로질러 간 적이 없다면, 굳이 그렇게 해야 할 필요까지는 없었다. 죽은 쥐처럼 전화기를 살며시 내려놓고 그 남자의 휠체어를 건드리지 않게 조심하면서 한쪽으로 나가려 했다.

-죄송해요….- 나는 중얼거렸다.

-씨팔 년….- 그는 거친 숨을 내쉬었다.

-죽어라, 이 식물인간 같은 놈아!- 나는 내가 지나갈 공간이 확보되는 순간, 발걸음을 재촉하면서 그를 찌르는 시늉을 했다.

- 이 씨팔년아! 가서 똥이나 싸라!- 그는 침을 튕기면서 소리질렀다.

그 좆같은 병신 새끼가 몰랐던 것은 그게 바로 내가 하고 싶었던 것, 똥 싸는 거라는 사실이었다. 내 뱃속에서는 모든 창자들에게 빠른 퇴거를 강요하면서 조금씩 빈 공간을 확보해 나가려는 묵직한 덩어리가 만들어지고 있었다.

주위를 둘러보았다. 나는 시내 중심가에 있었다. 이러한 응급상황을 해결하기에는 가장 좋지 않은 장소였다. 내 앞에는 바르셀로나 대성당이 서 있었다. 그곳은 나의 굵은 씨앗을 심기에 적당한 장소는 아니었다. 몸을 반 바퀴 돌렸다. 카페, 그래 나에게는 카페가 필요했었다.

반 블록 정도 떨어진 곳에 카페 하나가 눈에 띄었다. 구두 굽 소리를 요란하게 울리며 그 쪽으로 몸을 움직였다.

그 때는 내 앞날에 대해 생각할 때가 아니었다. 이제 애인과의 관계는 물론이고, 아마 지금까지 클라라와 동업으로 운영해 온 병원도 정리해야만 할 것이다. 여우같은 년! 신경정신과 의사는 자신의 고객과 연애를 하면 절대 안 된다는 규칙을 잘 알고 있으면서…. 그것도 가장 친한 친구의 환자를! 내 남자를!

그러나 그걸 생각하니까 불안감이 증폭되면서 아랫배가 더욱 급해지기만 했다. 그래서 나의 정신적 스승이신 저 고명한 요가 스승 라미르가 가르쳐주신 것처럼, 내 마음속 어두운 부분에 그 내부의 악마들을 꽁꽁 숨겨놓기로 마음먹었다. 적어도 육체적으로 최악의 순간인 이 몇 분만이라도.

그 카페 이름은 《바리케이트》였는데, 재수 없는 동굴이었다. 몇 년 전-정확히 몇 년 전인지는 기억나지 않는다, 나는 이런 기억력은 도통 젬병이다- 나는 이 지역의 협동조합에서 일을 했는데, 그때 이 카페에 와서 한 잔한 적이 몇 번 있었다. 그리고 몇 년 전-역시 정확한 연도는 기억나지 않는다- 나는 내 생전에 다시는 이곳에 오지 않겠노라 맹세했었다. 그러나 지금 불가항력적인 이유로 나는 여기 와 있다.

담배 연기로 가득 찬 실내에 들어서는 순간 불길한 예감이 들었다. 스탠드에는 두 명의 단골손님이 자리 잡고 앉아 있었으며, 4개의 조그만 탁자가 보였다.

-실례지만 화장실이 어디죠?

-저기, 안쪽에, 저 문이에요.

스탠드 뒤에서 한 노인네가 구석에 나무로 된 낡아빠진 문을 가리켰다. 그 위에는 ≪화장실≫이라고 분필로 씌어져 있었다. 녹슨 손잡이를 돌렸지만, 어찌된 영문인지 꿈쩍도 하지 않았다. 문은 잠겨 있었다.

-여자 화장실은요? - 너무 창피해서 말도 제대로 안 나왔다.

-없어요. 여기서 남자 여자가 어디 있어요, 다 똑 같지.

단골손님 한명이 떨떠름한 미소를 지었다. 그는 여성에 대해 일부러 무관심한 척 함으로써, 자기 평생 동안 여성 때문에 쌓였던 감정을 풀고 있는 중이었다.

한숨이 나왔다. 1분 정도는 더 참을 수 있었지만, 얼마나 더 견딜 수 있을지는 장담할 수 없었다. 뱃속은 부글부글 끓고 있었다.

더 끔찍한 건 거기 서서 하염없이 기다려야 한다는 것이었다. 움직일 공간이라고는 없었다. 그러나 지금은 걷는 것조차도 힘든 일이었다. 그때 엉덩이 사이에서 그 하찮은, 쓸데라고는 없는 물건이 직장의 벽을 밀어붙이는 것이 느껴졌다. 그걸 억누르기 위해 안간힘을 썼다. 아무 생각도 하지 않고 오직 항문에만 힘을 썼다. 이제 다리를 벌린다는 것은 꿈도 꾸지 못할 일이다.

갑자기 핸드백에서 '사랑의 찬가'가 흘러나왔다. 휴대폰을 꺼내보니 하비에게서 온 거였다. 안 돼, 지금은 안 돼. 전화 받기에는 최악의 상황이다. 지금 상태보다 더 내 부아를 돋운다면, 똥이 제 무게를 견디지 못하고 떨어질 거야. 나는 휴대폰 배터리를 빼고 거친 숨을 가라앉혔다.

자신들의 잘난 이데올로기처럼 역사의 뒤안길로 사라지게 될 늙은이들이 겸연쩍은 웃음을 지으며 나를 바라보았다. 이렇게 당당하고 매력적인 여자가 다 낡아빠진 똥간 앞에서 어쩔 줄 모르고 서있는 것을 보는 일이 그 노인네들한테는 상당한 즐거움이 되는 모양이었다. 그들에게 잠시 승리의 기쁨을 만끽할 수 있는 시간을 주기로 했다. 그들은 내가 자기들 같은 늙은이들이 우글거리는 그런 곳에 다시는 나타나지 않을 거라는 것을 확신하고 있었다.

1분이 지났다. 화장실 문 뒤에서 한 노인네의 정지된 동작과 한숨을 짐작할 수 있었다. 이제는 더 이상 참을 수가 없었다.

탕탕!

나는 손바닥으로 문을 두드렸다.

-아, 여보세요!- 내 목소리에서 히스테리를 느끼지 못하게 할 생각으로 소리를 질렀다. 그러나 마음대로 되지 않았다. -죄송하지만 좀 빨리 끝내실 수 없나요?

아무런 대답이 없었다. 안에서는 몇 초 동안 아무런 인기척도 없었다. 정적 그 자체였다.

이번에는 더 세게 문을 두드렸다. 하비에게 선물 받은 반지 때문에 손가락이 너무 아파서 쳐다보니 껍질이 벗겨졌다.

-여보세요!- 내 목소리가 그 조그만 카페 안을 울리며 퍼졌다. -좀 빨리 끝내시라고 말씀드렸잖아요. 한참 기다렸으니까, 이제는 들어가야겠어요!

손님들의 웃음소리만 들려왔다. 이번에는 주먹을 쥐고 문을 두드렸다. 그렇지만 힘껏 두드릴 수가 없었다. 두드릴 때의 충격이 내 뱃속으로 퍼져서, 그 자리에서 당장 그 불결한 내용물이 창자에서 탈출할 것만 같았다.

-그렇게 힘 쓸 필요 없어요.- 마침내 주인이 끼어들었다.

-뭐라고요? 왜요?- 나는 주인 쪽으로 몸을 돌리고 곤궁에 처해 있는 매춘부 같은 표정을 지었다. -무슨 말씀이세요? 지금 당장 화장실이 급한데, 다른 화장실은 없나요?

-없어요. 저거 하나뿐인데, 지금 헤나로가 화장실을 쓰고 있거든요,

그 이름이 밝혀지는 순간 노인네들은 배꼽을 잡고 웃어댔다.

-헤나로? 헤나로한테 무슨 일이 있어요?- 이제 와서 화장실을 포기할 순 없었다. 나는 이미 늙은이 냄새가 배어있는 더러운 화장실과 싸울 준비가 되어있었다.

-그렇게 소리 질러도 문은 열리지 않을 거요. 어쩔 수가 없어요. 다른 방도를 찾아봐요.

다시 문을 쳐다보고는, 남아 있는 힘을 다해 소리 지르며 양손으로 문을 두드렸다.

-헤나로오오오! 헤나로, 다앙자아아앙 문 열어어어!

-헤나로는 귀머거립니다. 누구도 지금은 화장실에 들어갈 수 없다니까요. 더군다나 성인잡지를 가지고 들어갔으니, 시간 좀 걸릴 거요.

나는 그 말이 끝나기도 전에 후다닥 카페에서 뛰쳐나왔다. 이제 적당하든 그렇지 않든 간에 어쨌든 한군데를 찾아야만 했

다. 이제는 이판사판이었다. 다른 사람 집에 들어가서 부탁해볼까? 이 정도 외모라면 이웃사람한테 화장실 좀 사용하는 걸 허락받기가 그리 어려운 일은 아닐 것이다. 그러나 그러자면 또 시간이 걸릴텐데…. 너무 급했다.

은행이다! 나는 탄성을 질렀다. 광장에 있는 은행에는 틀림없이 화장실이 있을 거야. 그 은행은 본점이니까 빈 화장실을 찾을 수 있겠지. 나는 영화에 나오는 총잡이처럼 걷기 시작했다. 걸음을 재촉할 때마다 배가 아파서 너무 힘들었다.

이제 생각을 다른 데로 돌리는 작업이 필요했다. 라미르, 재수 없는 씹새끼라 생각했다. 그는 다른 사람들의 약점을 이용하는데 전심전력을 기울였고, 단지 자신의 여학생들을 꼬드기기 위해 잡신들이나 어릿광대들의 에너지에 대해 이야기하는 걸 좋아했다. 솔직히 나한테는 그 방법이 통했다. 하지만 그는 그다지 평온한 정신의 소유자가 아니었다. 왜냐면 내가 한참동안이나 그를 피해망상증 환자로 취급했기 때문이다. 실제로 그는 여자 제자들이 심리학적 남용, 그러니까 사랑에 대한 배신감 때문에 자신을 미행한다고 믿고 있었다.

그러나 현재 피해망상증에 걸린 사람은 바로 나였다.

계단을 올라갔다. 치마가 허벅지까지 말려 올라가, 지나가는 사람들의 눈을 즐겁게 해주고 있었다. 그래도 지금은 그런 일에 신경 쓸 겨를이 없었다. 넓은 로비로 들어섰다. 에어컨 바람이 피부를 시원하게 하면서, 내 몸을 가볍게 해야 한다는 강박감을 조금은 덜어 주었다. 창구에는 많은 사람들이 줄을 서서 자기 차례를 기다리고 있었다. 화장실이 어디에 있는지 가르쳐 줄만한 경비원을 찾았다. 이제 더 이상은 참을 수 없었다.

그런데 도통 경비원이 눈에 띄지 않았다. 창구 안 책상들을 다시 한 번 훑어보았다. 이상한 책상하나가 눈에 띄었는데, 비어 있었고, 그 앞에 흰 와이셔츠를 입은 남자가 책상에 등을 돌린 채 복사기 앞에 서 있었다. 나는 그쪽으로 갔다. 똥이 가득 찬 채로.

-저, 실례합니다! - 오래된 석조 건물 안이라 내 목소리가 더 울린다. 그러나 신중함은 이제 나에게는 조금도 중요하지 않은 미덕이었다. - 실례해요!

머리 모양으로 봐서는 다소 젊은 축에 드는 그 남자는 돌아보지 않았다. 일부러 누구 염장질러 죽게 할 요량인지 몰라도 그는 너무나도 진지하게 복사를 하고 있었다.

-죄송합니다만, 너무 급한 일이라서! 저 지금 화장실이 너무 급해서 그러는데요! 화장실이 어디 있는지 가르쳐만 주세요! 더 이상 괴롭히지 않을 테니까, 이 은행 화장실이 어디 있는지 말씀해 주세요. 이 씨팔 자식아, 너는 말할 때 고개 좀 돌려서 쳐

다보면 안 되니? 이 머저리 같은 놈아, 이 회사는 너 같은 놈 쓰는데 얼마나 지불하니?

은행 안에 있던 모든 고객과 직원들이 동시에 소리의 진원지 쪽으로 몸을 돌렸다. 그들의 얼굴에서 놀라움과 경멸의 표정을 읽을 수 있었다. 줄 서 있던 여자애가 별안간 울기 시작했다. 젊은 여직원이 책상에서 일어나더니, 화가 잔뜩 난 표정으로 오늘 아침 나의 두 번째 귀머거리 대화 상대자에게 급히 다가왔다.

-아주머니, 창피하지도 않으세요?- 그녀는 혐오스럽다는 듯 제스처를 취하면서 나를 몰아 세웠다. 그리고는 자기 동료의 팔을 부드럽게 잡았다. 그는 돌아섰다. 그는 팔을 떨고 있었으며, 그의 눈에서는 눈물이 마구 흘러내렸다. 복사 서류들이 그의 손에서 떨어졌다.

-아니, 이런….- 내 입에서는 말도 제대로 안 나왔다. -저기, 죄송해요, 저는….

그 젊은 친구는 다운증후군이었다. 그의 눈과 입술은 마치 많이 얻어맞은 복싱 선수처럼 부어있었다.

-이 일이 그냥 이런 식으로 끝나리라고 생각한다면 큰 오산입니다.- 젊은 여직원이 계속 말했다. -말을 함부로 하고 무례를 범한 당신을 고발하겠어요. 가서 경비원을 데리고 올 때까지 기다리세요.

그때 마침 경비원이 바지 단추를 채우면서 옆 복도에서 나왔다. 줄로 입구를 차단하고는 ≪물청소해서 젖은 계단≫이라 적혀있는 노란 팻말 옆에서 바닥을 닦을 준비를 하던 한 청소부 아줌마는 일이 앞으로 어떻게 전개될까 궁금해 하며 숨죽인 채 기다리고 있었다.

이제는 내가 울기 시작했다. 여자애가 경비원 앞에 멈춰서더니 손가락으로 나를 가리키면서 뭔가를 말했다. 아마도 매우 나쁜 내용이었을 것이다.

-단지 똥을 싸고 싶었을 뿐인데….- 나는 중얼거렸다. -이게 전부 다 하비 때문에 일어난 거야. 왜? 왜…?

나는 거기서 달리기 시작했다. 어디로 가는 건지, 누구에게 도움을 청해야 하는 건지도 모르면서. 인간이 혼자서 해결해야 할 일 중에서 가장 단순하면서도 큰 문제. 사랑하는 사람에게 버림받거나, 가장 친한 친구가 나를 배반하는 것 보다 더 큰 문제를 나는 홀로 외로이 짊어지고 있었다: 똥 싸는 것.

미친년처럼 눈알을 굴리며 길 양쪽으로 똥 쌀만 한 곳이 있는지를 찾으며 광장을 가로질러갔다. 근처에 물어볼 만한 곳도 보이지 않았고, 쪼그리고 앉아서 최고의 행복감을 맛 볼 적당한 장소도 없었다. 꽉 찬 속을 비우는 행복. 너에게 넘치는 너의 일부분, 이미 늙어서 죽어버린 일부분을 너에게서 비워내는 행복.

이젠 거의 자포자기 상태로 성당 쪽으로 달려가고 있는 내 자신을 발견했다. 그곳은 나의 지평선에 남아있는 유일한 건물이었고, 마지막 희망이었다. 아무쪼록 구석때기 한쪽이라도 찾을 수 있게 되기를 빌고 또 빌었다. 고해성사실이라도 좋다. 하느님, 제발 하느님, 하느님, 지금까지 당신을 믿지 않았지만, 이번에는 다릅니다. 편안하게 똥을 누게만 해 주십시오. 단지 그것뿐입니다. 이놈의 똥 덩어리만 두 다리 사이로 빠져나가게 해 주신다면 당신을 믿는 충실한 종이 되겠습니다. 당신의 가장 순한 양이 되겠습니다. 당신이 원하시는 대로 다 하겠습니다.

다시는 당신의 품안에서 똥을 누지 않겠습니다! 맹세합니다!

좋아! 이제 몇 미터 안 남았다. 나는 벽에 기대고는 급히 입구로 시선을 돌렸다. 눈을 들어 문이 열려있는지 보았다. 나는 흥분하면서 한숨을 내쉬었다. 됐다, 됐어. 문은 열려있었다. 오늘 완전히 재수 옴 붙은 날인 줄 알았는데, 그나마 다행히 조금의 복은 남았나 보다. 이제 진짜로 변소를 사용할 수 있게 되었다. 신부님이 분명 허락하실 거야. 이런 급한 상황에서는. 아니면 복자라도 있겠지. 비정상적인 복자는 없을 테지. 비정상적인 복자는 지금까지 보지 못했어. 귀머거리 복자도 못 봤고. 왜냐하면 귀머거리 복자가 있다면 성가대에서 노래하지 못할 테니까. 힘내. 로사나, 너는 이제 막 계단에 다다랐어. 이제 곧 내 몸의 털이란 털은(음부 털은 제외하고, 왜냐하면 나는 이미 그것을 다 깎아냈으니까) 전부 다 삐죽삐죽 설 것이다. 성당 입구 바로 앞에 앉아 있던 거지가 일어서서 계단을 내려오다가, 놀랄만한 속도로 나에게 다가왔다. 그는 이제 내 앞 5미터 거리까지 다가왔다. 나이는 좀 들었고, 골리앗처럼 덩치가 컸으며, 베레모와 선글라스를 쓰고 있었다. 그는 빠른 속도로 내가 있는 벽으로 다가왔다. 그러나 나와는 정반대 방향으로. 나는 두려움에 몸이 뻣뻣해지면서 그 자리에 멈춰 섰다. 선글라스? 그리고 흰 지팡이, 맹인안내견. 세상에, 하느님 맙소사! 내가 옆으로 몸을 피할 시간도 주지 않을 것이다….

빡!

충격이 대단했다. 그 딱딱하고 큰 덩치가 요구르트 같이 부드러운 이 몸에 정면으로 부딪힌 것이다. 나는 몇 발자국 뒤로 밀려났다. 그 시각장애인은 갑자기 말문이 트인 사람처럼 소리를 지르기 시작했다. 비명을 지르고, 지팡이를 위아래로 흔들면서.

-죄…송…합니다, 저는….

-당신 뭐야? 당신 뭐하는 사람이야? 재수 없게!

시각장애인은 자기가 피해자란 생각이 드는 모양이었다. 그는 충돌한 것 때문에 나보다 더 놀란 것 같았다.

-죄송하다고 말씀드렸잖아요. 비켜주세요. 저 바빠요….

-뭐? 똥 같은 게 지나가신다고! 너는 너 자신이 뭐라고 생각해? 똥 덩어리, 그게 바로 너야, 씨팔 똥!

-그래! 너는 똥 썹은 개 씨팔 봉사다. 이 썹 새끼야!

-가서 똥이나 쳐 먹어라! 똥이나 쳐 먹어!

지팡이가 바람을 가로지르는 소리가 들렸다. 나의 한 쪽 뺨에서 그리고는 다른 쪽 뺨에서 그의 지팡이 재질이 느껴졌다. 얼굴 피부가 화끈 달아올랐다. 화가 나서 눈에 보이는 게 없었다. 내가 잘 하는 건지 아닌지 구분할 겨를도 없이, 신고 있던 하이힐 한 개를 벗어 들고는 그에게 덤벼들었다. 분노의 절규가 내 손을 흔들어 댔으며, 내 목구멍에서는 으르렁거리는 소리가 나왔다. 내 몸속에서 수세기에 걸쳐 쌓인 원한 같은, 전 세계 여성들이 내지른 반란의 비명 같은 것이 뿜어져 나왔다.

높이 쳐든 하이힐은 내려오면서 그의 검은 안경 오른쪽 알을 통과하여 원래 그의 눈알이 있던 자리에 끼었다. 그는 멍하게 정신 나간 사람 같았다. 자기에게 어떤 일이 일어났는지 느끼지도 못하는 바보처럼 어리벙벙한 모습으로 아무 소리도 내지 못했다. 맹인 눈을 멀게 하는 것은 성당 앞에서 똥을 싸는 것만큼 어리석고 바보 같은 짓일 것이다.

나는 하이힐을 거기 그대로 놔둔 채, 그 하이힐의 새로운 주인의 놀란 표정을 모른 척 했다. 그 순간, 내 몸에 받았던 충격의 메아리가 창자를 느슨하게 풀어줬다. 확장된 똥구멍에서 똥이 내려와서, 캘빈클라인 팬티에서 넘쳐흘러, 다리에 똥물을 튀기면서 길바닥에 떨어졌다. 그 똥 위로 나는 넘어졌다.

물컹! 그 똥이 내 옷과 손에 묻었다. 그건 내 똥만이 아니었다. 거기에는 바로 몇 분전 그 곳에 나타났던 그 맹인안내견의 똥도 있었다. 개똥은 겨자 빛이었고, 내 똥은 검었다. 개똥이 훨씬 더 딱딱했다. 웃음이 터져 나왔다. 내 몸은 놀랐던지 내 뱃속에서 부드러운 똥을 계속해서 추방해내고 있었다. 기분이 좋았다. 이제는 평상심을 찾을 수 있었다. 저 정신적 육체적 장애인들에게 고마움을 느낀다. 그들은 초감각적, 초자연적 지혜로 나에게 길을 가르쳐 준 것이다. 나는 똥에 넘어졌다.

이제, 마침내, 진짜로 똥을 누었다.

기분이 너무 좋았다.

솜털

　나는 최고의 프로입니다. 한 마디만 하겠습니다. 나한테 일
어난 이 일은 흠잡을 데 없는 완벽한 인생을 살아가는 사람을
인간적으로 짓밟고 오명을 씌운 것이고, 상상도 할 수 없을 정
도의 엄청난 음모의 결과이며, 입에서 입으로 옮긴 험담입니다.
그래서 불운과 늙음의 대가로 일을 완벽하게 수행할 수 있는 능
력을 나에게서 영원히 앗아갔고, 내가 천직이라 여기는 일을 평
생 동안 성실히 수행할 가능성을 빼앗아 갔습니다. 나는 거세당
한 거나 다름없습니다. 그때 나의 천직뿐만 아니라 내 삶의 목
표까지도 사라졌습니다.

　나는 천부적인 안마사입니다. 자격증도 취득했고, 근육이완

과 말단신경계를 끊임없이 연구해왔기 때문에, 이 이야기를 읽고 계시는 당신이 느끼고 있을 고통스럽고 경련이 일어나는 그 부위를 원래 상태로 되돌려놓을 수 있습니다. 아, 하지만 이제 가서 씹이나 하십시오. 씨팔, 이제 더 이상 당신을 도와드릴 수가 없네요. 왜 당신은 나를 위해 한 말씀도 하지 않나요?

앞으로 나를 중상모략하고 싶다면 내 앞에서 직접 말해주세요, 이 씨팔새끼야. 얼마나 더 나를 엿 먹이고 싶니? 나는 이제 내가 있던 곳으로 다시는 돌아갈 수 없다, 세상이 나를 그렇게 놔두지 않을 테니까.

니기미, 똥이나 쳐 먹어라.

7월 햇볕이 쨍쨍 내리쬐던 그 날, 모든 것이 시작됐고 모든 것이 끝났다. 그 여자 이름은 에바였고, 그녀가 내가 일하는 이곳에 온 첫째 날이었다. 그녀는 친구 로레나의 소개로 왔다. 로레나는 이 지역 디스코텍에서 춤을 추는 끝내주게 예쁜 계집애였다. 미모에 관해서라면 에바도 만만치 않았다. 에바는 카탈루나 지역에 있는 어떤 계집애들처럼 프랑스 혈통을 이어받아서인지 호리호리한 몸매와 프랑스식 제스처를 쓰고 있었다. 그녀는 아주 화사하고 말씨도 부드러웠다. 에바는 최근에 별거를 시작한 상태였다고 한다(침대에 누워서 내게 손 마사지를 받는 여자들은 성당 고해성사실에서 보다도 더 진솔해진다). 그녀는 두 달 전에 첫째 아기를 출산하였다. 그런데 아기 아버지는 아이의 출생을 모른 척하고, 아직 결혼하지 않은 친구 놈들과 함께 야간업소로 달아나서는, 아버지가 누군지 모르는 애들을 키우는 미시족 여성들의 품안에서 놀아났다.

에바는 그 모든 사연들을 떨리는 목소리로 나에게 들려주었다. 분명 그녀는 지금까지 힘겹게 살아왔던 지난날들이 후회스러운 모양이었다. 두 달된 아기와 이혼이 그녀의 아름다운 목에 걸려있었다. 마사지오일에 범벅이 된 내 손이 그녀의 등에서 위로의 춤을 추었다. 이완점과 행복점을 누르면서, 마치 목소리라는 현을 통해서 입에서 흘러나오는 아름다운 멜로디를 간직하고 있는 여자 하프를 아주 현명한 손이 연주하는 것처럼. 확실히 너는 이 일을 위해 태어난 거라고 나는 생각했었다: 자신의 불행에서 벗어나고 고통에서 자유로워지길 기다리며 너에게 꽃잎을 벌리는 꽃과 같이, 그토록 고상한 창조물을 한두 시간만에 치유할 수 있다는 것이 얼마나 놀라운 일인가? 지상의 고통에서 영혼만이라도 자유로울 수 있도록 나의 예술적 안마기술은 그녀가 자신의 육체적 감옥에서 단 몇 초만이라도 벗어날 수 있도록 도와주었다.

불행이 그 추악한 얼굴을 내 인생의 울타리 근처로 들이 밀었을 때, 나에게는 비탄에 빠진 그 방문객을 진정 선의로 도와주려는 마음이 들어찼다.

수건을 접어서 에바의 허리에 놓다가 그녀의 궁뎅이를(우리 안마사들은 항상 궁뎅이라고 말한다) 보고는, 내 두 손은 까무잡잡하고 탄력 있는 그녀의 엉덩이를 마사지하고 있었다. 아직까지 이런 일에 익숙하지 않은 안마사는 이런 상황에서 틀림없이 거시기가 발기되었을 것이지만, 나는 아니다. 신이 나에게 주신 재능에 대한 나의 애정, 내 일에 대한 나의 집중력, 그리고 내 고객들의 안락함에 대한 고려 때문에 나는 일터에서 성적 리비도를 극도로 억압하였다. 고객과 나 사이에 교환되는 에너지의 그 지속적인 흐름 속에서 그날 나는 내 손가락을 통해 엄청난 욕정이 끓어오르는 것을 느꼈다. 그것은 전날 밤 귀여운 내 애인과 나누었던 사랑보다 더 뜨거운 감정이었다. 그녀는 만족감에 거의 미칠 지경이었다. 그러나 그때 그 엉덩이는 자기 주인에게 활기찬 에너지를 공급하기 위한 수단에 지나지 않았던 것 같다.

살짝 건드려도 터질 것만 같은 그 완벽한 뒷모습을 의미심장한 남성의 시선으로 훔쳐보고 있는 나를 방해하는 것은 아무것도 없었다. 그 이전에도 -나도 봉사가 아닌 이상- 직업적 성벽 뒤에 숨어서 그런 짓을 자주 했었다. 그러면서도 끝을 알 수 없는 내 영혼의 어둠 속에 고립되어 있는 내 감정을, 그런 환상적인 광경이 자극하는 것을 최대한 억눌렀다.

그때 그녀의 부풀어 팽창된 질에서 눈을 떼지 못한 채, 그 매끈한 엉덩이 피부를 문질렀고, 그러다 한 번씩은 두 군데 수로에서 흘러내린 물로 질식 상태에 빠져있는 항문이 건드려졌다. 모세조차도 빠져버릴 만한 그런 깊은 골이 한 번씩 입을 벌리며 하품을 할 때, 그처럼 완벽한 건축물 앞에서의 예술적 황홀감 말고도 또 다른 그 어떤 것이 내 마음속에서 심한 동요를 일으켰다.

바로 그 때 그녀의 육체가 지닌 해부학적 완벽함과 전혀 어울리지 않는 것이 내 시야에 들어왔다. 그녀의 음부 바로 뒷부분에 꼬불꼬불 얽혀 있는 털 가운데 회색빛 솜털 한 올이 묘하게 자리 잡고 있었다. 마치 거미줄에 걸려 꼼짝달싹 못하는 작은 벌레 같았다. 그 주인도 아름다운 자신의 육체 한복판에 그런 흉물스러운 것이 자라는 것을 모르고 있다는 것이 내 맘 속에 어떤 동정심 내지는 측은지심 같은 것을 불러 일으켰다. 마치 당신의 애인 코에 초록색 코딱지가 붙어 있고, 애인이 그걸 알아차리지 못하고 있을 때 당신이 그걸 어떻게 알려줘야 할지 몰라 안절부절 못하는 것과 같다.

아름다운 육체의 조화를 망가뜨리는 그 부분을 바라보다가 갑자기 그런 생각이 들었던 것이다. 나의 손은 계속해서 일정한 리듬으로 작업에 임하고 있었다. 나의 고객은 향기의 바다 한 복판에서 자신의 행운에 몸을 맡긴 채 기쁨의 한숨을 내쉬고 있었다(분명 기쁨에서 오는 한숨이었다). 내가 일을 잘 하면 내 고객들은 기쁨과 쾌락의 한숨을 내 뱉는다. 그러나 그러한 소우주의 완벽함과 대조를 이루는 흠을 발견한 나는 속으로 놀라움과 분노의 비명을 질렀다.

그래서 나는 진정으로 그녀를 위해 작업을 벌이기로 하였다. 한손으로 안마 시술을 하면서 다른 손으로는 부드러운 곡선미의 여정을 따라 아슬아슬하게 곡예비행을 하면서 엉덩이에 다가가서는 긴장해 있는 항문을 향해 급강하하면서 손가락으로 집어내려 했다. 골치 아픈 오해로부터 항상 나를 보호해준 그 숙달된 기술 앞에서 다소 놀라긴 하였으나, 그래도 그녀를 위해 뭔가를 했다는 생각으로 기분이 한결 나아진 나는 가능한 한 빨리 그녀 몸에 방문한 불청객 손님을 체포하기 위해 엄지와 검지로 집게 모양을 만들어서는 털 속으로 집어넣었다. 나는 호흡을 거의 멈추고 천천히 두 손가락을 전진시켰다. 그 이상한 털이 자라고 있는 음습한 부위는 가능한 피해서, 나는 다른 한 손으로는 엉덩이를 계속 마사지하면서 나의 목표물을 향해 다가갔다. 그러나 그 솜털은 숲 속 깊숙한 곳에 숨어 있어서, 내 두 손가락이 거기까지 도착하기에는 그 길이가 충분치 않다는 것을 알게 되었다.

-음…. 그러자 꿈속을 헤매던 그녀의 입속에서 불만어린 신음소리가 새어나왔다.

나는 땀을 뻘뻘 흘리면서, 다른 방법을 쓰기로 하였다. 이번에는 검지와 중지로 집게 모양을 만들어 아까보다 훨씬 편하게 침투할 수 있었다(미안하지만). 이때도 그녀의 의심을 불러일으키지 않도록 하기 위해 비둘기 발과 손처럼 살살 가야만 했다. 그녀의 궁둥이를 마사지하고 있는 동안, 더욱 더 과감한 결단을 내리고 보송보송한 털로 이루어진 숲 속으로 빳빳하게 세운 두 손가락을 삽입하였다. 결국 손가락 한 쪽 끝에 솜털이 닿았건만, 그것이 그만 더 안쪽으로 움직였다. 그러나 나는 그 기생물을 끄집어 낼 수 있다는 확신을 가지고 손가락으로 그것을 잡고는 재빨리 손을 뺐다. 그런데 내손에 뽑혀져 나온 것은 두개의 멀쩡한 터럭이었다.

-아!- 달콤한 꿈을 갑자기 깨트린 그 비논리적인 통증에 의아해하면서, 에바가 살짝 머리를 들고는 투덜거렸다.

나는 좀 더 신속하게 작업을 끝낼 필요성을 느꼈다. 그래서 마치 한쪽 팔이 없는 야만인이 자기 부족 사람들에게 적의 공격을 알리기 위해 한쪽 팔만 가지고 북을 두드리는 것처럼, 미친

놈처럼 한쪽 손으로 그녀의 궁둥이를 치기 시작했다. 그것은 잠들어있던 그 궁둥이를 실제로 두 손이 깨웠다는 사실을 그녀가 믿도록 하기 위한 속임수였다. 다시 한 번 내 손가락을 그 잎이 무성한 심연으로 집어넣어 단 한번 만에 그녀의 회색 솜털을 제거하기 위해서는 계속해서 그녀를 편안한 즐거움 속에 빠트려야만 했다. 피부에 바른 마사지 오일 때문에 이번에는 중지가 미끄러지면서 음부 밑 부분에 닿았다. 그러나 재수 더럽게도 손가락과 함께 솜털이 에바의 질속으로 들어 가버린 것이다. 질퍽한 음부 안으로 빠져 들어간 것이다.

-아!- 그녀는 용수철처럼 벌떡 일어나, 침대에서 펄쩍 뛰어내려오더니, 자기의 몸 안에서 나의 비의도적인 음탕한 행위를 그만둘 시간도 주지 않은 채, 날카로운 비명을 질렀다.

-나는…. 나는….- 나는 말을 더듬었다. 내 밥숟가락을 놓게 할 수도 있는 그 위기 상황에서 변명거리를 찾는 동안, 수축된 질에 내 몸이 쏠리면서 손은 그녀의 엉덩이에 끼고 말았다. -새로운 긴장이완 기술입니다.- 나는 토를 달았다.

어떠한 식으로 진실을 말하더라도 그 상황에서는 아무런 도움이 되지 않을 게 분명했다. 그러나 그 상황에서도 나는 내 고객의 미적 신뢰성을 조롱의 대상으로 삼을 생각은 추호도 없었다.

에바는 궁둥이의 반동을 이용해서 자기 몸속에 있는 내 손가락을 뿌리쳤다. 그리고는 밖으로 뛰쳐나가면서 내가 자기를 강간하려 했다고 소리 질렀다. 나의 보조로 일하는 소냐는, 나를 너무나도 잘 알고 있어서인지, 재빨리 뛰어오더니 마치 도둑놈 쳐다보듯 나를 쳐다보았다. 여성들은 몇 년간에 걸쳐 서로를 증오하고 헐뜯으며, 야비하고 추잡스런 경쟁을 일삼다가도, 한순간의 결속력을 통해서, 자신들 중 누군가에게 불행한 일이 일어났다는 것을 깨닫게 되는 것 같았다. 그때 그 어느 누구도 내 손목에는 관심을 보이지 않았다.

이제 나는 법의 심판을 기다리며 여기 갇혀있다. 내 인생은 풍비박산이 났다. 나는 이제 더 이상 나의 천직인 그 일터로 돌아갈 수 없게 되었다. 이제 내 고객들 중 한명과 합의를 보는 것만이 내 삶의 의미를 가져다주는 일이 되어버렸다.

내 입장을 옹호하기 위해서 한마디 덧붙인다면 그때 나는 정말 정신이 말짱했다.

분명히 말 하건데 그때 그녀는 축축했다!

인생을 재미있게 즐겨라

나는 귀엽고 섹시해,

거기다 인기 짱이지.

교실에서 남학생들은

환상적인 내 머리스타일에 반해서 난리야

모두들 나를 좋아해. 내 몸매도 끝내줘.

나는 네가 가지고 있지 않은 모든 것을 가지고 있어.

나는 예쁘고 멋있어.

나는 본능에 충실해.

나는 누구지? 너는 어떻게 생각해?

모두들 내 가슴을 만지고 싶어 해.

나는 행실이 나빠. 나는 미소 짓는다.

모두들 내가 망나니라 생각한다.

나는 날아서 뛰어 오른다!

너는 나를 볼 수는 있지만 만질 수는 없어.

나는 내가 중요한 사람이라고 큰 소리로 외친다.

그러나 맹세코 나는

뒤에서 호박씨 까지는 않아.

자 힘을 내서 앞으로 나가자.

우리가 속도를 올리는 것 같다.

너는 우리가 예뻐서 얄밉지?

우리도 너를 좋아하지 않아.

우리는 힘을 북돋아준다.

우리는 치어리더들이야.

페이턴 리드의 "모든 여성들을 위해서"의 주제가

'치어리더'

나는 30분 동안 꼼짝도 않고 자전거에 앉아있었다.

하지만 자전거를 타고 멀리 달려갈 수 있는 건 아니었다. 그것은 헬스용 고정 자전거였다. 피트니스 기구 전문 업체 '더블 업 앤 다운' 제품인데, 글로리아가 이 제품 모델로 활동한 덕분에 대가로 선물 받은 것이다. 이 제품 선전용 카탈로그는 매일 새벽 4시에 30개국 이상으로 보내졌다. 글로리아는 이두박근, 삼두박근, 대흉근, 승모근 혹은 그런 공룡 같은 이름을 붙인 어떠한 근육이라도 강화시킬 수 있는 헬스 기구들을 여기저기 기증하면서 몇 달을 보냈다. 그녀의 피트니스 클럽에는 그 기구들을 비치해 놓을 만한 공간이 없었기 때문이다. '5월의 성' 의 자존심 강한 주인은 영국에 수십만 에이커에 달하는 농장을 소유한 적도 있었다. 자기 어머니에게 '5월의 성' 을 청소하러 런던에서 내려오지 말라고 말해야만 했을 때-이 일을 하려면 적어도 한 달은 꼬박 걸린다- 그 일로 어머니는 무척 마음이 상하셨다. 그녀의 어머니는 스페인, 정확히 우에스카 마을에서 망명한 스페인 여인이었다. 그 어머니는 ≪네 스스로 알아서 해라≫나 ≪비록 빵이 굳었어도 돈 주고 산거니까 남기지 말고 다 먹어라≫는 말에 익숙해져 있는 분이었다. 그것은 전쟁을 겪은 세대의 여인들 마음속에 공통적으로 새겨져 있는 일상이었기 때문이다. 글로리아는 며칠 전부터 어머니와 말을 하지 않았다. 또 다시 살이 쪘다느니, 게을러졌다느니 하는 말을 듣고 싶지 않아서였다. 글로리아는 어머니가 그런 것들을 끄집어내는 것을 원치 않으면서 자신도 마찬가지로 똑 같은 생각을 할 것 같았다.

아무 말도 없이 30분이 지난 바로 그때, 그녀는 용기를 내서 심호흡을 하고는 울음을 터뜨렸다. 자전거 안장 위에 앉아서 엄청나게 울어댔다. 그리고는 울면서 페달을 밟았다. 그러나 몇 분 지나지 않아 페달 소리가 약해지며 고뇌에 찬 울음소리와 공존하더니, 결국에는 울음소리만 들렸다.

공주는 슬프다. 무슨 일일까?

-언론은 나를 공격하고 사람들은 나를 미워한다. 이제 내가 우습게 보이는 모양이지? -그녀는 가슴을 부들부들 떨면서 다소 반항적인 태도로 공중을 향해 소리를 질렀다. -노래를 부를 줄 모르는 게 어디 내 잘못이야? 여자는 모든 걸 다 할 줄 알아야 되는 거야? 나는 그저 대중스타일 뿐인데.

그러고도 그녀는 몇 분 동안 계속해서 더 울다가 배설의 시간이 지났다는 것을 깨닫고는 울음을 멈추었다. ≪글로리아, 너는 항상 지나친 것이 문제야≫. 매니저가 그를 나무랐다. 사실 언론도 그녀를 공격하지 않았고, 사람들도 그를 미워한 것이 아니었다. 단지 그녀를 잊었던 것인데, 사실 그것이 더 큰 화근이었다. 사람들이 가장 확실한 것으로 여기는 것은 내가 계속해서 살이 찐다는 사실이야, 그녀는 자신한테 말했다. 그러나 역설적으로 그것이 내가 볼 줄 몰랐던 유일한 거짓말이었어.

그녀는 작년 해러드 백화점에서 개최된 가을 시즌 개막식 행사에 초대받았을 때를 아직 기억한다. 주최 측에서는 대중들의 관심을 끌기 위해 전에 그녀와 함께 활동했던 그룹의 CD를 기증해야만 했다(그녀가 솔로로 활동하던 시기에 낸 CD는 인기를 끌지 못했다). 그녀는 야외에 설치된 무대에서 벌어진 식전 행사가 진행되는 동안 펑키족을 열광적으로 따라 다니던 한 여자 팬이 검지를 올리고 입으로는 《엿 먹어라, 푸톤》이라 말하는 것을 분명히 볼 수 있었다. 도대체 자기한테 어쨌다고 저 난린지 모르겠네? 자기 차례가 끝나고 나서 청소라곤 전혀 되어있지 않은 지저분한 화장실에서 흐느껴 울면서 남은 오후 시간을 보냈다. 그녀는 절제된 식생활을 유지하는 것조차 힘들었고, 이러한 것이 사람들의 냉대와 멸시를 불러온 것 같았다.

아직 서른도 안됐는데, 벌써 할머니가 된 것 같네 라고 그녀는 반복해서 지껄였다. 그 씨팔 밥이 할리우드에서 내 역할 하나만 만들어 준다면, 모든 것이 바뀔 텐데….

그녀는 나이 스물에 영화계에 데뷔해서 100번이나 캐스팅되었지만(마지막 캐스팅에서 맡은 역할은 해리포터 11장에 나오는 두 번째 나쁜 마녀였다. 세상에나, 두 번째 나쁜 마녀!) 항상 비웃음의 대상이 되었다. 《하하하!》 얼굴에 여드름 자국이 아직 남아있는 그 젊은 애들이 《푸톤은 자기 인기가 떨어진 것을 보고 얼마나 가슴 아파할까?≫ 라고 생각하는 것을 들었다. 푸 톤은 글로리아가 전성기를 맞이했을 때 언론에서 붙여준 예명 이었다. 전성기? 그것은 정확히 19개월 동안이었다. 그 기간 동 안 그녀의 그룹은 다섯 번이나 인기순위 1위에 올랐다. 그리고 그들은 사람들의 뇌리에서 완전히 잊혀졌다.

그녀는 그때가 인생의 최고 전성기였다고 생각하면서 스스 로를 위로하였다. 운동선수 -하하하, 운동선수라!- 그랬다. 그 후 그녀는 암소가 되었다. 우울증과 신경안정제 과다 복용으로 살이 쪘다. 사실 그녀가 낸 음반들은 정말로 훌륭했다는 것을 인정하지 않을 수 없었다. -그녀 앞에서 직접적으로 말하지는 않으려 했지만, 그녀는 분명 천부적인 재능을 가지고 있었다.- 그렇지만 그게 그녀에게 무슨 도움이 되었나? 그녀는 노이로제 와 동성연애로 파탄에 빠진 물개가 되었다. 이제 내리막길을 걷 기 위해 신발을 신었다.

'야생녀' (또한 그녀는 '흑여우' 혹은 '실리콘 젖가슴' 으로 알려졌다)는 세 번째 게이 남편을 맞이하였는데, 그는 그녀에 게 에이즈를 전염시켰다. 참 지지리도 더러운 팔자다! 그 남편 은 이 지구상에서 동성애를 가장 많이 즐기는 남성무용수들하 고만 잤는데도 에이즈에 전염되었다. 또 앨버트 홀에서 공연이 있던 날 글로리아는 무대 바로 앞에 앉아있던 남편이 무대 중앙에 있는 그녀에게 쌍년이라고 소리 지른 것을 결코 용서할 수 없었다. 남편말로는 찰스 황태자와 그 자제분들이 그녀에게 관심을 갖도록 하기 위해 그랬다는 것이다. 그 인간은 도대체 자기 와이프가 그날의 주인공이라는 사실도 모르고 있었던 것일까? 아니면 얼굴이 똥처럼 누렇게 뜬 그 쌍놈의 새끼는 자기 와이프를 황태자가 좋아한다는 사실조차 모르고 있었던 것은 아닐까?

아기에 대해서는…. ≪태양≫지에 시리즈로 기획된 그녀의 어두운 과거의 기억 속에서 아기를 출산한 것에 대해서는 스스로 자축하지 않을 수 없었다. 하지만 그때부터 그녀의 청순한 이미지는 망가져 버렸고, 몇 년간 그녀와 모델계약을 한 화장품 회사는 계약을 취소하고, 회사 이미지에 손상을 입혔다는 이유로 손해배상까지 청구하였다. 이제 그녀는 '21세기의 마릴린 챔벌즈'라는 이름으로 포르노 업계에서 활동하고 있다.

그러나 실제로 그녀를 가수의 길로 꼬드긴 사람은 '라피하'였다. 그래서 그의 성공은 더더욱 참을 수 없었다. 글로리아, 노래가 형편없다고! 잘 나가던 시절, 그녀가 노래를 부를 때면 마치 수탉 10마리 정도가 동시에 소리를 지르는 것 같았다. 그녀는 그런 가수였다. 글로리아는 어떻게 자기 음반이 그렇게 상업적인 성공을 거두었는지 아직도 이해되지 않았다. 특히나 라피하의 기념음반 제작에 자기를 동참시켜 세 곡을 녹음한 것은 더더욱 이해가 되지 않았다. 세 곡이라니! 라피하의 전화에다가 지겨울 정도로 메시지를 남겨놓았지만, 그는 답장을 주지 않았다. 듣기로 라피하는 걸려오는 전화가 귀찮아서 네 번이나 번호를 바꾸었다는 것이다. 그래도 글로리아는 혹시나 하는 마음으로 계속 전화를 걸었다. 전화를 받더니 그녀를 브리트니 스피어스로 착각한 -전화를 걸때마다 자기 손녀에게 줄 사인을 부탁했다- 늙은 할머니의 목소리가 들렸는데, 상당히 호소력 짙은 목소리였다. 그러나 라피하는…. 글로리아가 첫째 애를 임신한 상태로 맨체스터 스타디움에 갔을 때 거기에 모인 관중들이 《복 많이 받고 태어나라》고 합창하기 시작한 것에 무척 감동받았다. 그러나 그 아이는 복을 많이 받지 못하고 비정상으로 태어났다. 도대체 영국 전체가 그녀를 저주한 것인가? 그렇다면 어떻게 그녀가 톱100안에 37위로 진입할 수 있었는가? 그건 어떻게 설명할 수 있나? 그럼 전부 조작이었단 말인가? 글로리아는 겨우 그런 여자였나? 사기다!

휴대폰을 스무 번이나 확인하고, 여기저기 다 검사해 봤지만 아침 내내 한통의 전화도 없었다. 휴대폰은 고장 나지 않고 작동이 잘 되었다. 씨팔! 그는 숨을 헐떡이며 다시 울고 싶은 마음이 들었다. 너는 스타야. 너는 여신이야. 단지 일시적인 슬럼프

일 뿐이야. 그런데 문제는 이 슬럼프가 벌써 10년이나 지속되었다는 것이다. 언덕이 평지가 될 때까지 계속되는 슬럼프도 있다. 하지만 곧 여왕자리에 다시 오를 수 있을 거야.

갑자기 모든 게 싫어졌다. 심지어 매일하는 샤워조차도 하기 싫었다. 개똥이야, 개똥. 그저 하루 종일 침대에 처박혀 있고 싶은 마음뿐이었다.

그러나 그녀는 힘을 내 샤워를 했다. 몇 달 전부터 글로리아는 욕조에 들어가지 않았다. 욕조 속에서 손목 혈관을 자르면서 자살을 하고픈 유혹에 빠질지도 모른다는 두려움이 들었기 때문이다. 하루에도 한두 번씩 자살하는 장면이 너무나도 생생하고 선명하게 나타났다. 심지어는 볼일을 보려고 화장실에 들어갈 때도 그런 생각이 떠올랐다. 하기야 미끄러져서 바닥에 머리가 박살나는 것보다는 차라리 그게 나을 것 같았다. 그러면 어떻게 될까? 글로리아는 세상 사람들이 자기를 비웃는 소리를 이미 들을 수 있었다. 푸톤, 참 재수 더럽게 인생 끝마쳤네! 그래도 그녀는 아무런 대꾸도 하지 못하고 무덤 속에 있을 것이다.

몸의 물기를 닦아내면서, 그날 오후 어디서 무엇을 할까 생각했다. 포르노 영화 작업을 새로 시작할까? 아니야. 더 이상 자신의 얼굴에 똥칠하는 그런 사건들에 휘말리고 싶지 않았다. 친구인 조지 먼로에게 전화할까? 그도 그녀처럼 스타였다. 조지 먼로는 글로리아가 15세 때 그녀의 우상이었으며, 글로리아가 그룹을 떠나고 나서 그들은 정신적인 친구가 되었다. 조지는 글로리아에 대한 언론의 공격이 진행되고 있는 동안 스위스에 있는 자신의 별장에 가서 좀 쉬고 오라는 배려까지 해주었다. 초조한 마음으로 그에게 전화할 생각을 버렸다. LA의 공중변소에서 경찰관을 앞에 두고 자위행위를 했다는 이유로 체포된 이후 조지 먼로의 인생은 더욱 더 험난한 길을 걷게 되었다. 누가 그런 또라이 짓을 할 수 있을까? 경찰관 앞에서 자위행위라! 진짜 개 같은 새끼다.

마지못해 옷을 입기 전 침실에 있는 사각 거울을 힐끗 보았다. 그 거울의 모든 각들은 그녀의 몸을 받아들이고 있었다. 처음엔 그렇게 살이 쪘다는 생각은 들지 않았다. 그러나 시선이 허리 비계에 닿자, 아이, 씨팔! 어떤 배역도 주어지지 않는다는 것이 너무나 당연한 일이었다. 그녀는 공처럼 부풀어 있었다. 피부, 특히 엉덩이가 처지기 시작했다. 내 인생 이제 종쳤다.

공허함이 지속되었다. 그녀는 다이어리에 집중하려고 했다. 그러나 보이는 것은 단지 빈칸들뿐이었다, 거기에는 자선바자회, 인터뷰, 만찬, 약속들이 채워져 있어야만 했다. 그녀는 일부러 눈을 들어 변호사 방문 메모를 보았다. 이번 주에 가장 중요한 유일한 약속이다. 다시 약속을 뒤로 미룰 수 없을까? 벌써 네 번째인데? 읽고 있는 동안 -그러나 그것은 차라리 눈이 빈 공간을 지나가는 것이라고 표현하는 것이 더 옳을 것 같다.- 신경안정제를 입안에 털어 넣었다. 조금 지나서 의식이 점점 흐려지면서, 머리가 어지럽고 숨이 막히기 시작했다. 사방의 별들이 그녀를 향해 다가오고, 방이 작아지면서 그녀의 목을 조여 왔다. 그 아파트는 매일 작아져 갔고, 그 작아진 공간은 그녀를 공격하였다, 이것이 바로 너다, 이제 너는 아무 것도 아니다.

몇 초 뒤에(혹은 몇 시간이 지난 뒤인지도 모른다) 글로리아는 자신이 어떻게 아무런 목적지도 없이 길거리를 돌아다니고 있는지 알 수 없었다. 정신이 좀 돌아오자, 외투주머니에서 선글라스를 꺼내 썼다. 산보하는 사람들이 많았다. 그러나 그녀에게 관심을 보이는 사람은 아무도 없었다. 이젠 그 어느 누구도 그녀가 선글라스를 쓰건 말건 전혀 관심이 없었다. 이것이 그녀를 더욱 즐겁게 하는 건지, 아니면 더욱 심한 우울증에 빠트리게 하는 건지 판단이 서질 않았다. 하기야 그러한 상황에서 자신을 알아준다고 한들 그렇게 감사하게 여길 일도 아니었다. 뚱보, 그는 자신을 힐책했다. 그리고 그것을 잊지 않기 위해 수백 번을 되뇌었다.

길모퉁이를 돌아서자 카페 한 곳이 눈에 들어왔다. 5분 뒤에 카페 입구에서 가장 먼 구석 탁자에 앉아 뭔가를 먹고 있는 자신을 발견하였다. 그 곳은 어두컴컴했지만, 그녀는 끝내 선글라스를 벗지 않았다.

카페 안은 사람들로 북적거렸다. 많은 젊은 커플들이 뜨거운 밤의 열기를 기대하며 서로의 속마음을 떠보고 있었다. 그들은 젊음의 특권을 누리기 위해 얼마나 정성스레 몸을 가꾸었을까 하고 생각해봤다. 씨팔, 영국 놈들아, 너희들은 모두 인간쓰레기들이다. 영국에서의 생활은 갈수록 견디기 힘들었다. 모든 것이 너무 암울하고 따분하다. 모두가 연예계 스타가 되려고 발버둥치는 것이 나에게는 조금도 이상스럽지 않다. 타락한 나의 5분간을 너희들의 인생전체와 바꾸지 않으리라.

그 끔찍한 카페라테를 마셨다. 시선이 한 남자에게서 멈추었다. 적어도 나이로만 따져 본다면 그는 그 카페 안에 있는 유일한 남자인 것 같았다. 그는 반대편 구석에 앉아 있으면서도, 그녀의 눈을 빤히 쳐다보고 있는 것 같았다. 그럴 리가 없는데, 글로리아는 생각했다. 마치 어두운 빛깔의 안경알을 관통해서 그녀의 시선과 연결되는 것처럼, 그 작자의 눈은 선글라스를 낀 그녀를 뚫어져라 보고 있었다. 그녀의 얼굴이 화끈 달아오르면서, 다른 쪽으로 시선을 돌렸다. 나를 알아보는 걸까? 분명히 나를 알아보는 것 같았다.

그를 잠시 살펴보기 위해 우연한 동작인 것처럼 고개를 들고 얼굴을 돌렸다.

나이는 한 마흔 살쯤 되어 보였다. 긴 곱슬머리로 보아 전형적인 영국 사람이었고, 피부는 실핏줄이 드러날 정도로 투명하였으며, 하얀 피부는 검정색 바지와 대조를 이루며 더욱 더 빛났다. 얼굴은 긴 편이었고, 어두운 색깔의 눈은 공허해 보였으며, 입술은 작지만 약간 두터웠다. 힘이 없어 보이는 시선에서 그녀는 매우 성질 더러운 그 아일랜드 배우 스테판 레아를 기억해 냈다. 어떻게 자기한테 형편없는 배우라고 말할 수 있었을까? 그녀는 화가 나서 숨을 거칠게 내쉬었다.

그 작자가 일어났다. 글로리아는 찻잔에 차가 얼마 남아있지 않다는 것을 이미 알고 있었으면서도 찻잔에 관심을 집중하면서 차를 마셨다. 그가 가까이 다가오고 있다는 것을 일부러 모른 척하고 있었는데, 그는 몇 걸음 걸어서 그녀의 탁자 쪽으로 오다가 일 미터 앞에서 멈춰 섰다. 글로리아는 곁눈질로 뭔가 불길한 일이 일어날 것이라 확신했다.

-실례합니다.- 그녀가 이미 시선을 다른 데로 돌리고, 그 작자가 떠날 것이라 생각했을 때, 그의 목소리가 들렸다. -저는 이미 다 드셨다고 생각했습니다.

-뭐라고요?

글로리아는 이빨을 다 드러내면서 지나치게 과장된 미소를 지었다.

-커피 다 드신 것 같은데, 제가 커피 한잔 더 살까요?

-음.- 나는 무슨 말을 해야 될지 몰라서 일부러 남은 커피를 소리 내며 마셨다. -괜찮습니다.

그 작자는 그녀의 말을 잘못 알아듣고는, 그녀가 말을 덧붙일 때 몸을 돌리기 시작했다.

-한잔 사 주세요.

그는 돌아섰다. 그는 그의 동포들처럼 좀 소심해 보였다. 그러나 재미있어 보였다. 목소리도 아주 고왔다.

-그렇다면 여기 좀 앉아도 되겠습니까?

세상에! 나를 알고 있다는 소린가!

-좋으실 데로.

그는 빈 탁자에서 의자 하나를 끄집어내서는 글로리아 바로 앞에 천천히 앉았다. 그는 머리를 똑바로 쳐들고는 그녀의 눈을 바라보았다. 이제 그녀는 확신을 가졌다.

그 작자는 고개를 끄덕였다. 글로리아는 혼자 웃음을 지으며 담배 케이스에서 담배 한 대를 꺼내더니 무의식적으로 불을 붙였다. 아마도 그는 그녀를 죽이지 않을 거야.

-당신, 정말 아름답군요.

휴우, 글로리아는 생각했다. 개 같은 자식들이 작업을 시작할 때 자주 써 먹는 수법이지.

-당신 눈이 어떤 색깔인지 저 스스로에게 물어봤습니다.

그러자 그녀는 그 작자가 글로리아가 그 유명한 글로리아인지를 확인하기 위한 핑계를 찾고 있다는 것을 깨닫게 되었다. 그녀는 그가 만족할 만한 답을 줄 준비가 되어 있지 않았다. 선글라스를 계속 쓰고는 함축된 의미를 지닌 그의 질문을 무시한 채, 그저 미소만 지었다. 그 거짓 미소에는 이런 작자와 상대하고 싶지 않다는 속셈이 깔려 있었다.

그 남자는 눈 한 번 깜박이지 않고, 그녀의 눈을 계속해서 바라보았다. 그녀는 그 남자가 잘 때도 눈을 뜨고 자는 것이 아닐까 생각했다. 그때 그가 다시 말을 했다.

-당신은 무척 아름답습니다. 몸도 날씬하시고, 너무나도 멋있습니다.

글로리아는 이빨을 다 내 보이며 다시 미소 지었다. ≪날씬하다≫는 말이 압권이었다.

-알아주시니 기쁘네요. 성함이?

-쟝입니다. 아버지가 프랑스인이에요.

-아, 네.- 그녀는 자신의 어머니가 스페인 사람이라는 것을 말한 뻔했다. -재미있네요.

쟝이 웨이터 쪽으로 몸을 돌리기 위해 그녀를 빤히 쳐다보는 동작을 그만뒀을 때, 글로리아는 조금 놀라웠다. 이것이 즐거운 일인지 아닌지 종잡을 수 없었다. 그들은 웨이터가 새로 커피를 뽑는 동안 말없이 기다렸다. 글로리아는 날씬한 몸매를 유지하기 위해 담배를 피우면서, 쟝이라 부르는 처음만난 남자의 피아니스트 같이 길고 고운 손가락에 시선을 고정한 채 기다렸다. 그는 자기의 테이프를 나에게 건네주고 싶어 하는 절망적인 고뇌에 빠져 있는 예술가가 아닐까? 분명 그 테이프에 들어 있는 곡들은 끔찍하게 무서울 것이다. 공포. 그녀가 자기 앞에 놓여진 잔을 잡으려고 몸을 숙였을 때 그의 크면서도 고운 손은 그녀의 시야에서 멀어져갔다. 쓴맛의 향이 감지되었는데, 묘하게도 기분이 좋아졌다.

-커피 안 드세요?

-네, 방금 한 잔 마셨어요.- 계속해서 같은 톤으로, -사실 혼자 있는 당신 모습이 너무 고독해 보였어요.

그 질문이 그녀의 가슴을 아프게 후벼 팠다. 그 남자는 의미심장한 윙크를 하면서, 자신이 다 잘 알고 있다는 식의 태도를 보였다. 오래전부터 그녀는 이런 게임을 하지 않았다. 아마도 스타가 되기 전부터인 것 같다. 그때 사람들은 그렇게 어리석고 무례하게 그녀에게 접근하지 않았다.

-당신 일은 아닌 것 같은데요.

-죄송합니다. 저는 이런 일에는 그리 익숙하지 않습니다.

그렇게 말하는 그의 태도가 그녀의 마음을 움직였는데, 그것 때문에 그가 더 귀찮은 존재로 느껴졌다. 이제 그가 그녀를 알아보지 못하다는 것이 더욱 확실해졌다.

-걱정 말아요, 쟝. 저 또한 이런 일에 그리 익숙하지 않아요.

말꼬리를 자르고, 급히 마지막 남은 커피 한 모금을 마셨다.

-저에게 사진 스튜디오가 하나 있는데, 혹시….- 쟝이 서류가방으로 손을 가져가면서 말했다. 글로리아는 포르노 배우 시절을 상기하고, 인생 최고의 전성기 때 언론에서 자신의 옛날 사진들을 모아서 돈을 벌었던 사실들을 기억해내면서 스스로 미소를 지었다.

-이렇게 커피도 대접해 주시고, 무척 친절하시네요. 아마 또다시 만날 수 있겠지요.

쟝이 뭔가를 말하려 했는데, 글로리아가 일어나서 출구 쪽으로 걸어 나갔다. 갑자기 심계항진 초기처럼 속에서 조그마한 떨림이 느껴지면서, 뭔가가 목구멍으로 울컥 올라오는 것 같고, 이마에 식은땀이 흐르고 혀가 마르며 꼬였다. 하느님 맙소사, 그녀는 생각했다. 이 작자가 나에게 마약을 먹였구나. 이 미친 살인자 새끼는 나를 납치하고 돈을 요구하려고 마약을 먹이고, 그리고 그저 쾌락을 즐기려 나를 강간하고 죽일 거야.

그때 그녀는 자신이 약을 복용해 왔다는 사실을 깨달았다. 언젠가 한번은 끊었어야 했는데…. 너는 편집증 환자야….

몸이 간지러웠다. 눈을 떴다.

검은 하늘 한쪽만이 보였다. 오른편에 가장 시커먼 먹구름이 마치 식인귀신 같은 모양을 하고 있었다. 그녀에게는 식인귀신으로 보였다. 그 먹구름이 그녀를 바라보며 잔인한 미소를 지었다. 그녀는 다른 사람들이 자기에게 하는 행위들을 좋아했었다.

그가 뭘 어떻게 했지?

자기 몸 위에 뭔가 묵직한 것이 누르고 있는 것 같았다. 아직도 그녀는 선글라스를 쓰고 있었는데 코냑의 진한 향기가 선글라스를 감싸고 있었다. 쟝이었다. 쟝이 그녀의 위에 있었다. 안에도 있었다. 그녀를 겁탈하고 있었다. 그의 성기가 그녀의 몸속에서 망치질을 하고 있었다. 마치 절구통에서 마늘을 찧는 것처럼.

-뭐하는 거야!- 이미 그것이 뭔지를 알고 있으면서도 바보같이 또 다시 물었다.

-아!- 샴페인 마개가 빠지듯, 쟝은 허둥지둥 그녀의 몸에서 떨어져 나왔다. 그리고 초점 잃은 눈으로 서서 그녀를 바라보았다. 좀 놀란 것 같았다. 글로리아는 그 작자의 성기에 시선을 고정시켰다. 중간정도 발기되어 있었지만, 그의 손가락처럼 길고

희었다. 그 큰 물건은 새 구두처럼 빛났다. 바보 같은 생각들이 사라졌다. 그녀는 목이 쉴 정도로 소리쳤다.

-이 개새끼야, 나를 강간했지! 이 씨팔놈아!- 계속 고래고래 소리 지르며 욕을 하려고 몸을 반쯤 일으켰지만, 머릿속에서는 수만 가지 전쟁이 일어나며 다시 자리에 누워야만 했다. -이 좆 같은 새끼야, 도대체 나한테 뭘 먹인 거야?- 그녀는 중얼거렸다.

-초강력 수면제야. 너를 녹아웃 시킬 거라 생각은 했지만…- 쟝은 진짜로 놀랐다. 그는 재빨리 바지를 올렸다.

-이 썹 자식아, 수면제는 소용없어, 이 새끼야!- 그녀가 소리 질렀다. 마치 정수리에서 대공포를 쏘아대는 것 같이 날카로운 고함소리가 울려 퍼졌다. 그녀는 떨리는 것을 참으며 이빨을 악물었다.

-미, 미안해.

쟝은 주위를 둘러보았다. 글로리아도 그렇게 했다. 그녀는 잡초가 무성한 평지에 등을 대고 있었고, 저편 비탈길 아래 도로가 하나 있는 것 같았다.

-여기가 어디야?

-런던에서 60 킬로미터 떨어진 곳이야.

-뭐?- 얼굴이 찡그려지면서, 실리콘을 삽입한 입술이 팽팽해 졌다. -너, 너는 내가 뭘 해야 하는지를 몰라. 도대체…. 네가 원

하는 게 뭐야?

장은 이제 더 이상 그녀의 눈을 바라보지 않았다. 실제로 그녀를 제외한 모든 곳을 바라보고 있었다.

-나는 아무것도 바라는 게 없어.

글로리아는 눈을 아래로 내리고는 허리 위로 삐죽이 올라온 옷을 보았다.

-아니?!- 이제 그녀는 고통에는 개의치 않았다. -내 옷을 찢었잖아! 이 씹새끼야! 개 좆같은 새끼야! 널 죽여 버릴 거야!

그녀는 찢어진 천 조각으로 중요한 부분을 가렸다. 장은 놀라서 풀숲 사이로 뒷걸음치면서 사방을 두리번거렸다. 그러다 생각을 바꾸어 그 자리에서 멈춰서더니 바지 뒷주머니에서 뭔가를 끄집어냈다. 바지는 풀색 물이 들고 흙이 묻어 더러웠다. 그가 끄집어낸 것은 정육점에서 사용하는 큰 칼이었다.

-그걸로 뭘 하려고 그래?

겁에 잔뜩 질린 채로 떨고 있는 그녀에게 장이 가까이 다가왔다.

-지금 깨어나면 안되는데. 다른 여자들은 그렇지 않았거든.

-다른 여자들? 너 완전히 미친 또라이 새끼 아니야!

-아니…. 도대체 무슨 말을 하는 거야.- 그는 계속해서 그녀에게 가까이 다가갔다.

글로리아는 선글라스를 확 벗었다.

-내가 무슨 말을 하는 거냐구? 더 이상 한 발짝도 더 다가올 생각 말아, 이 미친놈아!

쟝은 놀라서 멈추었다. 처음으로 그의 눈 색깔이 보였다.

-너는…. 너는…. 그래, 네가 누군지 이제 알겠다. 너 유명하지, 그렇지?

-뭐, 내가 유명하냐고? 그래, 유명한 창녀 글로리아다.

쟝은 완전히 정신이 나간 사람 같았다.

-으…음, 너를 잘 알지. TV에서 많이 봤어. 그래, 씨팔!- 갑자기 그는 몸을 돌리더니 온 몸을 부르르 떨면서 가지고 있던 칼로 자신의 사타구니를 여러 번 찔렀다. 그는 자신이 무슨 일을 벌이고 있는지 모르는 것 같았다. -에이, 씨팔! 런던의 요조숙녀들을 건드리다 이제는 유명인사도 맛 봤네.

글로리아가 가볍게 미소 지었다. 그녀가 유명인사란 말을 들어본지가 도대체 그 얼마나 됐던가?

-내가 지금 너한테 무슨 일을 저지른다면, 경찰은 계속해서 나를 쫓겠지. 유명인이 개입된 사건이라면 수사력을 세 배로 늘릴 거야. 지금까지는 한 번도 나를 괴롭히지 못했지만….

글로리아는 옷에 붙어 있는 풀들을 손가락으로 떼어내면서 앉았다.

-네 놈이 가스실이나, 아니면 너 같은 또라이들을 처리하는 데서 인생을 끝내고 싶지 않다면 지금 당장 나를 보내줘…. 나는 유명한 대중스타야, 스타, 알겠어? 나는 너 같이 주둥이나 나불거리는 놈들이 내 삶을 망가뜨리는 걸 그냥 놔둘 수 없어.

샹은 머리를 쥐어뜯더니, 손바닥을 목덜미 쪽으로 가져갔다. 다리에는 피가 줄줄 흐르고 있었다.

-씨팔, 내 다리 좀 봐!

글로리아는 처음에는 발로, 그리고는 무릎으로 기다가 겨우 일어섰다. 머리에 엄청난 통증이 몰려왔다. 어떻게든 치마를 챙겨 입으려 했으나, 치마는 완전히 걸레조각처럼 되어 있었다.

-씨팔 놈, 저것도 남자라고.- 그녀는 이빨 사이로 중얼거렸다. -이제 어떻게 돌아가야 해?

-차를 가져왔어.- 샹이 어깨를 움츠리며 그녀를 쳐다보았다. -물론 너를 여기까지 차로 데려왔지.

-설마 트렁크에 싣고 가진 않겠지?

샹은 아무런 대답도 하지 않았다.

-진짜야?- 글로리아가 화난 목소리로 윽박질렀다. -이런, 재수 완전히 옴 붙은 날이네. 너는 나를 따 먹었어. 너는 나를 따 먹었어!

둘은 아무 말이 없었다. 주위에는 어떠한 생물체나 무생물체의 소리도 전혀 들리지 않았다. 글로리아가 걷기 시작했다.

-자, 이제 여기서 나가자! 여기는 꼭 세상의 똥구멍 같아.

-그러니까 나한텐 좋지.

그녀는 구두와 팬티를 손에 쥐고 그는 다리를 절뚝거리면서, 언덕 아래 차도 한쪽에서 그들을 기다리고 있는 차를 향해서 내려가기 시작했다. 비탈길을 반쯤 내려갔을 때, 쟝은 몇 초간 머뭇거리더니, 그녀에게 돌아섰다.

-씨팔, 사람들이 너를 엄청나게 좋아했다 이거지?

이제는 글로리아가 무슨 대답을 어떻게 해야 할지 몰랐다. 쟝은 계속 땅만 바라보면서 큰 보폭으로 그녀의 걸음을 따라 잡으려 했다.

-어디로 데려다 줄까?

피가 줄줄 흐르는 다리가 불편한지 그는 나머지 길을 거의 구르다시피 내려갔다. 글로리아는 지금까지 그에게 당했던 여자들이 그 부근에 암매장 되어있는 것이 아닐까하는 생각이 들었지만, 그렇다고 그걸 물어볼 수도 없었다.

런던으로 돌아오는 동안 쟝은 고개를 돌려서 그 매혹적인 손가락으로 그녀를 가리켰다.

-아, 이제 알겠다! 너는…, 너…, 그 푸톤 맞지?

쟝을 만난 이후 글로리아는 처음으로 웃었다.

좋은 놈의 포르노

그 계집애는 귀엽고 예뻤다….

아침마다 그 애가 학교 운동장에서 노는 것을 보러갔다. 천일홍 담장 너머로 그 조그맣고 어린 몸뚱이가 계단을 오르내리고, 친구들에게 공을 던지고, 자갈 운동장에서 넘어지면서 엉덩방아를 찧고, 끝없는 호기심으로 외부 세계를 들이마시면서, 무의식적으로 주위의 사물들을 관찰하는 모습을 보았다.

쥐가 나는 손가락으로 철사로 만든 담장에 매달려 더 이상 내 자신을 돌볼 수 없다는 희열감에 휩싸였다가, 수업 종소리가 울리면서 그녀가 교실로 들어갈 때마다 마음속으로 그녀와 이별을 했었다. 그리고서는 길모퉁이 카페테리아에서 커피 두 세

잔을 마시면서 그 여자애의 엄마가 차로 그 아이를 데리러 오는 것을 기다렸다. 카페 구석에서, 유리 창문을 통해, 차에 오르는 두 여자를 정탐했다. 여자애가 갑자기 자기 엄마 쪽으로 몸을 숙여 -모녀는 진짜 붕어빵이다- 엄마 볼에 천연덕스럽게 뽀뽀를 할 때, 나의 모든 존재는 그 아이에 대한, 이유도 없이 좋아하는 그 조그만 여자애에 대한 사랑과 욕망으로 넘쳐났다. 순수하고 진정한 애정, 이 지구상에 존재하는 유일하게 순수하고 진정한 애정, 그 무의식적인 애정 때문에 나는 그 여자애한테 더욱 빠져들게 되었다.

우리는 살아가면서 피할 수 없는 일들과 마주치게 된다. 어느 날 아침 나는 그 여자애 아빠처럼 수업이 끝나기도 전에 학교에 나타났다. 담임선생님께 애 엄마가 아파서 대신 애를 데리러 왔다고 말했다. 선생님의 의심을 사지 않기 위해 지나치게 많은 상황설명을 늘어놓았는데, 다행히 선생님은 아무런 눈치도 채지 못했다.

그 여자애는 한마디 대꾸도 없이 나를 따라왔다. 가끔씩 그 예쁜 밤색 눈동자를 올리고는 나를 찬찬히 바라보았다. 그 애의 작은 손을 잡고 차까지 걷고 있는 내 손에는 땀이 차 있었다.

불행하게도 모든 일은 순조롭게 이뤄졌다. 내가 운전을 하는 동안 그 애는 한 마디도 물어 보지 않았다. 심지어는 자기 집 반대 방향으로 차를 몰고 간다는 사실을 알았을 때도 마찬가지였다. 그녀는 너무 어렸다.

내가 잘 알고 있는 변두리 어느 한적한 곳에 차를 세웠다. 그 시간대에는 실제로 개미새끼 한 마리 다니지 않는다는 것을 나는 너무나도 잘 알고 있었다. 오래전부터 한 번씩 거기에 앉아 생각에 빠지곤 하였다. 그 여자애를 생각하면서….

그 코흘리개 여자애는 나를 바라보고 웃었다. 나는 신께 빌었다. 세상사가 바뀌고 나도 다른 사람이 되게 해 달라고. 그러나 세상은 변하지 않았고 나도 그대로였다.

여자애는 내가 자기를 강간할 때조차도, 놀라서 눈만 크게 뜰뿐, 아무 것도 이해하지 못했다. 아니 그 아이는 이해할 수조차 없었다. 움직이지 않은 채 나를 빤히 쳐다보았다. 코에는 콧물이 가득 차고, 가느다랗고 야윈 종아리가 내 사타구니에 스친다. 내 눈물을 봤을 때 뭔가 반응을 나타내는 것 같더니 그 조그마한 철부지 손을 들었다.

-아빠….- 아이가 중얼거렸다. 그러더니 겁을 먹은 듯 아빠, 아빠, 아빠….,라고 소리를 지르며 사이사이가 벌어진 젖니를 드러내며 울기 시작했다.

나는 손으로 그 애 입을 막아야만 했다. 그 일이 빨리 끝날 수 있도록 짓누르며 투쟁을 벌이고 있는 바로 그 손에 눈물이 떨어지고 있다는 것을 깨달았다. 오, 나의 귀여운 아가야, 귀여운 아가야…, 너를 사랑한다. 얼마나 내가 너를 사랑하는데…. 귀여운 아가야. 엄마한테는 말하지 마라. 너를 사랑한다….

그 애는 너무나 예뻤다….

쪼잔한 놈

그녀는 나에게 아주 달콤하고 부드러운 여자가 될 것이다. 내가 어릴 때 알았던 여자애들, 초등학교 다닐 때의 계집애들과는 달랐다. 그 애들은 나를 겁냈고, 자신들에 대한 확신도 없었으며 나를 멀리했다. 그러나 그런 나를 이해했었는지 그녀는 그렇지 않았다. 나의 공주님도 그 애들한테 역시 무시당하였다.

존 팬트 〈먼지에게 물어봐〉

나의 과거를 알고 싶다면
나는 머나먼 세계에서 왔다고

거짓말 할 거야.
거기는 고통이 없었고,
절대로 울지 않았고,
사랑을 쟁취했다고.

호세 알프레도 히메네스, 〈머나먼 세계〉
훌리오 이글레시아스 노래

느낀다. 단지 느낌만이 있다. 네가 어렸을 적에는, 아무런 생각이나 괴로움 없이, 말이라는 매개체의 방해도 없이 사물을 단지 느끼기만 하였다. 그것은 직접적으로 사물을 받아들이는 것이다. 한 번씩 보는 잡지의 광고 글이나 그림의 색깔들 속에서 너는 태초의 기억 단편들을 모으고, 잃어버린 근본 감정들을 되찾는다: 네가 엄마와 이웃집 아이 로사리오와 함께 즐겨 놀던 주사위 놀이판의 원색들, 찰흙수업 시간에 너의 온몸을 더럽혔던 찰흙의 촉감과 진한 냄새 -왜 인생은 찰흙 냄새가 나지 않는 걸까? 그는 하루 종일 사라질지도 모를 찰흙 냄새를 찾아내려고 애썼다.- 엄마가 스웨터에다가 그의 이름 이니셜을 수놓았는데, 학교에서 친구들이 수업시간 내내 놀려댔다(그의 이름 첫 글자는 'G'인데, 친구들이 전부다 '씹새끼'란 뜻을 갖고 있는 '힐리포야스 Gilipollas'의 'G'라고 놀려댔다).

그 스웨터가 작아서 더 이상 입을 수 없다고 생각한 그날 모든 일이 꼬이기 시작했다. 그 날 그는 사물들을 판단할 기준과 동기를 찾기 시작했다.

인생은 이제 단지 감각만이 아니다.

오늘은 특히 방심할 수 없는 날이었다. 오늘 오후 똥 봉지를 가방에 넣고 극장에 들어갔는데, 지금까지 그랬던 것처럼, 어느 누구도 눈치 채지 못했다. 심야영화가 시작될 때까지 대기실로 올라가서 기다렸다. 그 영화는 스킨 스쿠버를 다루는 내용이었다. 중간에 작업을 개시해야 한다는 것이 썩 내키지는 않았지만, 평상시 습관이 그를 부추겼다. 스크린이 어두워졌을 때, 그는 봉지를 아래로 집어던지려고 일어섰다. 팔을 뻗어 봉지를 던지려는 바로 그 순간, 스크린이 밝아지면서 알래스카의 눈부신 해가 떠오르는 장면이 화면에 들어찼다. 그러면서 그의 모습이 뚜렷하게 윤곽을 드러냈다. 극장안의 모든 사람들이 자기를 봤을 거란 놀라움과 당혹감에 그는 그만 봉지를 떨어트리고 말았다. 어찌 안 그럴 수 있을까? 마치 대통령궁 앞에 몰려든 군중들에게 담화문을 발표하는 대신 똥 같은 말을 퍼붓기 위해 발코니로 다가서는 대통령 같았다. 아래층에서 놀라서 웅성거리는 소리가 들리기 시작했다. 그는 그 자리를 떠나야만 했다. 그는 뛰쳐나갔다. 떠들썩한 소리가 들리고 사람들이 자기를 따라온다고 판단한 그는, 매표소 직원의 의심어린 눈초리에도 불구하고, 입구 쪽으로 도망치는 것이 상책이라 생각했다. 친구야, 그 영화는 그렇게 끝이 났다.

재수 더럽게도, 오늘 그는 전철에서도 붙잡힐 뻔 했다. 똥을 봉지에 가득 담아가지고 항상 마지막 칸 전철 문이 열리는 곳 바로 앞에서 전철을 기다렸다. 문이 열리고 비싼 외투를 입은 중년부인과 아기를 업고 구걸하는 여자가 전철에 올라탔다. 문이 닫히고 전철이 출발한다는 신호음이 울리는 순간 그는 봉지를 집어던졌는데, 그만 1초 정도 늦게 던지는 바람에 봉지가 문틈에 끼고 말았다. 완전히 탈출하지 못한 똥의 반이 전철 안에서 쇼를 벌이다 중년부인의 외투에서 춤을 추더니, 마지막 순간에는 구걸하는 여자의 머리에 부딪치면서 산산조각이 났다: 똥의 1/4은 그녀의 앞가슴에서 투신자살을 하였고, 나머지 1/4은 그녀가 업고 있던 아기 얼굴에서 똥의 일생을 마감했다. 그 애는 헤나로의 똥에 굉장한 집착을 보이며 손으로 그 똥을 만지작거리고 입술로 핥아먹었다.

이윽고 헤나로가 자리를 뜨려고 할 때 안전요원 두 명을 보았다. 그들의 얼굴표정으로 보아 그가 한 짓을 처음부터 본 것 같았다. 전철이 멀어져가는 동안 똥 피해자들의 분노를 그들은 가만히 서서 즐길 수만은 없는 일이었다. 아주 귀찮아 죽겠다는 표정으로 안전요원들이 왔을 때, 그는 민첩하게 반대편 출구 쪽으로 가서 계단을 3칸씩 풀쩍 뛰어 오르며 달렸다. 그리고 거리로 나와서는 반대편으로 걸어갔다.

집으로 돌아올 때쯤 비로소 심장은 보폭 리듬에 맞춰 다시 뛰고 있었다. 그러나 어떤 언짢은 기분이 그를 억눌렀다. 그는 음악을 틀어 놓고 방에 처박혔다.

그가 훌리오 이글레시아스 CD를 틀어 놓았기 때문에 어머니는 그의 방에 들어가지 않았다. 그가 울고 있는 것을 알고 있기 때문이다(한 번도 어머니에게 운다고 말하지 않았지만 어머니는 분명히 눈치 채고 있었다). 그는 항상 훌리오 이글레시아스의 노래를 들으며 울었다. 그것은 우울함이자 슬픔의 권태로움이었다. 이것은 또한 그를 다른 젊은 애들과 구별 짓는 유일한 것이었다. 다른 애들은 브리트니 스피어스, 로비 윌리엄스를 듣고 심지어 어떤 애들은 클러우펑걸의 노래를 들었는데, 그는 그렇지 않았다. 그는 사랑의 무정함을 테마로 하는 노래들을 들었는데, 들을 때마다 가슴이 답답함을 느꼈고, 몸을 움츠리고 세상에서 벗어나고픈 마음이 들었다. 침대에 앉거나 누워서 노랫말에 자신의 몸과 마음을 몰입시켜 노래하였다(≪껴안아 주세요 / 아무 말도 하지 말고, 껴안아만 주세요. 당신이 내 곁을 떠난다는 걸, 나는 잘 알아요. 당신의 눈을 보면 / 껴안아 주세요 / 지금이 처음인 것처럼 / 어제처럼 오늘 나를 사랑하듯이 ≫). 마치 누군가 그를 한 번 사랑해 준 것처럼, 마치 태어나기 전에 큰 사랑을 한 번 경험한 것처럼, 그의 눈에서는 눈물이 겉잡기 어려울 정도로 넘쳐흘렀다. 눈물은 길을 잃었다가 이정표를 본 것처럼, 항상 같은 노래, 같은 노랫말에서 시작했다: ≪내 마음 속에는 뜨거운 열기를 간직하고 있어 / 내 마음 속에는 너의 사랑을 간직하고 있어 / 나는 아직 살 수 있어 / 사랑 때문에 죽어가면서 / 너 때문에 죽어가면서≫. 마지막 구절에서 그의 울음은 최고조에 이르렀다. 이후 흐느낌이 지속되면서 그는 해방감을 느꼈다. 두곡정도 더 듣다가 '오솔길'이라는 곡이 흘러나오자 다음 곡으로 뛰어 넘었다. 그 노래 가사 중에서 마음에 안 드는 부분이 있었다: ≪엉겅퀴 꽃으로 덮여있는 오솔길, 너의 발자취를 시간의 손이 지웠다 / 나는 네 옆에 넘어지고 싶다. 시간이 우리들을 다 죽여주면 좋겠다≫. 이 마지막 구절을 들으면 흥분되면서도 허탈해지는 기분이 들었는데, 아직까지 이러한 감정이 마음에 와 닿지 않았다. 결국 눈물은 정화되고, 새로

이 맑고 깨끗해진 영혼으로 그는 다시 부활한다. 그는 기꺼이 슬픔에 잠기고 거기서 완전무결하게 나온다. 그것은 그가 어른이 되어서 알게 되는 그런 황폐한 슬픔이 아니다. 그건 아니다. 아직까지 그를 밀어내고 있는 15세의 벽은 또 다른 부동의 벽 쪽으로 그를 밀어 붙여 납작하게 만들지는 않는다.

그리고서 그는 고대 테베의 영웅들 이야기를 읽는다. 책 첫머리에 나오는 장식체 글자들을 눈으로 훑어보는 동안, 한 번씩 입으로 소리를 내면서 역사를 연다. 싸움 장면에서는 입으로 큰 소리를 내는데, 혀, 입천장, 입술을 이용해서 주먹으로 치는 장면이나 벼락이 칠 때 붕괴되는 장면들에서 그때그때마다 어울리는 소리를 냈다. 착한 주인공이 날리는 한방의 주먹에 나쁜 놈은 천 번이나 쓰러졌다. 그러나 어머니가 알아차리지 못하게 작은 목소리로 했다. 그는 아직까지 어머니가 자신의 일에 대해 모르는 것이 남아있기를 바랐다. 그렇지 않다면 그는 혼자라는 고독감을 너무 많이 느낄 것이다.

그러나 항상 그랬던 것처럼, 어머니는 저녁이 다 됐다는 말을 하기 위해 결국은 그의 방문을 열었다. 다행히도 그가 이미 다 울고 난 뒤였고, 테베 영웅이야기도 거의 마지막 부분을 읽고 있었으며, 얼굴에 울었던 자국도 남아있지 않았기 때문에, 어머니는 그를 보고 웃을 수 없었다. 아버지가 식탁에 앉기까지는 아직 몇 분이 남아있었다. 그 사이에 그는 가볍게 심호흡을 해서 몸의 긴장감을 털어내고, 그 동안의 환상에 만족해하며 식탁으로 갔다.

그는 식구들과 조용히 밥을 먹는다. 모두 다 아무 말도 없이 밥을 먹지만, 그는 개의치 않는다. 이제 그는 평온하다. 그의 아버지는 항상 외톨이 신세다. 세상을 증오하고 모든 사람을 미워한다. 아버지는 만일 당신이 돌아가실 때 다른 사람들도 같이 죽는다는 것을 안다면 무척 행복하게 죽을 수 있을 거라고 항상 말씀하신다. 헤나로는 그럴 때마다 왜 그렇게 생각하느냐고 물어본 적이 없었다. 또한 그는 친구가 한 명도 없는 아버지를 조금도 이상하게 생각해 본 적이 없었다.

그는 저녁을 먹고 나서 침대로 가고 싶었다. 그는 항상 형이 옆의 침대에 자기 전에 자기가 먼저 침대에 가서 눕는 것을 좋아했다. 그는 혼자 편안하게 누웠다. 혼자 있을 때 그는 마음 놓고 베개를 껴안을 수 있었다. 베개는 그야말로 상쾌하고, 그가 하고 싶은 데로 가만히 있어준다. 그는 그 베개의 구원자다. 여기에 내가 있다. 내가 너를 사랑하는 것처럼 나를 사랑해줘.

알바. 알바, 알바, 알바. 그녀는 새로 전학 온 여학생이었다. 기껏해야 11살인 놈이 그녀에게 사랑을 느꼈다. 심지어 그녀가 수업이 끝나면 건너편에 살고 있는 뚱보 라모나 아줌마한테 가서 자기 엄마가 퇴근하면서 데리러 올 때까지 기다리는 것을 알기 전에도 그녀를 속으로 좋아했다. 그녀의 가족은 행복했다. 그녀의 부모님은 열심히 일해서 가정을 잘 이끌어 갔으며, 라모나 아주머니에게 그녀를 부탁하는 대가로 돈을 줄 수 있었기 때문에 그는 그렇게 생각했다. 그녀의 아버지는 빨간색 스포츠카를 몰고, 검은 콧수염을 길렀다. 그녀의 어머니는 아주 깔끔해 보였는데, 항상 언짢은 표정으로 상대방을 바라보았다. 알바는 화사한 금발 소녀였다. 입술은 얇고 붉었으며, 새하얀 피부를 가지고 있었다. 그녀를 볼 때마다 그는 사랑에 빠졌다. 처음 그녀와 계단에서 마주쳤을 때, 얼마나 놀랐던지, 한번 상상해보기 바란다. 그렇지만 상상하기 힘들 걸! 심장이 쿵쿵 뛰기 시작하더니, 자기 방에 들어가서 기쁨에 겨운 나머지 침대에 누워 베개를 껴안을 때까지 멈추지 않았다. 그토록 예쁜 애한테 사랑을 느낀다는 것은 얼마나 아름다운 일인가?

물론 그는 그 반대로 말했다. 학교에서 항상 알바에게 바보니, 못 생겼느니 같은 말만 했다. 알바가 못 생겼다니! 어떻게 그런 말을 할 마음을 먹었을까? 정말 너무나 잔인한 일이었다. 그러나 그가 실제로 그녀를 좋아하는 것을 다른 애들이 눈치 채지 못하도록 하기 위해 그렇게 말해야만 했다. 이것은 그녀만이 알고 있을 것이다. 언젠가 그녀를 꼭 껴안고 말하리라: ≪울지 마, 이 바보야. 너는 못 생기지 않았어. 너무 예뻐. 이 세상에서 가장 예뻐. 그리고 내가 너를 사랑하잖아. 알바, 너는 너무 아름다워≫.

그는 다시 알바 생각을 하다 잠이 들었다.

학교 가는 길에 다른 애들이 합류했다. 그의 친구들도 있고, 그렇지 않은 애들도 있었다. 그의 친구들은 모두 다 비실비실했다. 그래서 그는 아이들 중에서 대장이 될 수 있었다. 그는 친구들에게 진한 농지거리도 던지고 그리고는 곧 후회하곤 하였으나, 그들과 함께 돌아다니는 것을 피할 수는 없었다. 그들은 그보다 더 나약했고, 겁이 많은 바보들이었다. 그는 그들이 모두 함께 반란을 일으켜, 학교를 불태우고 그가 미워하는 선생님들과 학생들을 그 안에 몰아넣기를 바랐다. 오늘은 학교 가는 길에 리디아가 끼어들었다. 그녀는 반에서 가장 성격이 좋은 애였다. 그녀가 뒤에서 갑자기 '으악' 하며 달려들어서, 그는 깜짝 놀라 넘어질 뻔했다. 그는 화가 나서 그녀의 무릎을 발로 찼다. 아직까지도 그때 왜 그랬는지 모르겠다. 그때 그는 공격당했다는 느낌이 들었다. 그녀는 놀라서 욕을 했다. 아니, 이 바보 새끼야, 왜 그래? 이 씨팔 놈아, 왜 때려? 장난치는 걸 가지고, 이 또라이 새끼야! 그는 뒤도 안 돌아보고 얼굴이 붉으락푸르락 한 채로 계속 가던 길을 갔다.

집에 돌아와서 저녁을 먹기 전에 숙제를 했다. 아니, 그의 어머니는 그렇게 믿고 있었다. 사실대로 말하자면 헤나로는 자위를 했다. 그는 얼마 전 자위행위에 눈을 떴다. 그의 친구들은 거의 1년 전부터 자위행위를 했는데, 그때 그는 그것이 뭔지 몰랐다. 부모님들은 아직 그에게 그런 말씀을 안 해주셨다. 한 번도 말씀해 주신 적이 없었다. 이제 그는 어릴 적 친구 추미야를 기억의 저편에서 끄집어낸다. 그는 항상 자위하는 것에 대해 이야기했는데, 그때마다 주먹으로 그 모습을 흉내 냈다. 헤나로는 그때 자위를 하는 것이 밀 이삭을 따서 딱총에 끼워 넣는 것이라 생각했다. 그렇게 이상해 보이지 않았다. 그것은 눈꺼풀을 밖으로 뒤집는 것처럼 추미야가 보여주던 그런 모습이었다.

몇 달 뒤 손으로도 쾌락을 가져올 수 있다는 것을 안 이후로는, 비록 처음에 느꼈던 그런 쾌락만큼은 아니었지만, 중단하지 않고 지속적으로 손의 쾌락을 추구하였다. 노트에다가 여자 누드 사진을 스크랩해 놓았는데, 주로 친구들이 빌려준 성인잡지 '인터뷰'에서 오려냈다. 아직 그런 잡지들을 살 만큼의 용기는 없었다. 그는 '플레이보이' 지를 갖고 싶어 했다. 그는 친구들과 함께 '쩝-쩝'이라는 잡지 한 권을 사서 돌려보았다. 그런데 이상했다. 거기 나오는 성기들이나 성행위 사진들이 이상했다. 외국 여자들과 짐승들이 그가 상상도 할 수 없었던 그런 이상한 행위를 벌이는 사진들을 보면서 역겨움과 이질감을 느꼈다. 그는 차라리 여자들 사진을 더 좋아했다. 그는 식탁에 앉아서 손을 성기 아래에 넣고, 혹시나 어머니가 갑자기 들어오실지 몰라 귀를 최대한 쫑긋 세우고는 자위행위를 했다. 그는 어머니가 이러한 사실을 알고 있을 것이라고 무의식적으로 느끼고 있었다. 어머니가 아는 것을 원치 않았으나, 실제로 어머니는 모든 걸 알고 계셨다. 그러나 식탁 앞에서의 자위행위를 그만 둘 수가 없었다. 친구들은 대부분 화장실에서 그 일을 벌인다고 했다. 하지만 그는 그게 마음에 들지 않았다. 차라리 방이나 거실이 더 좋았다. 거기서 자연 광선을 받으면, 그 행위가 추잡하다는 생각이 들지 않았다. 밤에는 부엌 식탁도 좋아한다. 밤에 오줌이 마려 깨어나 어둠 속에서 TV에 부딪칠 때까지 거실을 걸어간다. 그는 TV화면에서 나오는 빛을 차단하지 못하는 유리문을 저주한다. 그리고 부모님들이 지금 주무시지 않는다는 것을 알고 있지만, 주저하지 않는다. 본능적으로 그는 좀 유익한 화면을 제공하는 채널을 계속 찾는다. 나체 화면이 나오는 영화나, 아니면 폰팅 선전 화면도 개의치 않는다. 환상속을 헤매며 자위를 한다. 손에다 사정을 하고는, 바닥에 떨어진 것이 없는지 확인한다. TV화면 빛에 반사되어 마룻바닥에 반짝거리는 것이 없는지 손으로 더듬더듬 확인해본다. 조심스레 TV를 끄고는 화장실에 들어가서 손을 씻고 오줌을 눈다. -그는 자위를 하고 나서 오줌 누는 것을 좋아한다. 부모님한테나 자기 자신한테 왜 침대에서 일어났는가라는 이유에 대한 그럴듯한 변명이 되기 때문이다.- 발끝으로 살금살금 방으로 돌아간다. 몇 주 전에 그의 아버지가 한밤중에 일어나 아무 말도 없이 갑자기 부엌 식탁으로 불쑥 들어와서, 바지와 팬티를 밑으로 내리고 TV 앞에 앉아 있는 그를 발견하였다. 헤나로는 황급히 바지와 팬티를 올렸고, 아버지는 아무 말도 안하고 부엌으로 걸어갔다. 그가 돌아섰을 때, 헤나로는 TV 앞에서 한 지방방송국에서 제작한 종교 프로그램을 집중해서 보는 제스처를 취했다. ≪잘 자라≫고 아버지가 말했다. ≪안녕히 주무세요≫. 그는 아버지에게 감사한 마음으로 인사했다.

오후에 학교로 다시 갈 때, 여학생들이 지나가는 것을 보았다. 어떤 여학생이 그를 바라보았다. 전에는 이런 일이 일어나지 않았다. 전에 그는 지성피부라서 여드름이 많았고, 안경은 꼭 병 밑바닥 같이 두꺼운 걸 끼고 있었으며, 머릿결은 흑인머리 같이 뻣뻣하고 둥그렇게 부풀어 있었다. 어떤 여학생도 그에게 관심을 보이지 않았다. 주위 관심을 끌기 위해 몇 주 동안 일부러 오른 발을 절뚝이며 학교에 다녔을 적에도 그를 바라보는 여학생은 없었다. 그가 절망적으로 갖고 싶었던, 자신에게는 없기에 너무나도 갈망하였던 카리스마를 절름발이 흉내를 내며 가질 수 있을 거라 믿었다. 3주 뒤 결국 그는 포기하고 정상적인 걸음으로 되돌아갔다.

그런데 이제 피부는 깨끗해지고, 특별한 안경알 제작 기술 덕분에 안경 두께가 얇아져서 안경 도수를 속일 수 있었다. 머리카락도 윤기가 흐르고 차분하게 가라앉아서 어릴 적 어머니가 가르마를 타서 차분히 빗어준 그런 모습이 되었다. 사실 그는 원치 않았지만, 아버지가 강요해서 머리를 뒤로 빗어 넘기다 보니까 머리카락이 둥그렇게 부풀어 오르고, 우스운 모양이 되었던 것이다. 이제는 옛날 머리 모습을 찾기 위해 머리를 더 길렀다. 그는 곱슬머리여서 물을 조금 축여주면 더 차분하고 더 잘 어울리는 형태를 유지할 수 있었다. 한 여학생이 그를 바라보았다. 일생일대 처음으로 느껴보는 기분이었다. 여학생들이 자기를 봐주기를 얼마나 학수고대하였던가. 그러나 세상사라는 것이 항상 그의 꿈과는 반대로 진행되다보니, 그도 그런 식으로 자신의 의미를 인정하였다.

그는 여학생들과 마음 터놓고 솔직하게 이야기할 용기가 없었다. 마치 무언의 동의를 구하는 것처럼 그가 여학생들과 하는 대화는 대부분 시시껄렁한 이야기를 즉흥적으로 꾸며내거나, 아니면 그 여학생들의 이야기를 들어주는 일뿐이었다. 그는 아직 그녀들을 제대로 이해하지 못하였다. 여자애들은 자기 애인들과의 사이에서 일어나는 사소한 일까지도 그에게 모조리 이야기해 주었다. 걔네들은 애인들에게 실연당한 이야기며, 자기 같으면 이 세상 그 어느 누구에게도 할 수 없을 것 같은 그런 이야기들을 서슴없이 해 주었다. 이런 이야기들은 헤나로에게는 충격과 놀라움 그 자체였다. 어쩌다 한 번씩 그는 그 여학생들에게 그놈들 이제 포기하고 자기하고 새롭게 시작하자고 말하고 싶었다. 그러나 마음뿐, 그는 그저 빙그레 웃으면서 조용히 듣기만 하였다. 그 여자애들이 원하는 것이 바로 그런 것 같았다.

그는 그 여학생들의 애인들이 알고 있는 것을 알 수만 있다면, 그녀들의 비밀 속으로 들어갈 수만 있다면, 목숨이라도 버릴 수 있을 것만 같았다. 길을 가면서 자기를 바라보는 여학생들에게 미소 짓고 싶었고, 뭔가를 말하며 친절하게 대해주고 싶었다. 그러나 어떻게 해야 하는지 그 방법을 몰랐다. 그가 할 줄 아는 것이라고는 더 이상의 육체적, 정신적 마비상태에 빠지지 않기 위해 그저 앞만 보고 걸음을 재촉하는 것뿐이었다.

그것은 뛰어넘을 수 없는 장애물이라고 생각하면서, 헤나로
는 빛바랜 붉은 벽돌로 된 학교 건물로 가까이 다가갔다. 나는
절대로 저 장벽을 부수지 못할 거야. 어쩌다 그는 같은 반 여학
생이나 다른 여자 친구한테 사랑을 구하는 것이 더 쉬울 거라
생각했다가, 이내 그 생각을 버렸다. 여자애들이 화를 낼 것 같
은 느낌이 들었기 때문이다. 여자애들은 헤나로가 다른 어떤 계
집애도 유혹할 능력이 없다고 생각하기 때문에 안심하고 그를
더 믿었다.

지금 생각해보면 차라리 모르는 여자애들하고 연애하는 편
이 더 나을 것 같다. 그편이 훨씬 더 쉬울 것 같았다. 하지만 이
름도 모르는 처음 보는 여자애를 꼬이는 그런 뻔뻔스러운 놈의
모습을 생각해보니, 마치 구더기를 보는 듯 이물감이 느껴졌다.
'어느 누구도 나한테 키스해 준 적이 없어', 빛바랜 붉은 색 건
물로 들어가면서 이 말을 반복해서 중얼거렸다.

수업시간에 어쩌면 키스를 해 줄지도 모를 여학생들을 꼽아
보았다. 몇 명 되지 않았다. 이런 문제에서 그가 나름대로 설정
해 놓은 기준은 상당히 높은 편이었다. 겨우 몇 명의 여학생만
이 그가 요구하는 기준에 턱걸이하는 그런 외모를 갖추고 있었
다. 그는 다리오를 쳐다보았다. 그의 부모님은 콜롬비아 사람이
다. 1년 전 헤나로는 그녀가 여자 같은 남자라는 생각이 들었다.

다리오하고 이야기하는 남자들이라면 그 누구라도 다리오가 자기한테 키스해주는 것을 상상하였다. 머릿속에서 키스를 상상하니까 그는 구역질이 났지만, 그렇지 않은 경우도 있었다. 실제로 그런 일이 벌어졌을 때 헤나로는 무척이나 놀랐었다. 그는 여자 같은 남자가 되고 싶지는 않았다. 그러나 그런 정서적 불안정이 얼굴에 나타나는 것을 막을 방법이 없었다. 그것은 마치 어렸을 적에 걸음마 숫자 세는 것을 피할 수 없는 것과 마찬가지였다. 그것은 자동적으로 나타났고, 나중에는 악몽으로 바뀌게 되었다.

다리오와 키스를 하고 싶은 욕망이 그의 마음 한 구석에 자리 잡고 있었다. 그가 멋있는 애라고 생각하는 자신이 너무나 놀라웠다. 다리오는 안데스 원주민들의 외형을 지니고 있었으나, 날씬하면서도 피부는 매우 까무잡잡하고 부드러웠으며, 입술은 윤기가 흐르고 매우 붉었고, 깊숙한 까만 눈은 정말 매혹적이었다. 헤나로는 올림픽의 모든 금메달을 준다고 해도 다리오를 그렇게 묘사하지는 않았겠지만, 사실 마음 깊은 곳에서는 그런 식으로 느끼고 있었다. 다리오와 키스한다는 것이 그에게 그리 중요한 문제는 아니었을지도 모른다. 그러나 '다리오는 여자처럼 생겼어' 라고 그는 중얼거렸다. 여자처럼 생겼어. 그러나 여자는 아니야.

어쩌면 헤나로도 여자 같은 남자였을 것이다. 이것은 여자들에 대한 그의 강박관념, 여자들을 좋아했다는, 좋아할 수 있었다는 것을 보여주려는 강박관념을 설명해줄 수 있을 것이다.

그것은 어쩌면 아버지한테 물려받은 것일 수도 있다고 그는 생각한다. 그의 아버지가 여자 같은 남자일거란 의심은 이미 수없이 해왔었다. 그리고 바로 그 자신이 여자 같은 남자일 수도 있다는 가능성은 그의 머리를 더욱 혼돈스럽게 만들었다.

그러나 이제 그는 그런 생각에 그다지 당황하는 것 같지 않았다. 그의 아버지가 여자 같은 남자다, 왜 아니야? 다른 사람들은 한 명도 못 보는데, 유독 한사람만이 사방팔방에서 여자 같은 남자들을 찾아낸다면 그건 비정상이다. 또 그 누구도 요구하지 않는데 혼자서 남성다움을 과시하려는 사람도 비정상이다. 만일 그 사람이 여자 같은 남자가 없는 곳에서 여자 같은 남자들을 찾아낸다면, 그것은 그 자신이 바로 여자 같은 남자이기 때문일 것이다. 그렇지 않을까? 아마도 그래서 그의 아버지는 서부영화를 그토록 좋아했나 보다. 물론, 헤나로도 좋아했다. 실제로 서부영화는 헤나로와 아버지 사이의 유일한 대화 창구였다. 아버지는 헤나로가 어릴 때부터 한 번도 같이 놀아 준 적이 없었고, 단 한 번도 애정 어린 말 한마디 건네 본 적이 없었다. 아버지가 그에게 따뜻한 감정을 보여줄 때는 오직 함께 서부영화를 볼 때뿐이었다. 두 사람 중 어느 누구도 영화를 볼 때 한마디도 하지 않았지만, 서부영화에서 뿜어 나오는 남성다움이 그들 사이를 매우 가깝게 만들어 준다는 것을 두 사람은 잘 알고 있었다. 그들은 동질의식을 느꼈고, 서로 좋아한다는 것을 확인할 수 있었다. 그리고 다소 형이상학적이긴 하지만, 함께 그런 영화를 보면 이상하게도 그들은 힘이 났다. 이 두 사람을 보라. 소파에 앉아서 건장한 남성들의 스토리를 음미하는 두 명의 여자 같은 남자들. 서부영화는 전부 동성연애 이야기라고 씌어있지 않은가?

헤나로는 다시 주위를 둘러보았다. 예술사 선생님은 칠판을 깨끗하게 지우지 못한다. 그래서 수업 몇 분 전에 헤나로가 써 놓은 글씨는 분명치는 않지만 아직 읽을 수 있을 정도의 형체를 남겨놓고 있었다: ≪예술은 똥이다≫. 마티아스 선생님은 누가 그걸 썼는지 물어보지 않았다. 하지만 헤나로의 눈을 바라보는 그의 눈초리는 매우 위압적이었다.

헤나로는 마티아스 선생님이 가르쳐 주는 것을 하나도 알아듣지 못했고(중학교에 들어온 이후 그의 성적은 급강하했다), 같은 반 여학생 한명 한명에게 접근했으나, 대부분 그에게 무관심했다. 그 역시 어떤 여학생들에게는 역겨움까지 느꼈다(실비아 같은 애는 못생긴 접시 같아 보였다. 한번은 수업시간에 파코와 천만 원을 준다면 그 애의 똥구멍에 키스할 수 있겠는가를 놓고 서로 다툰 적이 있었다. 그때 헤나로는 절대 못할 거라고 완강하게 거부했다). 그와는 반대로 어떤 애들한테는 심할 정도로 마음이 이끌렸다. 하지만 알바의 경우처럼, 그렇게 사랑에 빠진 적은 없었다.

알바. 어느 날 그는 그녀를 사랑하는 마음 전부를 고백했다. 물론, 그녀가 아니라 친구 마놀린에게 였지만. 그 친구는 키가 작고, 말이 많았다. 그를 본 지도 꽤 오래 됐다. 그에 대해 유일하게 아는 것은 자기 아버지가 운영하는 건설회사에서 아버지를 도와 일을 한다는 것 정도였다. 그 친구는 상대하기 벅찰 만큼 뚱뚱한 애인이 있었는데, 어느 날 그녀와 관계를 하다가 혓바닥 밑에 있는 힘줄이 끊어졌다. 헤나로는 어떻게 섹스를 하다가 그 힘줄이 끊어질 수 있는지 도무지 이해할 수 없었다.

어느 날 공원에서 마놀린은 뭔가 낌새를 채고는, 그에게 혹시 누구랑 사랑에 빠졌냐고 물었다. 아니면 괜히 으스대고 싶은 심정에서 헤나로 자신이 스스로 그 사실을 마놀린에게 밝힌 것인지도 모르겠다. 오후에 친구들과 놀고 있는 알바를 보기 위해 공원으로 나갔다. 그는 돌로 만든 벤치에 앉아 속으로 한숨을 내쉬면서 그녀를 바라보았다. 그녀는 공주처럼 예뻤다. 그렇기 때문에 그녀로부터 도망쳐야만 했다. 그 전에 마놀린에게는 아무 말도 하지 않기로 다짐받았었다. 그러나 마놀린이 절대 입을 다물고 있지 않을 거란 걸 짐작했어야만 했는데.

약속을 지키겠다고 다짐하는 동안, 마놀린의 눈은 빛났다. 그러나 말이 끝나기 무섭게 그는 벌써 알바에게 이야기하려고 그녀 뒤를 따라갔다. 작은 키 때문에 그는 몇 년 동안 친구들의 놀림을 감수해야만 했다. 이제 그걸 한꺼번에 갚아줄 상대를 찾은 것이다. 빠른 걸음으로 알바에게 다가가는 마놀린을 본 헤나로는 온몸이 얼어붙으면서 얼굴색까지 변했다. 친구들과 줄넘기를 하고 있던 알바는 놀이를 멈추고는, 그가 하는 말을 듣기 위해 시선을 돌려 그에게로 얼굴을 향했다. 갑자기 시간이 멈추었고, 온몸이 뻣뻣하게 굳었다.

세상이 그의 움직임을 모조리 빼앗아갔다. 알바가 친구들을 뒤로 한 채, 놀람과 당황스러움 사이에서 살랑살랑 웃으며 반대편으로 달리기 시작했다. 헤나로는 정신이 번쩍 들었다. 그 상황에서 할 수 있는 일이란 건 고작 거기서 도망치는 것뿐이었다.

그는 그녀를 좋아하고, 그녀 또한 자기의 사랑을 무시할 수는 없을 거라고 그의 심장은 외치고 있었다. 그러나 헤나로의 눈은 현실을 직시하고 있었다. 다른 애들이 전부 그랬던 것처럼, 그녀도 그를 비웃고 놀리기 위해 달렸던 것이다.

등하교 때를 빼 놓고, 그렇게 공원 끝을 가로질러 처음 보는 곳으로 들어가 보기는 그때가 처음이었다. 알바는 자기 어머니가 집으로 데려갔을 거라 생각하면서 집으로 돌아가자 그의 어머니는 어디에서 무엇을 하다 왔는지 묻지 않았다.

이제 헤나로는 여자애들과 마주칠 때마다 몸이 굳어 버렸다. 도무지 그녀들에게 품고 있는 마음을 밝힐 수 없었다. 겁이 나서 몸을 움직일 수조차 없었다. 정말이지 끔찍한 두려움이었다.

그러나 오늘은 여자를 만나고 싶다는 욕망이 참을 수 없을 정도로, 그의 몸에서 불같이 일어났다. 그래서 그는 그 두려움을 극복해야만 했다.

헤나로는 30분간 글을 썼다. 그러나 선생님의 강의 내용을 필기한 것은 아니었다. 그는 메모장에다 자신의 이름과 전화번호를 적고 있었다.

-이것이 나를 구제해 줄 거야.- 그는 생각했다, 아니 더 좋은 말로 표현한다면, 그는 기도했다.

평상시와는 달리 그날 오후에 그는 걸어서 집으로 가지 않았다. 대신에 전철을 탔다. 전철 안에서 타고내리는 여자애들을 바라보면서 오후 내내 시간을 보냈다. 그러다 같은 나이 또래의 여자애가 타는 걸 보고는 잠시 그녀를 바라보았다. 대부분의 여자애들은 그가 바라보면 그 눈길을 피하고는 내릴 때까지 눈길 한 번 주지 않았다. 몇몇 애들은 무섭게 쏘아 붙이기도 하고, 또 어떤 여자애들은 모르는 척하면서, 그가 그녀들을 보지 않는 척하면서 보는 것처럼, 곁눈질로 그를 힐끗 쳐다본다. 그 역시 도어 유리와 창문에 비친 모습을 통해 그녀들을 계속 보고 있었다. 그 중에서 그는 마지막 여자애를 찍었다. 객차와 객차 사이 통로에서 그는 등을 돌리고 마치 뭔가를 쓰려는 사람처럼 손에 볼펜을 잡고 있었다. 그러나 쓰는 대신에 상의 주머니에서 메모장을 꺼내 한 장을 천천히 떼어냈다. 전철이 멈추었을 때, 그녀에게 접근하여 아무 말도 없이 떼어낸 메모지를 건네주었다. 그 여자는, 도대체 그 종이 쪼가리의 정체가 뭔지도 모른 채, 놀라서 그를 바라보았다. 만일 그녀가 역에서 내릴 의향이 없다면, 헤나로는 마지막 몇 초를 이용해, 거기서 당장 내려 통로를 따라 가다 사람들 사이에서 길을 잃어버릴 것이다. 그리고 만일 그녀가 내린다면, 그는 전철에 남아서 차량이 플랫폼을 지나가는 동안 시선을 돌려 그녀를 볼 것이다.

만일 그 둘이 서로 마주보고 1초라도 더 함께 있으면서 말해야 한다면, 헤나로는 무슨 말을 해야 할지 모를 것이다.

그는 자기 전화번호가 적힌 메모지를 20장 이상 나눠주고는 만족스러운 기분으로 집으로 돌아왔다. 집에 와서는 거실 전화기 앞에서 기다렸다. 오늘은 어머니가 안 계신 것을 잘 알고 있다. 친구 집에 가셨다. 아버지 저녁 준비를 해야 하니까, 10시쯤 아버지가 오시기 바로 전에 돌아오실 게 분명하다. 어머니는 항상 안드레스 아베라스투리의 방송을 들으며 다림질을 하신다. 어머니는 TV에서 그 아나운서를 보기 전까지는 그의 목소리를 사랑하셨다. 헤나로는 그 아나운서가 못 생긴 것이 무척 마음에 들었고, 그에게 어떤 동정심 같은 것을 느꼈다. 어쨌든 그가 보기에 자신과 아베라스투리 사이에 어떤 유사함이 있는 것 같았다. 헤나로는 아베라스투리처럼 자신의 외모는 못 생겼다고 생각했고, 속마음까지 소심한 성격이라 느꼈다. 아베라스투리는 라디오 덕분에 먼저 자신의 내적 아름다움을 보여주면서 여자들을 유혹할 수 있었던 것이다. 모르지, 헤나로도 다음에 커서 항상 꿈꿔온 액션영화 시나리오작가 대신에 라디오 방송 일에 종사하게 될지.

전화기는 계속 침묵을 지키고 있었다. 헤나로는 전화기를 바라보았다. 그렇게 하면 전화가 더 빨리 올 것 같았다. 그러나 곧 한 통화도 걸려오지 않으면 어쩔까 하는 조바심이 들면서 구석에 있는 아버지 전축을 바라보았다. 그렇게 하면 어쩌면 전화기가 억압받는 느낌을 덜 가질 것 같았기 때문이었다. 그는 기쁜 소식을 접하는 것처럼 전화벨 소리가 울려 자신을 놀래 주길 바랐다.

그때 어머니가 집에 계시지 않는다는 사실이 무척 기뻤다. 누군가 그날 오후 분명 전화를 걸어오리라 생각했다. 그때 그의 어머니가 계셨더라면, 그는 무척 불편했을 것이다. 그는 어머니를 믿지 않는다. 아버지보다도 믿지 못한다. 그가 두 살 때 아버지가 그를 수영장으로 집어던져서, 물에 빠져 죽을 뻔 했다가 튜브 덕분에 목숨을 건진 일이 있었다. 아직도 물이 목구멍으로 들어오고, 그를 향해 물로 뛰어들던 아버지의 모습이 어렴풋이 기억난다. 그것이 아버지에 대한 어릴 적의 유일한 기억이었다.

그가 어머니를 믿지 않는 이유는 어머니가 알바에게 한 일 때문이다.

그날도 어머니는 집에 계시지 않았는데, 그 이유는 기억나지 않는다. 아마 장보러 가셨든지, 아니면 의사에게 진찰받으러 가셨을 것이다. 그날 오후 학교에 가야했기 때문에 그는 점심을 먹으려고 어머니를 기다렸다. 그러다 시계를 보러 부엌에 들어갔다가 바닥에 떨어져 있는 편지 한 통을 발견했다.

누군가 현관문 아래로 넣어둔 편지였다. 조그만 편지였는데, 마치 성탄절 카드가 들어 있는 것 같았다(지금 생각해 보면 그건 분명 크리스마스 카드였다). 편지를 들어보니 검정색 볼펜으로 부드러우면서도 또박또박하게 쓴 그의 이름이 보였다. 이름은 빨간 잉크로 그린 하트 모양으로 테를 둘렀다. 헤나로의 다리가 떨리기 시작했고, 숨이 멈춰지는 것 같았다. 얼마나 흥분이 되던지 심장이 목구멍 밖으로 튀어나오는 것 같았다. 그는 화장실로 가서 누가 보낸 편지이며, 또 어떤 내용인지 보려고 문을 닫았다.

크리스마스 카드였다. 전형적인 크리스마스 풍경을 사실적으로 그려낸 그림이 빛나고 있었다. 카드를 펴자 그 안에 세상에서 가장 소중한 선물인 손으로 쓴 글이 들어 있었다:

헤나로에게.
즐거운 성탄절을 맞이하길 바랄게.
나는 너를 사랑해.
내가 누군지 알지? 그렇지만 이 카드에 내 이름을 쓸 수는 없어.
너를 세상 끝까지 사랑해.
너를 사랑하는 사람이.

헤나로는 그 카드를 누가 보낸 것이지 단박에 알았다. 그 글자가 누구 것인지 잘 알고 있었다. 그는 목욕탕 구석에 앉아 수백 번이나 그 카드 냄새를 맡고, 수백 번이나 다시 읽으면서, 그녀의 글자 속에서 마음껏 즐겼다. 그리고 당장이라도 뛰쳐나가 세상을 포옹하고 싶었다. 알바를 껴안고 싶었다. 나도 너를 사랑해. 알바, 너를 사랑해. 그의 짧은 인생에서 가장 행복했던 5분이었다. 행복했기에 너무나도 짧은 시간이었다.

문 열리는 소리가 들렸다. 화장실 문을 열었을 때 어머니의 웃음소리가 들렸다. 무척 만족스러운 것 같았다. 그도 따라서 기뻤다. 그런 일이 별로 없었기 때문이었다. 그는 부엌에 들어가 어머니에게 인사하기 위해 현관문이 닫히는 소리를 기다리기로 마음먹었다.

그러나 문은 닫히지 않았다. 어머니는 이웃집 아주머니와 이야기를 하고 있었다. 그는 카드와 봉투를 탁자 서랍에 넣어 놓고는 계단에 있는 이웃아주머니 앞에서 자신의 속마음을 나타내 보이지 않으려 애쓰며, 가능한 한 침착하게 나갔다. 어머니는 눈물 젖은 눈으로 살짝 열린 문틈으로 그를 보았다. 그는 자기를 바라보는 어머니의 눈빛이 걱정스러웠다. 어머니가 문을 더 열자 그 사이로 이웃아주머니와 알바가 나타났다.

세 사람은 배꼽이 빠질 정도로 웃고 있었다.

마치 열린 문이 북극의 강한 바람을 가져온 것처럼, 헤나로의 기쁨은 복도 위를 날아서 건너편 창문 쪽으로 사라졌다.

헤나로는 추위를, 벌거숭이의 추위를 느꼈다. 그의 머릿속에서 어머니, 이웃아줌마 라모나, 그리고 사랑하는 알바의 웃음소리가 울려 퍼졌다.

그러나 그의 가슴을 가장 아프게 한 것은 다름 아닌 어머니의 웃음소리였다. 그에게 생명을 준 사람이 그렇게 즐거워하며 자신이 낳은 생명을 조롱하고 저주할 수 있으리라곤 상상도 할 수 없는 일이었다. 바로 그의 어머니가 그를 배반한 것이다.

헤나로는 어머니를 믿지 않는다. 그 자신의 어머니가 그를 조롱한 것이다. 침묵 속에서 그는 어머니의 웃음소리를 아직도 듣고 있다.

전화벨 소리가 그 웃음소리를 중단시켰다. 헤나로는 혹시나 잘못들은 게 아닌가 싶어 눈을 떴다 감았다. 전화는 그에게 현실을 납득시키기 위해 다시 한 번 울렸다. 세 번째, 네 번째.

헤나로는 수화기를 들어야만 했다. 분명 그날 오후 그의 이름과 전화번호가 적힌 메모지를 준 여자애들 중 한명일 것이다. 누굴까? 헤나로는 누구 전화일까 상상해본다. 전화기는 계속 울린다. 그가 가장 맘에 들어 했던 그 마지막 여자애 생각에 다다랐을 때, 전화기는 소리를 멈추었다.

헤나로와 전화기는 몇 분 동안 아무런 말도 없이 서로를 바라만 보고 있었다.

어머니는 아직 돌아오지 않았다. 아니면 아직 돌아오지 않았을지도 모른다.

헤나로는 방에 틀어 박혀, 베개를 꼭 끌어안고는 알바를 느끼면서 잠이 들었다.

나는 뚱보 여자 친구가 없다

서술자는 컴퓨터 앞에 앉았다. 그는 글을 쓸 때 아기가 깨어 날지도 모른다는 두려움을 떨쳐내지 못했다. 긴장을 풀기위해 그는 자위를 했다. 그의 손동작을 멈추기 위해 아기가 깨어있을 필요는 없다. 그는 하고 싶으면 언제라도 시작할 수 있으니까.

마르티는 젊은 나이에도 불구하고 아주 중요한 것을 배웠다: 여자를 유혹하려는 놈은 모든 남자들을 미워한다. 대부분의 남 자들은 살면서 여자가 있지만, 그는 모든 여자를 다 가지고 싶 어도 결국 단 한 명의 여자 밖에는 가질 수 없기 때문이다. 동시 에 그는 그 남자들에게 동정심을 느낀다. 그 어떤 남자라도 다른 여자가 원치 않는 한 오로지 한 여자만의 남자로 살 수밖에 없기 때문이다. 시간이 흐르면서, 사람은 나이를 항상 거꾸로 먹는다는 것을 알게 될 때, 그런 동정심은 차분하고 고요하게 다가오기도 하지만, 또 어떤 때는 분하고 화가 나는 동정심으로 바뀌기도 한다.

그는 또한 작업 없이는 유혹도 없다고 생각한다. -그는 이 문제에 대해 그동안 심사숙고를 계속했다.- 여자의 마음속에서 그가 원하는 육체적, 심리적 반응을 이끌어내기 위해 그 여자의 감정적 탄력을 조정하는 일이 처음에는 무척이나 힘들었다. 많은 여성들이 사랑에 한 걸음 다가갈 때 자기가 조정되어지길 원하고, 그것 때문에 서로간의 사랑이 더욱 더 진솔해진다는 것을 깨닫는다. -다시 말해 이런 사랑은 그 어떤 변화도 겪지 않는다.- 마르티는 자기 욕망의 날개를 꺾지 않으면서도, 자기와 관계하는 여성들의 감정에 철두철미하게 개입하겠다고 다시 한 번 결심했다.

나는 마르티가 독자들에게 지나치게 친절한 모습을 보이는 것도, 독자들이 나를 남성우월주의자라고 비난하는 것도 싫다. 그가 생각하는 것은 전부 순전히 자기 자신의 생각이어야 한다. 그는 스물다섯 살이다. 중산층 가정에서 태어났고(중산층 독자는 인품보다 돈이 더 많은 사람에게 반감을 갖는다), 교육이나 물질적인 면에서 부족한 게 없었다. 그는 어른들, 특히 어머니의 사랑을 독차지하였다. 학교에서는 수석을 도맡았지만 거만한 기색이라곤 찾아볼 수 없었다. 그러나 여기에는 그에게 상상력이나, 추진력, 힘, 에너지가 결핍되어 있다는 의미가 포함되어 있다. 그는 전형적인 마마보이였다. 살아오면서 어려운 난관에 부딪친 적이 한 번도 없었다. 특별하게 상처를 입을 만큼 다친 적도 없었고, 어떤 유형의 사회, 정치적 경향을 보인 적도 없었다(그는 자기가 속한 계층보다 아래계층 사람들 사이에서 벌어지는 일들에는 전혀 관심을 가지지 않아도 될 만큼 부유한 계층에 속했다).

그러나 1년 전 어느 날 자기 집에서 일하는 여자가 학교로 전화했을 때 마르티는 빨리 커야겠다는 생각이 들었다. 교수님의 지루한 강연이 끝났을 때까지 휴대폰을 켜지 않다가, 수업이 끝나고 자기 어머니 문제인가 싶어서 전화를 걸었다. 결론적으로 말하자면 그녀는 어머니 때문에 전화를 했었다. 그녀는 어머니를 깨우러 갔다가 죽어있는 어머니를 발견했다는 것이다. 심장마비였다. 라디오 방송국 편집국장인 아버지는 항상 그랬던 것처럼 아침 일찍 나가셨기 때문에, 어머니에게서 뭔가 이상한 점을 조금도 눈치 채지 못했다.

어머니가 돌아가신 후 마르티는 삶이 너무나 허무하게 여겨졌다. 도대체 인간의 숙명이란 것이 얼마나 말도 안 되는 것인가라는 문제에 직면하게 되었다. 그는 아버지가 어머니의 부재라는 기회를 놓치지 않고 라디오 방송국 장학생으로 뽑힌 여학생을 -마르티는 대학교 안에서 그 여학생과 여러 번 마주쳤다- 집으로 데려와서는, 곧 바로 동거 생활에 들어갔을 뿐만 아니라 이전과는 달리 유머 넘치고 삶의 질까지 훨씬 나아지는 것을 보고는 더욱 혼란스러웠다.

어머니가 돌아가신 이후로도 자신의 삶에 아무런 변화가 일어나지 않았다는 사실이 마르티를 더욱 더 화나게 만들었다. 이제 그는 어머니의 죽음이 자신의 일상생활에 어떤 변화를 초래하지 않을 정도로 큰 것이다. 성숙해진다는 것은 사랑하는 사람을 잃는 것을 의미하는 게 아니라, 사랑하는 사람을 잃는 것이 그리 중요하지 않다는 것을 깨닫는 순간이었다.

다른 인간들의 영혼에 대한 무감각, 무관심은 남자, 여자 할 것 없이 똑같이 무의식적으로 나타나기 시작했다. 그러나 마르티의 경우 이것은 그가 작업을 벌여 성공을 거두기 시작한 -나는 성관계에서의 성공에 대해 이야기 하고 있는 것이다- 여성들에게 일말의 애정적인 고려도 보이지 않았을 때부터이다. 그러면서 그는 성적 탐닉에 더욱 더 빠질 수밖에 없었고, 성적 성공을 달성하기 위해서는 전략적으로도 일부러 무관심한 척 할 수

밖에 없었다.

여성에 대한 그의 끝없는 욕망은 주로 세 가지 이유에서 비롯되었다. 물론 첫 번째 이유는 삶의 방향을 상실함으로써, 다른 그 무엇보다도 성적 리비도를 고양시키게 된 것이다. 그의 존재는 끝을 알 수 없는 공허함 위에 서 있었다. 두 번째 이유는, 바로 어머니의 죽음인데, 이로 인해 그는 존재의 무게에서 잠시 도피할 수 있는 그런 여성의 애정을 찾으려 했다. 세 번째 이유는 굳이 따로 설명할 필요도 없을 정도로 자명하다. 그가 지나칠 정도로 여성에 대한 집착을 보이는 이유는 자신의 영역에서 자기 아버지의 플레이보이 성향을 깨트리려는 데서 왔다. 물론 가장 중요한 목적은 아버지의 애인을 유혹하는데 온갖 정성을 들이는 데 있었다. 그러나 그것을 이루지는 못했다. 그 여자는 이미 성숙한 남자들에게 관심을 빼앗겼기 때문이었다. 그러나 그 대신 아버지와는 한 번도 겪어본 적 없는 극한 대립을 가져왔고, 결국 아버지에게 불안감을 초래시켰으며, 또한 당신 자신이 늙어가고 있음을 깨닫게 해 주었다. 아버지는 마르티가 그토록 지겹게 여기던 집에서 그를 내쫓았고, 그에게 도덕적 승리를 위한 도구를 주었다.

아버지의 그늘을 강제로 떠나야 한다는 것이 마르티에게 썩 유쾌한 일만은 아니었다. 그는 스스로 학업과-그는 사립대학교

법대 졸업반이었다-, 애인과의 관계를 공식적으로 정리했다.-
그는 자기 어머니에게서나 찾을 수 있을 그런 모성을 얻기 위해
그녀를 선택했었다. 마르티는 이런저런 인생의 굴곡을 겪으며
갑자기 커버렸다. 이제야 하나 밝히겠는데, 사실 나는 그에게
매우 우호적이었다. -아무쪼록 인내력을 가지고 이 글을 읽고
있는 독자 분들께서도 그를 좋은 친구로 봐주시길 바랍니다.

이야기를 너무 지엽적으로 끌고 가지 않기 위해 마르티가 방
금 직장을 구했다 칩시다. 그는 아버지의 활동무대였으며 뭔가
얼렁뚱땅하는 사람들이 우글거리던 방송세계를 잘 알고 있었
고, 영화 제작사를 운영하던 아버지 옛날 친구가 -아버지는 이
양반 애인도 가로챘었다- 그에게 자리를 하나 만들어 주었다.
마르티는 아버지 덕분에 직장을 구했으나, 체마라는 아버지 친
구는 그가 그 일을 감당할 수 있을 거란 확신을 갖지 못했다. 심
지어 그가 제대로 일을 해나가지 못할 경우 그를 해고시킬 마음
까지 먹고 있었다.

하지만 우려와는 달리 그는 2주 만에 자신이 맡은 일에 익숙
해졌다. 우리의 젊은 주인공이 부지런히 일했을 뿐만 아니라,
영화제작에서 수많은 놀라운 장면들을 연출해내는데 필요한
천재적이고 창조적인 재능을 보였기 때문이다. 한두 편의 극영
화제작과 다큐멘터리 여섯 편을 제작하는 동안 조감독으로 일

하는 그를 지켜본 체마씨는 본격적으로 영화 한 편의 제작을 그에게 맡겼다.

이 지점에 도착해서 서술자는 이야기 끈을 잃어 버렸다. 이야기 구성이 따분하다보니 자기 자신도 무슨 이야기를 하는지 모르겠고, 몸도 춥고 해서 그는 침대에서 낮잠을 잤다. 2시간 뒤에 그는 컴퓨터 앞으로 돌아갔다. 머리가 돌처럼 딱딱해진 느낌이 들었지만, 그는 이야기를 계속해야만 했다.

놀랍게도 그 프로젝트는 마르티의 손에서 계획대로 착착 진행되었다. 대본연습과 촬영계획이 진행되는 동안 그 영화제작사에서 같이 일하고 있던 체마씨의 딸한테 마음이 끌린 것만 아니었더라면, 사장은 그가 하는 일에 만족했을 지도 모른다. 그러나 3개월 만에 그 딸은 임신 사실을 자기 아버지에게 고백했다. 체마씨와 마르티는 그녀에게 인공유산을 강요했고, 결국 체마씨는 마르티에게 떠날 것을 요구했다(체마씨는 사람이 좀 덜 떨어졌고, 세상사를 결코 깨닫지 못할 것이다. 그는 그런 몽둥이 해법이 별 도움이 되지 않는다는 것을 한 번쯤 생각해 봤어야 하는 건데…).

그러나 이제 마르티는 그 분야에서 재취업할 수 있는 경험을 충분히 갖추고 있었다. 이번에는 영화 페스티벌에서 일자리를 구했다. 살로우 국제에로영화제는 스페인에서 가장 유명한 영화제 중 하나며, 카탈루냐에서는 가장 유명한 영화제다. 우리 시대 유럽의 모든 국가들이 감정을(여기에서 감정이란 매우 순수한 감정을 말한다. 마르티는 그것을 순수하거나 바보 같은 사랑을 그린 포르노그래피라고 말하는 것이 더 정확할 거라고 생각했다) 강조하고 거기에 큰 비중을 부여하기 때문에, 이 같은 영화제는 카탈루냐 주정부, 마드리드 중앙정부, 유럽통화기금에서 수백만 유로에 해당하는 지원금을 받을 수 있었다.

전기난로가 있는데도 전기요금이 너무 많이 나와 사용하지 않고 버티다보니 서술자는 추워서 손가락 뼈마디가 굳어졌다. 그는 팔을 비틀어서 전기스토브를 켰다. 그리고 자기 마음에 들게 몇 가지 수정을 가하는데, 주인공 이름도 바꾸었다. 지금까지 한 이야기도 도통 자기가 무슨 말을 하려고 한 건지 몰라서, 다 지우고, 새롭게 쓴다.

오리올은 어째서 ≪에로 영화≫를 공식적으로 지원하는지 이해할 수 없었다. 미국영화산업이 이끌고 있는 ≪특수효과 영화≫에 맞서 유럽 영화 전체의 통합을 원하는 사람들에게 그것은 일종의 돌파구를 제공하였다. 개인적으로 오리올은 지금까지 살아오는 동안 미국영화에서 감동을 받은 적이 한 번도 없었다. 그러나 이제 돈벌이가 될 만한 일을 찾았기 때문에 그걸 크게 떠들어 댈 의향은 없었다. 월급은 꽤 괜찮은 편이었다.

그 영화제의 몇몇 고위 담당자와 영화 선발위원회를 제외하고는 그의 동료들 대부분은 여자였다.

일반적으로, 특히 우리가 만난 그 시점에서, 오리올은 여자 동료들을 세 부류로 나누었다.

1. 그에게 성적 매력을 불러일으키는 여성들. 이 그룹은 그가 위치해 있는 장소와 교류하는 사회계층에 따라 차이가 있기는 하지만, 전체 여성들의 60에서 80%를 차지한다(물론 상류사회로 올라 갈수록 성적 매력을 지닌 여성들이 많다). 어쨌든 그는 자신이 설정해 놓은 미의 기준을 따라서, 얼굴만 좀 괜찮다면 몸매는 그렇게 따지지 않았다. 이 경우에 영화제 운영 사무실에서 일하는 여성 20명 중에서 오리올이 첫눈에 간이침대에 가서 대여섯 시간 잠시 인생을 즐길만하다고 판단한 여자는 겨우 대여섯 명이기 때문에, 통계자료를 만들기는 힘들었다. 그 여자들이 누군가 하면, 매혹적인 붉은 눈썹의 소유자 로저는 카탈루냐 영화 선발 책임자다. 금발 아가씨 테레사는 볼륨 있는 몸매가 끝내주며, 홍보파트에서 일한다. 솔레는 총책임자의 말괄량

이 비서다. 리리아는 1미터 80센티미터의 당당한 체격에 까마귀 날개 같은 검은 머리로 영화제 초대업무를 맡고 있다. 또 다른 금발의 당당한 여인 지나는 비디오 선발 업무를 맡고 있는데, 처음에는 너무나도 매력적이었다. 그러나 그 옆에서 며칠간 같이 일하다 보면 그의 몸에서 칙칙한 냄새가 난다는 것을 알게 된다. 어쨌든 이렇게 해서 전부 다섯 명, 단지 25%였다.

2. 이 그룹의 여자들은 굉장히 예쁘고 멋있지만 취미가 다르거나 서로 통하는 것이 없어 그다지 성적 호감을 주지 못한다. 오리올이 마음에 들어 하고 친교를 맺고 있는 대부분의 여자들이 여기에 속한다. 오리올은 자존심이 약한 여자들을 싫어했고, 자신의 육체에 대해 개방적인 여자들에게는 다정다감하게 대했다. 구체적으로 이 영화제에는 그런 여성이 두 명 있었다. 매력적인 밤색 머릿결의 산드라는 항공권과 차량을 담당하는 부서에서 일했는데, 유머감각이 뛰어났다. 마흔 가까이 된 베고냐의 경우, 오리올은 그녀가 전화하는 모습만을 보았다. 그녀는 시끄럽게 웃으면서 여기저기 다 기웃거리며 시간을 보내는 것 같았다(그녀의 업무는 실제로 영화제가 시작되고부터 시작되었다). 그래서인지 한 남자가 자기를 원한다고 생각하자마자 너무나도 뻔뻔스럽게 애인을 공식적으로 바꾸었다. 오리올은 성, 영화, 유명인, 그리고 이번 영화제에서 생긴 가십거리 같은 것

에 대해 뻔뻔스럽고 가식적인 태도를 지으며 같이 이야기 할 수 있는 동맹군을 이 여자들에게서 찾을 수 있었다.

3. 나머지 여자들이 마지막 세 번째 그룹에 속한다. 성적 매력이 없는 여자들, 구체적으로 말해 못생겼거나 남의 이목을 조금도 못 끄는 여자들. 오리올은 이 여자들에게 철저하게 무관심해서, 그녀들을 대할 때마다 이런 자신의 속마음을 감춘다는 것이 불가능할 정도였다. 물론 그녀들도 그의 이러한 태도를 알게 되고, 그러니 자연스럽게 그에게 반감을 지니게 되었다. 그러나 오리올은 전혀 개의치 않았다. 그는 이 그룹에 속한 여자들은 그저 그렇고 그런 평범한 여자들이라고 생각했고, 그는 성적으로나 감정적으로나 어떠한 경우에도 끌리는 마음이 들지 않았다. 그래서 그녀들을 무시하였다. 이 그룹에 속하는 여자 동료들은 전부 13명이었다.

오리올이 맡은 일은 영화제 초대 손님들을 위한 호텔 예약을 담당하는 것이었다. 이 영화제에는 약 150명 정도가 초대되었는데, 영화계 사람들이 25%, 정치가 25%, 나머지 50%는 친구들이나 기자나 나름대로 힘깨나 쓰고 다니는 사람들로 구성되었다. 이들은 무료로 호텔에 묵거나, 그가 일하는 부서를 통해서 호텔 예약을 할 수 있었다. 그 일은 처음 생각했던 것보다 훨씬 더 고되고 힘들었다. 오리올은 로저가 팀장으로 있는 파트에서 일했는데, 로저는 영화제가 공식적으로 시작하기 전까지 바르셀로나에 위치한 사무실에서 그가 매일 함께 일하는 유일한 남자였다. 로저는 마흔이 넘은 기혼으로 잘 생겼으며 그의 이마에 흘러내린 흰 머리카락은 현자의 모습을 연상케 했다.

-여기는 여자가 많네요.- 첫째 날, 오리올은 생각지도 못했다는 식으로 말했다.

-너무 많지.- 로저가 퉁하게 대꾸했다. 그리고는 오리올을 의미심장한 눈초리로 바라보더니-앞으로 정신 바짝 차리고 다녀야 될 거야.-라고 말했다.

오리올은 로저가 왜 그런 말을 하는지 알 것 같았다. 그래서 처음 몇 달 동안 그의 업무 수칙은 출입금지 구역에서는 사냥을 하지 않는 거였다. 밥 먹는데서 똥 누지 말라는 말이 있는 것처럼, 그는 그 원칙을 지키는 것을 당연하게 여겼다. 영화제 기간 동안에는 일에 전념하니까 금지구역 출입은 스스로 제어가 됐을 것이다. 그 대신 아침저녁 할 것 없이 카페에서 모르는 여자애들이나 꼬셔가지고 한 명당 서너 번씩 관계를 맺으면서 욕정을 해결하였다. 그러다 싫증나면 2주 정도 조신하게 지내면서 기력도 되찾고 새로운 지원자도 물색하였다. 그러나 실제로 꼬셔가지고 재미를 보는 여자 3명중 한명 꼴 정도는 성관계를 맺지 않고 보내는 날들이 많아졌다. 대신 다양한 여자들과 관계를 해보았다는 성취감이 그의 의도적인 금욕기간을 보상해주었다. -이는 낚시 솜씨가 없는 곰이 잡은 물고기를 자기 발톱으로 눌러놓고는 장난질 치면서 어느 정도 시간을 보내다가 싫증이 나면 발로 한대 툭 쳐서 강으로 돌려보내는 것과 같다.

영화제가 개최되기 이전 몇 달은 그렇게 흘러갔다. 그는 그 일을 감사하게 생각했다. 일도 간단하고, 여자들에게 둘러싸여 일하는 것도 마음에 들었다. 조용히 그녀들이 하는 말을 엿들으면서, 그들의 취미가 무엇이고, 무엇을 좋아하는지 알게 되었다. 그는 그녀들을 더 이상 이해하려고 하지 않았다. 그저 그녀들을 꼬일 때 필요한 것들만을 흡수하였다. 그 중에서 오리올이 가장 놀란 점은 그녀들에 대해 갖고 있던 편견들이 더욱 더 확실한 사실로 드러났던 것이다. 그녀들의 관심사는 아주 하찮고 지엽적인 것들이었다. 무엇을 먹고, 어떤 옷을 입고, 어떻게 생각하느냐가 그녀들의 유일한 관심사였다. 왜 남성들은 여성들에 대해 그토록 관용을 베푸는지 오리올은 이해할 수 없었다. 그 대가가 단지 한 여성과 평생을 같이 사는 것이라면 그것은 정말 아무 의미가 없는 짓거리다.

유일하게 베고냐와 산드라(전자는 이혼해서 아들이 하나 있고, 자기가 원하는 것이 무엇인지를 잘 알고 있었고, 후자는 바로 얼마 전에 사랑의 아픔에서 벗어났고, 자기가 원치 않는 것이 무엇인지를 잘 알았다)는 다른 여자들과는 달리 시시껄렁한 일에 관심을 기울이지 않아서 마음에 쏙 들었다. 베고냐는 매우 여성적이었으나, 사물의 겉모양을 중시하였다. 산드라는 저속한 말들을 많이 써서 주위 사람들의 웃음을 자아내게 하였다. 이 두 여인은 아름다운 인간의 본보기였으며, 오리올은 그들 중 누구와도 사랑을 나눌 수 없는 자신의 무능력을 한탄하였다.

한편 그는 후보자 명단에서 리디아를 지웠다. 대부분의 예쁘고 내성적인 여자들처럼, 그녀는 애인이 있었다. 그 친구는 분명히 그녀에게 사랑을 요구한 첫 번째 남자일 거다. 그런 그녀에게 접근하는 것은 마찰을 빚을 위험이 도사리고 있으며, 오리올은 아직까지 그런 충돌을 감수할 준비가 되어있지 않았다. 그는 누군가 자기의 목을 꼭 잡고 늘어지는 것을 원치 않았으며, 리디아는 더 좋은 조건의 남자가 나타나면 자기 애인을 배신할 그럴 타입의 여자였다. 이런 여자를 유혹하는 일은 그리 어렵지 않을 것이다. 그러나 나중에 이런 여자는 골치 덩어리로 남게 된다. 그래서 오리올은 그저 이 여자 저 여자 건드리는 것에 만족했다.

서술자는 며칠 뒤에 중단됐던 이야기를 다시 시작했다. 이정표도 없이 길을 걷다가 여행의 목적지를 보기 시작한 여행자처

럼, 그는 이제 자기의 글에 무척 만족해했다. -마치 훌륭한 피아
노 연주자의 손이 보이지 않을 정도로 빠르고 정확하게 건반을
두드리는 것처럼, 손가락이 컴퓨터 자판 위를 날아다니면서 마
지막 페이지들을 채워나갔다.- 그는 숨을 크게 들이 마시고는
가시덤불 속으로 들어간다.

살로우로 옮긴 날 오후 -모든 장비는 영화제 개회식 이틀 전
에 살로우 그랜드 호텔로 옮겼고, 호텔 방 서너 개를 빌려 임시
사무실로 사용했다- 오리올은 붉은 눈썹과 빠끔한 눈을 가진 로
저와 함께 택시를 타고 갔다. 택시 타기 몇 분 전, 둘이서 엘리
베이터를 타고 내려오는 동안 오리올은 한 뼘 정도 될까한 가까
운 거리에서 그녀를 바라보았다. 그녀의 깊숙한 눈동자에서 뿜
어 나오는 향기에 취한 그는 마치 감전된 것 같은 기분을 느꼈
다. 정신이 혼미할 지경이었다. 로저로부터 흘러오는 전류는 그
녀에게 키스하고 싶다는 욕망을 불러일으키기에 충분했다. 그
는 끓어오르는 욕망을 참아내느라 무진 애를 써야만 했다. 엘리
베이터에서 나왔을 때 그는 키스를 하지 못한 자신을 질책했다.
그래서 택시에 오르자 본격적으로 작업을 시작했다. 그는 말로
애무를 대신하였다. ≪어쩌면 눈이 저렇게 예쁠 수 있을까. 반
짝 반짝 빛을 내며 걸어가는 진주 같아.≫ 로저는 그의 노골적

인 공략에 약간 놀라워했다. 그러나 드러내지는 않았지만 속으로는 분명 좋아하는 것 같았다. 하지만 오리올의 끈덕진 공세에 그녀는 결국 지치고 말았다. 석양이 그녀의 눈에 비치며 만들어내는 형형색색의 오묘함 때문에 그녀에게 키스하고 싶다는 욕망은 점점 더 커져갔다. 태양은 더욱 더 커지고 오렌지 빛깔을 띠더니, 꿈의 빛살을 발산하면서 오리올을 어질어질하게 만들었다. 택시에서 내리기 5분 전부터 오리올은 그녀에게 방 번호를 가르쳐 달라고 떼썼다. 로저는 완강하게 거절했고, 오리올은 신세타령을 늘어놓으며 직장동료에게는, 적어도 확실한 땅을 밟을 때까지는, 껄떡거려서는 안 된다고 몇 번이나 지껄였다.

영화제가 공식적으로 개막되고 처음 며칠 동안 오리올의 업무는, 자기에게 할당된 두 명의 인턴사원과 함께 초청자들의 예약 상태를 점검해서 예약 취소된 방들을 재조정하는 것이었다. 영화제가 개막되기 1주 전부터는 예약 주문이 엄청나게 밀려왔으나, 그는 탁월한 업무 능력과 인맥 등을 이용해 중요한 초청자들의 웬만한 요구사항은 충분히 만족시킬 수 있었다. 일이 쉽게 해결될 때는 보통의 일상적인 업무를 인턴사원들한테 맡겨놓고, 자신은 장비 점검을 핑계로 옆방에 있는 리디아에게 들러 말을 걸고 농담을 하면서, 오늘의 영화 시사회장으로 그녀를 초대하려고 하였다. 또한 라이아를 건드리고 싶어 기자실처럼 냉

방이 잘 되는 시사회장에 그녀를 초대해 놓았고, 홍보실로는 테레사를 초대해서 자기가 영화에 대해 많이 알고 있다는 것을 보여주고, 또한 그녀의 업무를 도와줄 심사였다. 그는 호텔 로비를 가로질러 갔다. 로비에는 VIP를 위한 조그만 상영관이 설치되어 있었고, 예쁜 여자애들이 바쁘게 왔다 갔다 하는 발소리가 들렸다. 그 여자들은 초대 손님들에게 예상치 못한 일이 생겼을 때 도움을 주기 위해 채용한 도우미들이었다. 오리올은 도우미들 사이에서 메뚜기처럼 폴짝폴짝 뛰어다녔다. 그 여자들은 모두 젊었으며(18세에서 22세 정도였다), 예쁘건 그렇지 않건 그의 눈에는 모두 아름답게만 보였다. 그리고 욕정을 해결한 색골 영감처럼, 눈에 불을 켜고 돌아오겠다는 약속을 하고는, 최후의 조명탄으로 남겨놓은 로저와 마주치지 않기 위해 굳이 카탈루냐 영화 상영관을 지나쳐 조심스레 돌아서 갔다.

오리올은 그 여자 도우미들 중 적어도 한명은 자기가 쳐놓은 그물에 걸리게 되었다는 걸 확신하고 있었다. 드디어 프레드 아스테르의 발이 그물에 걸려들었음을 느꼈다. 게다가 영화제에서 자기가 맡은 부서일이 정상궤도에 오르고, 자신의 업무에 방해될 만한 일이 발생하지 않을 거란 확신이 들면서, 바로 그날 저녁 그는 다섯 번째 여인을 공격하기로 마음먹었다.

호텔 근처에 있는 디스코텍에서는 매일 밤 초대 손님들과 스텝들을 위한 파티가 열렸다. 그 디스코텍은 즐기려는 놈들과 어떻게든 연줄하나 잡아보려는 놈들이 몰려들었기 때문에 그의 마음에 썩 만족스럽지는 않았다. 그러나 초대 손님들은 마지막 회 영화가 끝나면 곧장 디스코텍에서 열리는 파티에 참석했기 때문에, 그곳에서는 아주 자연스럽게 그들과 대화를 엮어 나갈 수가 있었으며, 힘든 일을 진행하는 과정에서 서로 가족적인 연대감까지 느낄 수 있게 되었다. 그날 그는 처음으로 그 파티에 참석하였다. 끝없이 폭주하는 서류업무와 전화 상담에 지친 그는 그런 시끌벅적한 곳에서 활기를 되찾고 싶었다.

그러나 그가 찾고자 하는 것은 거기에 없었다. 그래서 그는 진토닉 잔을 연거푸 비우면서 줄담배로 럭키스트라이크 갑만 비우고 있었다. 방광이 가득 차 더 이상 참기 어려운 지경이었지만, 화장실 앞으로 늘어진 긴 줄을 보고는 포기하고 위층으로 걸음을 옮겼다. 위층에 있는 방 세 개는 벌써 사람들로 가득 차 있었다.

-왜 이렇게 시간이 많이 걸리지?- 그 앞에서 기다리던 여자가 물어보았다. 그러나 여자는 그 이유를 이미 알고 있었다. 화장실 안에서는 백색 코카인의 향연이 벌어지고 있었다.

그 여자는 어깨를 움츠렸다. 그러나 오리올은 그녀가 스페인어를 하지 못한다는 것을 정확히 짚어냈다. 그녀의 다음 문장은 영어였다. 그때 오리올은 화장실 문안에서 도대체 어떤 일이 벌어지고 있는가에 대한 궁금증을 버렸다.

그 젊은 여자는 독일인이었다. 그녀는 자기가 할 수 있는 최고의 영어를 써서 자기가 이번 영화제에 출품된 어떤 영화의 여주인공이라고 했다. 오리올은 아직 그 영화를 보지 못했지만, 보고 싶었다. 그의 경험에 의하면, 누군가 좋아하는 영화배우를 알게 되면, 그 여배우는 여신 같은 모습에서 보통 사람의 모습으로 변신해서 자신의 아름다움을 보여주지 않는다는 것이다. 그녀의 이름은 이폰네였는데, 그녀는 신의 조그마한 선물이었다. 전형적인 팔등신 미인으로 선이 무척 곱고 부드러웠으며, 눈은 디스코텍 실내보다도 더 어두웠다.

오리올은 그녀에게 집념을 보이면서, 밤새 그녀를 홀로 놔두지 않았다. 둘 다 함께 취했다. 이폰네는 자기가 배우처럼 보이지 않기를 바랐다. 그녀는 배우가 된지 얼마 안 되서 그런지, 주위의 관심을 끌만한 행동도 하지 않고, 자기 일에 대해서는 단한 마디도 언급하지 않았다. 단지 스페인에 처음 왔고, 머무르는 동안 잘 지내고 싶다는 말만 했다.

오리올 건너편에는 여배우 루시아 아옌데가 앉아 있었다. 오리올은 그녀를 사무실에서 알게 되었다. 두 달 전 어느 날 루시아가 전화로 팀장을 찾았다. 지금 자리에 없다고 말하자 그녀는 자신이 누군지 말하고는 파티에 참석하고 싶다는 의향을 밝혔다. 오리올은 파티에 자발적으로 참여하려는 그런 한가한 배우가 과연 어떤 능력이 있을지 몰라서, 대답하는데 신중을 기했다. 그러나 그녀는 그가 마음에 들었는지 30분 이상 통화를 계속하였다. 나중에 팀장은 그녀의 초대를 허락하였다. 어쨌든 여배우들이 이류든 삼류든 간에 세간에서는 항상 그녀들에 대한 말들이 따라 다니게 마련이다.

오리올은 그녀와 호텔 로비에서 몇 번 마주쳤지만 인사말 정도만 나눈 뒤 피하기 시작했다. 루시아는 무척 섹시한 여자였다. 목은 길어서 부러질 정도였고, 나이는 서른다섯에서 마흔다섯 정도로, 정확히 감을 잡을 수 없었다. 그녀의 피부는 마치 시간의 흐름이 멈춘 것 같이 고왔고, 그녀의 검은 눈 가장 깊은 곳으로는 시간이 빨려 들어가고 있었다.

루시아는 자기가 등장함으로써 오리올이 기뻐할 거라는 확신을 가지고 그의 옆에 앉았다. 그러나 누구라도 흑심을 품고 조금만 대시하면 당장이라도 그녀의 눈에 불을 번쩍 일으킬 수 있다는 것을 눈치 챈 오리올은 오늘만큼은 참기로 했다. 그는 이런 결론에 도달한 자신이 놀라웠다. 루시아 아옌데를 건드리는 것은 자기 같은 초보자에게는 자랑스럽게 빛나는 메달이 될 수도 있다. 하지만 섹스에 대한 그의 집착이 그저 자랑거리 메달을 목에 거는 기쁨 정도라면 아예 시작도 하지 않았을 거라 생각했다. 루시아와 섹스 할 수 있는 기회가 생기자마자 그는 그녀를 남겨두고 독일 여배우를 찾으러 돌아갔다.

오리올은 두 시간 동안이나 끊임없이 이폰네를 유혹하였다. 그녀는 무척 똑똑해서 그의 수고를 덜어주었다. 둘은 술기운에 취해 입맞춤을 하였다. 오리올은 구석자리에 앉아있었는데도 조명이 워낙 강해, 테레사와 라이아가 가끔씩 지나가다가 그들의 모습을 보고는 놀라서 시선을 돌렸다. 이폰네와 키스를 하는 동안 오리올은 누군지 모를 여자의 따가운 시선이 자신의 정수리에 와 꽂힌다는 느낌이 들었다.

새벽 5시 이폰네가 호텔로 돌아간다고 해서, 그들은 밖으로 나왔다. 그녀에 대한 욕망이 목구멍까지 올라온 오리올은 그녀와 함께 사람들의 시선에서 사라지고 싶었다.

호텔로 가는 길을 따라 그들은 달리고, 깡충깡충 뛰고, 소리 지르고, 코카인의 아드레날린을 태우고, 웃음을 터뜨렸다. 그리고서 그들은 조용히 호텔 로비 안으로 들어갔다. 프론트 직원의 애써 외면하는 시선을 의식하면서 죄를 짓는 것만 같아 입을 꾹 다물었다. 엘리베이터에 타고 나서 오리올은 자신의 행운에 무척 만족스러웠다.

-네 방 번호는?

　　오리올은 그녀가 자신과 하룻밤을 보내고 싶어 한다고 생각
했다. 그러나 이폰네가 자기 방이 있는 층 번호를 누르는 순간,
그는 갑자기 불길한 예감이 들었다. 오리올은 자신의 몸을 그녀
에게 밀착시키면서 말했다.

　　-함께 네 방으로 가는 거지?

　　그녀는 머리를 흔들었다. 오리올은 이폰네의 등에 뺨을 갖다
대고는 엘리베이터가 멈출 때까지 그렇게 있었다.

　　이폰네는 그와 헤어져서 복도를 따라 걸어가다가, 재빨리 돌
아와서는 말했다.

　　-잘 자.

　　오리올은 너무 술에 취해 상황 파악이 제대로 안 되는 사람
처럼 거기 그대로 서있었다.

　　-왜?

　　이폰네는 살짝 미소를 지었다. 그러나 슬퍼 보였다. 오리올
은 뭔가 더 말하고 싶었으나, 입 밖으로 말이 나오지 않았다. 그
는 말 대신 얼굴을 찡그렸다. 만일 한 마디라도 더 한다면 그녀
는 그 말뜻을 이해하지 못한다 하더라도 그의 거시기가 타오르
고 있다는 것쯤은 확실하게 눈치 챌 수 있을 것 같았다.

　　-남자 친구가 있어.- 그녀는 미소 지었다. 오리올은 잠자코
있었다. 그는 시간을 벌기 위해 마음속으로 꼼짝 않고 있었다.

엘리베이터 문이 그 앞에서 닫히면서 그의 자존심은 구겨질대로 구겨져 버렸다.

엘리베이터가 그의 방이 있는 층에 섰다. 자기 방문 쪽으로 걸어가는데, 갑자기 휴대폰이 진동하였다. ≪634호≫라는 메시지가 떠 있었다. 한숨이 나왔다. 너무 피곤했다. 모든 것이 싫증났다.

방문을 닫았다. 몇 초 뒤 어디선가 또 다른 문이 닫히는 소리가 울려 퍼졌다.

서술자는 자신이 지금 현실 속에 있는 건지 아닌지 분간이 잘 안 되는 상황에서 묘한 즐거움을 느끼며, 하던 이야기를 멈췄다. 그는 이웃집의 젊은 여자가 알몸으로 창가에 나타나기를 기원하며 창문을 바라보았다. -어떤 정신나간 여자가 저런 집에서 이 한겨울에 옷을 벗을까? 보이는 것이라곤 유리창의 투명함과 내려진 브라인드가 만들어내는 슬픈 전경뿐이다. 어이, 일어나. 그 다음에 무슨 일이 일어났지?

다음 날 그는 하루 종일 사무실에서 내려가지 않았다. 인턴 사원들은 그가 문제를 해결할 때 보여주는 추진력과 정확함 앞에서 놀랐다. 그는 사기를 당한 기분이었고, 팀원들 앞에서 그런 표정이 노출되는 것을 원치 않았다. 사냥꾼을 너무 믿어서 그가 쳐놓은 덫에 걸렸다가 마지막 순간에 탈출한 포획물은 마치 아무 일도 일어나지 않았다는 듯 기력을 되찾고는, 또 다른 사냥꾼이 쳐놓은 함정에 빠지기 위해 가버린다. 끓어오르는 분노와 무력감이 몇 시간동안, 아니 며칠이나 사라지지 않았다. 밤에는 이폰네와 마주치지 않기 위해 호텔에 머물러 있었다. 그녀에 대해 간직하고 있는 좋은 이미지를 그녀와 다시 만나서 망가뜨리고 싶지 않았다.

그는 항상 다른 여자들과 즐길 수 있었다. 굳이 또 다시 여자 동료들의 속마음을 떠보고 싶은 마음도 없어졌다. -결과가 항상 신통치 않았으니까-. 그래서 다음 날 기분도 풀 겸, 도우미 아가씨들과 노닥거리려 VIP실로 내려갔다. 그중 까무잡잡한 피부의 글래머스타일로 두툼한 입술을 가진 아가씨에게 눈길이 갔다.

-머리 모양이 잘 어울리는데. 너 참 예쁘다.- 그는 전시부스에 팔을 얹어 놓고 말했다.

그 여자는 미소를 지었다.

-흥, 나는 전혀 안 어울리는 것 같은데.

-꼭 베티 붑 같다, 너무 멋진데.

-여기선 손님들을 맞아야 하니까 몸치장할 시간도 없어요.- 그녀는 그에게 관심이 없다는 듯 말했다. 그러나 낚시 바늘은

이미 던져졌다.

-몇 시간이나 기다려야 되니? - 그는 자기 영역으로 이야기를 이끌어 가면서 계속 말을 했다.

-너에게 듣기 좋은 말을 하는 사람, 그런 사람은 믿지 마.

오리올은 상처 입은 수놈의 아직 아물지 않은 부위에서 화끈거리는 불이 되살아나는 것을 느꼈다.

그렇게 말한 사람은 바로 로저였다. 그녀는 전시부스 반대편에 서 있었다. 뚱뚱한 여자애는 그녀에게 몸을 돌렸다.

-내 머리가 예쁘다고 말했는데요.

-그는 모든 여자들한테 항상 예쁘다고 해.

-당신에게는 그 말이 먹혔겠지요.

오리올은 자신이 품고 있는 것과 똑같은 불이 로저의 뺨을 벌겋게 물들이는 걸 보면서, 그 분노는 자신의 분노와 아주 비슷한 것이라고 생각했다. 그는 그녀의 기분을 풀어주기로 마음먹었다.

-어제 밤 당신 방을 찾아가지 못해 미안해. 그런 마음이 별로 안 들었어. 늦게까지 기다렸어?

뚱뚱한 여자애는 비켜섰다. 이미 상황파악이 끝난 것 같았다. 로저는 꼭 울음을 터뜨릴 것만 같았다. 오리올은 미소를 지으며 아무 말도 없이 재빨리 자기 사무실로 걸어갔다. 그는 승리의 기쁨을 느꼈다. 그러나 가슴속에서는 조그만 진동이 일어나며, 그가 깨지기 쉬운 유리판을 밟고 있다고 말해주는 것 같았다.

그날 밤 그는 스탠드바에서 모든 여자들에게 눈 길 한 번 주지 않은 채 술만 마셨다. 인턴사원들과 농담을 주고받고 일부러 큰 소리로 웃으면서 이폰네하고 잘 지냈다는 것을 보여주려 애썼다. 그녀는 테라스에서 팀장의 말을 듣고 있는 것 같았다. 인턴사원들은 스무 살이었는데, 그 옆에 있는 오리올은 자기가 그들보다 스무 살은 더 먹었다는 느낌이 들었다. 모든 남자들은 나이를 먹을수록 어리석고 쫀쫀해진다고 그는 생각했다.

-너희들, 내가 하나 보여줄게.- 그가 진토닉을 반잔정도 마시고는 그들에게 너스레를 떨었다.

스탠드바 반대쪽 끝에 VIP실 도우미 한 명이 보였다. 그녀는 자신의 몸매를 육감적으로 돋보이게 하려고 모델 흉내를 낸 촌스러운 금발머리를 하고, 입술은 두툼하게 보이려고 붉은 립스틱으로 입술의 자연스러운 경계선까지 넘어 떡칠하고 있었다. 그녀는 그의 미소에 유혹하는 듯 미소로 답하였다.

-쟤는 시골뜨기야. 여기는 촌년들이 파리처럼 들끓어.- 그는 음흉하게 웃었다. 옆에 있던 인턴사원들은 동료의식을 가지고 웃음을 절제했다. 그는 그들을 남겨두고, 자기와 그 여자를 분

리시킨 공간을, 투우사가 칼을 든 것처럼 손에 진토닉 잔을 들고 헤쳐 나갔다. -안녕?- 그녀의 이름은 몰랐지만, 그 상황에서 이름을 물어보는 것이 그리 적절해 보이지 않았다.

그녀는 관심을 보이며 친절하게 응대해 주었다. 오리올은 여자들이 남자를 거부하거나 주저할 때 나타나는 징후를 그녀에게서는 하나도 발견하지 못했다. VIP실의 다른 도우미가 그녀를 바네사라 불렀다. 그녀는 확실히 그에게 관심이 있는 것 같았다. 두 사람 사이의 침묵은 30분 만에 두 가지 방법으로 깨졌다.

오리올은 마지막 순간에 이폰네를 떠올렸다. 그녀는 아직도 테라스에서 반대쪽을 바라보고, 그를 곁눈질로 보고 있었다. 오리올은 남은 진토닉을 다 마시고는 도우미에게 다가갔다.

-너는 입이 너무 예쁘다. 그 입술에 키스하고 싶어 미치겠다.

이어지는 침묵은 이전의 침묵보다 무거웠다. 바네사는 표정 하나 바꾸지 않고, 그의 눈을 가만히 바라보고 있었다. 오리올은 그녀가 입으로 동물의 숨통을 끊는 여자가 아닐까 생각했다.

그녀가 갑자기 웃기 시작했다.

의심과 경멸의 의미가 그녀의 눈에 드러나기 시작했다. 그녀의 입에서 가느다란 웃음소리가 번져 나오면서 웃음은 너털웃음으로 바뀌었고, 두 눈에서는 눈물이 하얀 뺨을 타고 흘러 내렸다. 웃음은 멈추지 않았다. 오리올은 미소를 지으며 그저 서로 농담이나 하는 정도의 관계로 마무리하려 하였다. 그러나 그 잔인한 소란스러움의 근원지가 어딘지 보려고 고개를 돌리는 사람들은 모두 그를 바라보았고, 그 장면에서 그가 무슨 짓을 했는지 모두들 그리 어렵지 않게 추측해냈다. 오리올은 빈정거림과 이해의 시선들이 자신에게 쏟아지고 있음을 알아차렸고, 심지어 자기와 함께 일하는 인턴사원들까지도 동정의 시선을 보내고 있었다. 그는 담담하게 웃음이 그치기를 기다렸다. 그러나 웃음은 그치지 않았다. 그는 의기양양한 미소를 지으며 자신을 쳐다보고 있는 그 뚱뚱한 여자애를 보았다. 그 옆에 있는 여자는 라이아인가? 그 자리에서 벗어나기 위한 핑계거리로 그는 빈 잔을 가리키는 제스처를 취했다. 그리고 그 자리를 떴다. 그는 스탠드 바 건너편 쪽으로 지나가지 않았다.

호텔로 돌아오는 그의 손에는 아직도 잔이 쥐어져 있었다. 그는 왜 이폰네와 이야기하기 위해 이폰네를 찾지 않았는지 자신에게 물어보았다. 그는 돌아갈 수 있었다. 그는 이폰네가 자기와 이야기할 마음이 있었을 거라 확신했다. 그녀에게 애인이 있건 없건 그는 개의치 않았다. 그게 뭐 그리 중요하다고? 그는 그녀의 인생을 빼앗으려 하지 않았다.

홀에서 산드라와 베고냐를 만났는데, 이미 문을 닫아 어두컴컴한 카페에서 쉬고 있었다. 그들은 조금 전에 디스코텍에서 춤을 추고 있었다. -오리올은 스탠드바에서 그녀들을 보았다. 그러나 그는 다른 여자들에게 눈이 팔려 있었고, 산드라와 베고냐는 그의 기분이 별로라는 것을 알고 있었다. 그녀들은 그의 기분을 풀어주려고 썰렁한 이야기 몇 개를 꾸며냈고, 얼마 안 있어 인사하고 헤어졌다. 오리올은 혼자 남아 베고냐가 남기고 간 담배를 피우면서 어째서 자신의 기분을 잠시라도 풀어줄 수 있는 사람이 한 명도 없는지 생각해 봤다.

그때 허스키한 목소리가 들려왔다. 몸을 돌려 탁자들이 즐비한 안쪽을 쳐다보았다. 주위보다 더 어두운 그림자가 보였다. 주위의 탁자를 헤치며 어두운 그림자가 다가왔다. 로저였다.

-안녕?- 그때 그가 할 수 있는 유일한 말이었다.

로저는 베고냐가 앉았던 바로 그 의자에 앉았다. 담배를 피워 물고는 의자에 기댔다.

-나는 오늘 파티장에서 시종일관 어릿광대였어.- 오리올이 말했다.

로저는 하루에 담배 한 개비밖에 허용되지 않는 흡연가가 담배를 피우듯 그렇게 연기를 빨아 들였다. 담배 연기를 한 모금 내뱉고는 강렬한 시선으로 연기를 바라보았다.

-생각나는 대로 다 지껄이지 마. 너무 그렇게 쫑알거리지 말

라구. 주제넘게 굴지 말고, 생긴 대로 놀아.

더 이상의 말은 붙이지 않았다. 침묵이 연기처럼 그들을 에워쌌다. 로저는 담배를 다 피우고는 오리올 앞에 있는 재떨이에 꽁초를 비벼 껐다. 오리올의 눈길이 그녀의 손가락에 멈추었다. 그녀는 반지를 끼고 있지 않았다.

-잘 자!- 로저가 중얼거렸다.

-푹 쉬어! 아니, 지금 생각해 보니까, 나 당신과 함께 가고 싶은데….

두 사람 앞에 엘리베이터 문이 열렸다. 오리올이 잠시 멈칫거렸다.

-잠깐만….- 로저가 엘리베이터 안으로 들어가려는 순간 오리올이 외쳤다. 로저가 그를 다시 바라보고는, 작별의 인사로 가볍게 미소 지었다.

로저가 이폰네의 방문 앞에 멈춰서는 것을 오리올은 볼 수 없었다. 이미 그 전에 엘리베이터 문이 닫혔기 때문에.

다음 날 그는 이폰네가 함부르크로 돌아갔다는 사실을 알게 되었다. 그녀는 그를 엿먹였지만, 오리올은 자신의 인생철학이 요구하는 삶의 속도를 쉽게 되찾을 수 있었다. 영화제가 끝날 때까지 남은 기간 동안, 별의별 여자들과 시시덕거리며 농담을 주고받았지만, 끝내 그 어느 누구와도 잠자리를 같이 하지는 않았다. 어찌 보면 안한 게 아니고 못한 건데, 특히 스태프 여직원하고는 단 한 건도 못 올렸다. 다음날 파티장에서는 그가 바네사와 만났던 장면에 대한 소문이 나돌았고 모두 그를 비웃었다. 사람들은 그가 여자 뒤꽁무니 냄새나 맡으며 졸졸 따라 다니는 놈이라고 귓속말들을 하였다. 그래서 그는 그저 새로 알게 된 여자들의 전화번호를 모아 간직하는 짓이나 하면서 일상사와 업무에 빠져 들었다.

영화제는 무사히 폐막되었다. 이제 오리올은 영화제가 열렸던 열흘이라는 기간 동안 알게 된 모든 여자들에게 전화를 걸기 위해 무진 애를 쓸 것이다. 그리고 연말까지 남은 시간동안 그녀들과 잠자리를 같이 하기 위해 또 다시 무진 애를 쓸 것이다.

서술자는 이야기를 끝내며 무척 만족스러웠다. 잠시 그는 전기스토브를 키려고 한다. 공기가 따뜻해지는 동안, 지금까지 혼자서 살아온 자신의 삶을 몇 초간 되돌아보면서, 다음에 할 수 있는 일이 뭘까, 자문해본다. 또 다른 이야기를 써볼까? 누군가에게 전화하고 싶은데, 자신의 행운을 점쳐볼 만한 그런 전화번호 쪽지가 이제 그에게는 남아있지 않다. 눈을 감고 한숨을 내쉬면서 호시절을 그려본다.

유토피아 (편안한 집)

남자는 침대에서 일어나서 시계알람을 껐다. 어둠이 그를 에워싸고 있지만, 시원한 물을 마실 때처럼 상쾌한 기분이 들었다. 불알을 주물럭거리며, 자신에 찬 걸음으로 층계를 올랐다.

침실은 그 집에서 가장 아래쪽에 위치한다. 그 곳은 그 집에서 유일하게 땅을 파서 만든 공간이다. 침실 앞, 계단 바로 옆에는 조그만 화장실 문이 열려 있는데, 그는 거기서 볼일을 봤다. 그는 아침에 일어나서 절대로 오줌을 누지 않았다. 보통 하루가 새롭게 시작하거나 끝날 때 자위행위를 하고나서 오줌을 누었다. 대신에 똥 누는 것은 불규칙적이었다. 똥 누는 주기를 규칙적으로 조정하는 방법은 없었다.

그 위층에는 황토로 만든 큰 거실이 있는데, 호주에 있는 땅 밑에 지은 집들과 비슷한 일종의 인공으로 만든 동굴이었다. 가운데는 수영장 물이 반사되고, 다른 쪽에는 빛을 발하는 괘종시계가 갖춰진 수수한 거실이 있었다. 한쪽 벽면에는 커다란 화면이 설치되어 있는데, 거기서 최신 영화나 집에서 직접 녹화한 영상을 보고 즐겼다. 건너편 벽에는 PC가 설치되어 있고, 그 메모리에는 성적인 것만을 제외한 모든 정보가 저장되어 있다. 거기서 그는 필요한 생필품이나 오락 게임 등을 주문한다. 또한 세계경제 지수를 살펴보기도 하고, 자신의 재산을 불리기에 좋은 기회라 여겨지는 투자업무도 PC를 통해서 해낸다.

지붕에는 당시 가장 귀하고 값비싼 케냐산 공기를 공급하는 기계가 설치되어 있었다. 후진국은 매력적인 장점을 지니고 있었다: 자기들의 하늘을 금값으로 지불받고 개발하였다. 안타깝게도 몇 년 전 원주민 대량학살 전쟁에 필요한 용병들의 비용을 지원한 다국적기업이 그 대가로 케냐 공기 개발권을 차지하였다. 케냐 공기는 현재 공식적으로 재생 과정에 있다. 그래서 암시장에서 엄청난 가격에 거래되고 있었다.

또 다른 벽에는 그의 집에서 단 하나 밖에 없는 문이 열려 있었다. 그 문을 통과하면 환락의 방이 기다리고 있다. 거실에서 최대한 멀리 떨어져 있는 이 공간은 전적으로 육체적 휴식을 위한 장소다. 그는 여기서 매일 두 시간씩 수음을 하면서 리비도를 연마시켰다. 그리고 남녀 친구들과 접속해서 집단 혼음 폰팅에 참여하기도 하였다. 한 번씩 그는 다른 사람을 만져보면 어떤 느낌이 들까 생각해보았다. 그의 진보된 상상력이 냉혹한 현실 앞에서 그렇게 심하게 왜곡되지 않았다면, 촉감에 탐닉하는 그런 용서받을 수 없는 욕망에 빠질 수도 있었을 것이다. 그래서 그는 도덕정당이 아직까지 합법적으로 인정되던 시대에, 같은 종족간의 육체적 접촉을 어리석은 위험이라고 외치던 몇 년 전의 세상에서 그 자신이 태어났다는 데 엄청난 행복을 느꼈다.

그는 쾌락을 제공하는 최신 장비가 갖춰진 방으로 들어가서는 최근에 구입한 에로틱 게임 '변강쇠'를 연결했다. 이 게임 규칙은 매우 간단하였다: 그가 방문하는 가상의 여러 화면에 계속해서 나타나는 여러 모습의, 다양한 인종의 여성들을 찾아내서 강간에 성공하면(다시 말해서 사정을 의미한다) 된다. 이 게임은 참가자가 다섯 번의 강간을 성공하면 이기는 것이다. 그러나 이때 획득한 여성들이 애원 소리를 낼 경우(그녀들은 《좀 더, 좀 더》라고 성에 탐닉하면서 흐느낀다. 그런 불만족 시점에서 참가자는 그 여자를 포기하고 다른 여자를 찾아야 한다) 참가자는 '슈퍼오르가즘'이라는 특별보너스를 얻게 된다. 그리고 또한 그 날의 기분이나 선택한 게임 레벨에 따라 남성 희생자나 아동 피해자 게임도 할 수 있었다.

그날 아침, 별로 썩 내키지는 않아서 그는 두 번째 화면만 연결했다. 재수가 없어서 마지막 화면에서 보스키만 원시인 여자가 걸렸다. 그 여자의 유인원 같은 외모가 주는 이상한 혐오감 때문에 그는 5초 이상 발기되지 않았다. 그가 좋아하는 유형은 19세기 흑인 여자 노예나 20세기 아프리카계 미국 여자였다. 사실 그는 흑인 여자 피부를 좋아했고, 아름다운 여인들과의 관계에서 발기가 유난히 잘 이루어졌다. 불행히도 -그의 삶의 시스템이 지니고 있는 결점- 그가 살고 있는 나라에서는 다른 종족과의 성교가 허락되지 않았기 때문에, 그는 실제로는 흑인과 관계를 가질 수 없었다.

실의에 빠진 그는 게임을 그만두고 거실을 나서기 전, 사정한 지 얼마 되지 않은 정액을 담은 용기를 그가 등록해 둔 정자 회사에 보내기 위해 옷에서 끄집어냈다. 그 회사는 새로운 시민을 생산하는데 필요한 정충을 확보해 둔다. 그것이 조국을 위한 그의 유일한 의무다. 인간이 사회적 관습으로 지켜왔던 부부의 삶을 포기한 이후 여러 회사들이 더 순수하고 더 우월한 부성을 보장하는 일을 책임지게 되었고, 그에 따라 아기를 낳으려는 여성들을 유치하기 위해 회사들 간에 치열한 전쟁이 벌어지고 있었다. 정액제공자의 질적인 특성은 돈을 지불하는 한 그리 중요한 문제가 되지 않았다. 유전자의 변형비용은 고객이 부담하였다. 왜냐하면 장애인에 대한 교육비용이 훨씬 더 많이 들었기 때문이었다.

남자는 오줌을 누고 샤워를 한 다음 수영장으로 가서 물 소파에 몸을 편안하게 맡긴 채 영화 화면을 연결했다. 최근 개봉된, 자기가 가장 좋아하는 감독의 영화를 보고 싶었다. 그의 집은 사람들이 꿈꾸는 최고의 저택들 중 하나였다.

에필로그

영화가 상영되는 동안 잠시 그 남자는 주위를 둘러보았다. 갑자기 악몽에서 깬 것처럼 자기 집을 살펴보았다. 어쩐지 처음 보는 집 같다는 느낌이 들었다. 왜 그런 느낌이 들었는지는 몰랐지만, 그래도 자신이 무척 행복하다고 생각했다.

남성 호르몬 (실제 결론)

-에르난, 이 소설을 읽다 보니 기분이 묘해지는데.

-뭐…. ≪강간범≫ 말하는 거니?

-그래.

-거참, 이상하네. 다른 여자들은 그 이야기 싫어하던데, 너무 남성 위주로 쓴 글이라 생각하나봐. 하기야, 내가 생각해도 그런 것 같아.

-여자들은 모두 골이 비었어. 내 친구들은 거의 다 남자야. 나는 여자들이랑 안 맞아. 여자들은 유다보다도 믿지 못할 존재들이라니까.

-아…. 그렇지. 남자들은 그 말에 모두 동의할 거다, 흐흐. 사

실 내가 알고 있는 똑똑한 여자들은 대부분 남성 호르몬을 더 많이 가지고 있어.

-그럼 나도 그걸 가져야 겠네…. 예전에 학교 다닐 때 많은 여자애들이 나를 선머슴 같다고 했어. 나는 헤비메탈을 좋아했고, 데모에도 앞장섰었는데.

-나는 학교 다닐 때도 그런 일에 가담한 적이 없었어. 물론 지금은 한 두 번씩 참가하지만.

-출판기념회에 갈 수 있어서 기분 좋았어. 나도 짬짬이 글을 쓰는데, 너 알고 있었니? 그렇지만 나를 위해서만 써…. 누가 그걸 읽을까 창피하거든….

-누구나 처음엔 그런 식으로 시작하지. 그러다 용기를 내서 다른 사람들에게 보여주는 거야.

-그럼 내가 쓴 것 좀 봐 줄 수 있어? 네 생각도 듣고 싶고….

-아, 그건…. 나보다…. 내가 잘 아는 출판사 사장 전화번호 가르쳐줄게.

-아니야. 나는 아직 신출내긴데 뭐. 어쨌든 고마워. 그런데 너는 네가 매력이 넘친다는 걸 알고 있니?

-무슨 말이야? 내가 보기에는 너야 말로 매력만점이야. 그래서 너하고 만나자고 한 거야. 우리 둘 사이에는 묘하게 끌어당기는 게 있어. 그렇지 않아? 너는 못 느꼈니?

-여자를 지배하려는 남성적 사고가 나를 흥분시켜. 이 책에 등장하는 그 강한 남성이 나를 강간하는 걸 상상하면서 온 몸이 흠뻑 젖었어. 아주 자극적이고 슈퍼 섹시한 판타지야.

-칭찬이 너무 지나치지만 듣기에 나쁘진 않은데, 고마워. 그러나 분명히 말해두고 싶은 것은 그건 내 의도가 아니었다는 거야…. 음…. 한잔 더 할래?

-아니, 많이 마셨어. 결혼한 이후로 외출을 많이 못했고, 술도 약해졌어.

-아니, 너 결혼했니?

-그럼, 벌써 2년 됐는데.

-아, 그래.

-내가 결혼 생활에서 행복하냐고 물어본다면, 대답은 분명 '노'야.

-그럴 것 같은 생각은 들었어. 어쨌든 누구에게도 결혼을 강요할 수는 없는 거지.

-너는 그걸 쉽게 알아차렸네. 그렇지만 그렇게 간단한 것만도 아니야.

-내 생각에도 그런 것 같아. 벌써 시간이 꽤 됐네. 너도 이제 집에 가봐야지. 남편이 기다릴 텐데….

-기다리라지. 뭐.

-….

-네 책 이야기나 좀 더 하자. 나는 지배에 대한 환상을 여러 번 가졌어. 나는 분명한 남자가 좋더라. 이도저도 아닌 어중간한 건 싫어.

-그래. 그래, 알았어. 나도 알고 보면 그저 평범한 남자일 뿐이야. 네가 믿거나 말거나, 나는 이 글을 쓰면서 못다 한 꿈에 대한 보상을 받을 수 있었던 것 같아. 그러나 이런 태도는 매우 좀스러운 짓이라고 말하는 사람도 있을 테고, 어쩌면 그런 생각이 옳을 수도 있겠지.

-요즘 나는 자위행위를 많이 해.

-아…. 그래?

-응…. 항상 똑 같은 상상을 하면서…. 누군가 내 손발을 꽁꽁 묶어 놓고, 얼굴을 침대에 파묻게 하고는, 채찍질을 시작하는….

-아, 그래? 누구나 할 수 있는 상상이지.

-나는 너무 좋아해…. 몸이 흠뻑 젖어서….

-아마 그건…. 피로 젖었을 거야.

-그건 너무 심한 상상인데…. 나는 항상 환상을 현실로 가져가고 싶어.

-좋지, 좋아. 그런 일들은….

-마침 우리 집에 채찍이 하나 있어.

-와, 끝내주네.

-너만 좋다면 우리 집에 가자, 나를 묶어 놓고 힘껏 채찍질 해주면 좋겠는데.

-캑, 캑!

-무슨 일이야?

-아니야, 아무 것도…. 큭, 큭! 그냥 맥주가 목에 걸렸어.

-네 가슴에 품고 있는 여자들에 대한 원망과 분노를 나한테 다 풀었으면 좋겠다. 우리 여자들이 너한테 저지른 짓들을 채찍 질로 갚았으면 해.

-네 말이 매혹적으로 들리기 시작하는데.

-그렇다면 내 생각에 찬성하는 거야? 그럼 우리 집으로 갈까?

-음…. 너를 묶어놓고 채찍질한다? 좀 야만적이지 않을까?

-아니야. 너도 그게 얼마나 끝내주는지 알게 될 거야.

-그게 겁이나. 그리고 또 너는 결혼했잖아? 남편은 지금 어디 있어?

-지금 집에 있을 거야. 그렇지만 소파에서 자라고 하면 돼

-아니, 뭐라고? 아니….

-잘 들어. 너는 나를 유혹하려고 네 집으로 초대했어. 그건 분명해. 아까도 말했지만, 나는 진지한 남자가 좋고, 또한 분명

한 걸 좋아해.

-그래, 좋아···. 그렇다 치더라도 채찍질은 좀···.

-정 그렇다면 그건 생략하지 뭐.

-그리고 또···. 남편이 집에 있다는데, 내 생각에는 좀···.

-내가 너한테 이런 제안을 하는 것은, 네 책을 읽어 보니까 내가 너하고 통하는 데가 있는 것 같아서야. 주어진 한계를 뛰어 넘고, 새로운 경험을 시도하려는 남자···.

-그렇지 않아. 나는 아주 보수적인 사람이야···. 허구는 허구일 뿐이고···. 더구나 나는 내일 아침 일찍 일어나야 해. 그러니 가더라도 금방 나와야 될 거야.

-지금 누구 시험하는 거야? 일단 나는 지금 소변을 보러가야 되니까, 화장실에서 나오는 즉시 갈 건지 말건 지 확실하게 말해 줘. 나는 빙빙 돌려 말하는 사람이 제일 싫어.

-좋아, 알았어. 갔다 와.

(······)

-자, 이제 결정했어?

-에···. 그래.

-어떻게?

-못할 것 같아.

-왜?

-너하고 자지 않는 편이 나을 것 같아서.

-너도 이제 보니 어지간히 겁쟁이네, 다른 남자들하고 똑 같구나.

-아마 그럴 거야. 내가 무슨 말을 해주기를 바래?

-놀고 있네!

-너무 그렇게 까지 나올 건 없잖아….

-놔! 나 건드릴 생각하지 마.

-알았어, 미안해…. 나는 그냥 아무런 감정도 없이 너하고 이 밤에 섹스를 즐기고 싶은 마음이 없다는 것뿐이야.

-닭대가리!!

-뭐라고…. 음…. 네가 좋다면 언제라도 전화해. 우리는 좋은 친구로 지낼 수 있을 거야.

-택시!

-기다려, 데려다 줄께.

-엿 먹어라! 너희 남자 놈들은 다 똑 같아. 낭만적 똥 덩어리들!

-그렇지만 여기 이렇게 나 혼자 세워 둘 거야? 어떻게 집에 가라고?

-됐어! 어디 가서 돈 주고 남자나 하나 사야겠다!

- 끝 -

마리오 바르가스 요사의 논평

*스페인 최고 작가 마리오 바르가스 요사가 스페인 주요 일
간지 〈엘 파이스〉에 이 책에 대한 논평을 발표함으로써 이
책을 둘러싼 지식인들의 논쟁은 가속화된다.*

최근 스페인 시의회와 지자체 선거에서 야당의 몇몇 정치가들은,
정부산하 기관인 스페인 여성단체장인 미리암 테이가 자신이 운영하
고 있는 조그만 출판사 엘 코브레에서 에르난 미고야가 쓴 단편집
『모두가 창녀다 Todas putas』를 출간하였다는 것을 발견했다. 이 작
품 속의 두 이야기에서 등장인물들과 강간범들이 강간을 예찬한다.
이 책이 출판되고 나자마자 이 출판사 사장인 미리암 테이와 그녀를
여성협회장으로 임명한 노동부 장관 에두아르도 사플라나의 사임을
요구하는 캠페인이 시작되었고, 비도적이고 퇴폐적인 내용의 책을
출판하고 여성들에 대한 성폭력을 조장하였다는 비난의 목소리를 높
였다. 날마다 일간지에 오르내리는 여성 학대와 살인 사건은 스페인
사회가 안고 있는 문제점의 중심을 차지하고 있다.
브뤼셀에서 유럽의회 사회당 의원인 엘레나 발렌시아노와 소라
야 로드리게스는 미리암 테이가 성폭력과 아동 성학대를 찬양한 범
죄의 책임자임에도 불구하고 스페인 정부가 그녀의 직위를 해제하지
않고, 또한 법적인 조치도 취하지 않고 있다고 유럽위원회에 고발하
였다. 이 책과 출판사 사장, 그리고 정부에 대한 반대 여론이 들끓고
신문사에는 독자들의 항의성 편지가 끊임없이 쇄도하고 있다. 그들
은 "흑인들은 대부분 선한 이웃이고, 게이들은 모두 친절한 사람이라
고 말하는 건 간혹 들어봤지만, 이 사회에서 단 한 번이라도 우리 같

은 강간범들이 전부 다 나쁜 놈은 아니라는 쪽으로 여론이 형성된 적이 있었던가? 나는 제3세계나 동유럽에서 일어나는 몇몇 전쟁에서 여자들을 겁탈하는 것이 가장 야만적인 행위라는 소리를 텔레비전을 통해서 수없이 들어야만 했다. 그런데 분명 그건 그렇지 않다. 누가 무슨 권리로 그따위 소리를 함부로 지껄이는가? 여자를 강간하고 살려두는 것이 강간하지 않고 죽이는 것보다 백번 낫다. 나는 여자를 죽일 능력도 없고 또 그럴만한 배짱도 없다. 그러나 분명히 말하지만, 나는 여자들을 강간하고 나서 어떠한 후회도 해본 적이 없다" 같은 표현이 들어있는 책의 출판을 허용한 것에 대해 비난하고 있다.

여론의 압력에 결국 엘 코브레 출판사는 서점가에서 책을 회수하기로 결정하였다. 어느 누구도 소설의 등장인물을 작가와 혼동해서는 안 된다는 작가 에르난 미고야의 항변에는 전혀 귀를 기울이지 않았다(그렇다면 스페인 영화의 세 거성 부뉴엘, 베를랑가, 알모도바르는 가정폭력을 전파시킨 죄로 무기형에 처해졌어야 될 것이다). 기회주의자건 위선자건 아니면 단순히 무식해서건 간에 모두들 미리암 테이와 정부를 공격하기 위해 『모두가 창녀다 Todas putas』를 맹목적으로 몰아세웠다. 문학에 대한 그들의 생각은 권위주의 체제하의 문학 (성직자, 공산주의자, 파시스트)과 조금의 오차도 없이 일치하고 있다. 그들은 문학이 엄격한 사전검열을 거쳐야 한다고 생각한다. 그렇지 않으면 비도덕적이고 폭력적인 내용을 담은 텍스트들이 무방비 상태에 있는 독자들을 폭력범, 테러리스트, 살인자로 만들 가능성이 높다는 것이다. 문학의 허구성이 우리의 삶에 영향을 끼친다는 그들의 이러한 사고 뒤에는 자유에 대한 엄청난 두려움이 깔려있다.

소설, 시, 드라마, 콩트 속에 담겨져 있는 공포가 장티푸스처럼 독자들에게 전염된다면, 삶은 오래전에 이 지구상에서, 아니면 적어도 문명사회에서 사라졌을 것이고, 단지 문맹인과 야만인들만이 살아남았을 것이다. 문학이 난폭함, 피, 괴물, 천한 것들 그리고 가장 비열한 짓을 저지르는 타락한 존재들로 가득 차있다는 것을 알아차리지 못하게 하기 위해서는 문학을 조금만 읽든지 아니면 전혀 읽지 말아야 할 것이기 때문이다. 문학은 수없이 많은 폭력으로 가득 차 있다. 멀리 갈 필요도 없이, 가장 위대한 소설 『티란테 엘 블랑코 Tirant lo Blanc』만 보아도 잘 알 수 있다. 이 소설의 클라이맥스는 영웅이 카르메시나 공주의 처녀성을 빼앗는 부분이다. 너무나 멋진 에피소드라 읽을수록 작가에 대한 무한한 존경심과 기쁨이 넘쳐흐른다. 나는 이 이야기가 들어있는 장을 적어도 6번이나 반복해서 읽었다. 사랑하는 나의 어머니의 이름으로 맹세컨대 나는 파리 한 마리도 죽인 적이 없다. 스페인어로 쓰인 고전작품 중에서 『돈키호테』만큼 내가 가장 애정을 갖고 읽은 작품은 『라 셀레스티나』이다. 이 작품은 연극형식으로 된 소설로 창녀, 마녀, 뚜쟁이, 펨프들이 주 등장인물들이다. 이들이 연출해내는 성과 사랑 앞에서 나는 구역질이 난다. 그러나 끔찍한 폭력과 추잡스런 사랑의 이야기로 구성된 그 독창성으로 말미암아 이 작품은 거부할 수 없는 설득력을 획득하여 독자들을 사로잡고, 모든 반대 여론을 극복하였다. 수많은 끔찍한 내용의 작품들에 대해서도 이와 똑같이 말할 수 있을 것이다. 예를 들어 셰익스피어의 비극에 나타나는 식인풍습이나 근친상간부터 리차드 해리스의 소설들에 나오는 한니발 렉터의 잔혹한 식인장면들까지, 아니면, 조나단 스위프트의 판타지 같은 것들이다. 다 알다시피 조나단은 아일랜드의 인구과잉문제를 해결하기 위해 헤롯왕의 처방을 제시했는데 그것은 바로 어린애들을 전부 죽이는 것이다.

문학이 인생을 독살하는 것이 아니라, 도리어 그 반대다. 작가들이 만들어 내는 책에는 우리들 내면에 살고 있는 유령들로 가득 차 있다. 우리는 거기서 벗어나 훤한 세상으로 나와야 한다. 그래야만 우리는 그들 속에서 질식사하지 않고, 우리의 인생은 더욱 살맛이 나게 된다. 우리는 우리지 책이 아니다. 몇몇 문학사에서 나타나는 열병과 놀라움으로 가득 찬 지나치게 몽상적이고 광적인 그 열망들을 우리는 가슴 속 깊숙이에서 우리 것으로 만든다. 나는 이것을 잘 설명하지 못하겠는데, 예를 들어, 조지 바타이(George Bataille)같은 위대한 사상가는 『문학과 악(惡)』에서 명확하게 밝혀내고 있다. 우리 인간들은 현재보다 더 나은 삶을 요구하는 상상이나 욕망을 지니고 있다. 그러나 운명이 우리에게 준 것과는 다른 방식을 (훨씬 더 강렬하고, 물불 안 가리고, 광적인) 요구한다. 이러한 불가능을 가능하게 하고, 허구 덕분에 실제 삶이 안고 있는 그 모든 제한과 한계를 체험할 수 있도록 하기 위해 문학이 태어났다. 그래서 문학은 온갖 모험으로 가득 찬 것이다. 예술의 마법 덕분에 우리는 순수한 환상 속에서 대리인생을 맛 볼 수 있다. 이러한 허구의 삶은 우리를 완벽하게 만들고, 사회공존이 가능하기 위해 어쩔 수 없이 우리의 삶에서 이탈할 수밖에 없었던 그 모든 것-우리 개성의 본능적이고 굶주리고 파괴적인 측면-을 되돌려 주고, 우리의 잃어버린 인간본연의 총체성에서 우리를 다시 만든다. 그렇다고 이것이 나쁜 사상을 만연시켜 사회에 피해를 주지는 않는다. 도리어 사회를 나쁜 사상에서, 수많은 폭력적 행위들이 푹푹 곪고 있는 인성의 지하실에 자리 잡고 있는 두려움과 절망감에서 벗어나게 해준다. 자유로운 상상은 "괴물을 낳는다", 옳은 말이다. 그러나 이것은 예방 차원적이며, 집단변비를 위한 관장약이다. 이것은 우리의 일상생활에 파괴적으로 침입하는 유령들을 억압할 때 더욱 더 그렇다. 조지 오웰이 쓴 수필 중 이 테마에 관한 명작이 있다, "영국 범죄의 타락". 에르난 미고야의 여성혐오적인 상상력과 스페인에서 일어나는 여성 살해와 구타 사이에서 원인결과 관계를 찾고 있는 선동가들에게 한번 읽어보기를 권하고 싶은 책이다. 스페인 사회는 생활습관이 빠르게 근대화되고, 시대착오적인 전통적 구조 속에서 차별받고 억압받으며 살아오던 여성들이 빠른 속도로 해방을 맞이하게 되면서 이에 대한 반작용으로 남성들의 맹목적이고 비이성적인 폭력을 불러일으키게 되었다. 허구가 어떠한 검열이나 제한 없이 자유롭게 활보하는 사회가, 이러한 인간적인 창조력의 근원이 도덕이라는 이름으로 지식인들로 구성된 교도관에 의해 통제되고 막히는 사회보다 훨씬 더 건강하다. 순결한 베일이 자유로운 문학 상상력을 강제로 억압하던 빅토리아 여왕시대 영국에서 최악질의 범죄가 일어난 것이 우연은 아니다. 물론 세이드의 소설들이나 에르난 미고야의 단편들에서처럼 모든 문학이 다 "저질"은 아니다. 인간 삶의 가장 고귀하고 이타적이며 자비로운 측면에서 볼 때 가장 숭고한 상상력을 발휘한 그런 "저질스러운 것"도 있다. 그러나 문학행위와 허구의 구성은 존재의 총체성에서 나오는데, 이것은 사과처럼 쪼갤 수 없다. 전통적으로 문학에서 그 유령들은 특별한 탈출구를 찾았다. 그 유령들의 공격적이고 뒤틀리고, 또 한 번씩 사악한 속성 때문에 우리 남자와 여자들은 그들과 같이 살아가기가 더 힘들게 되었다. 이 악마들은 우리에게 면박을 주고 놀라게 하는데, 우리는 거기서 어떻게 벗어나야 할지를 모른다. 문학이 이 문제를 해결해준다. 인성의 심연에 자리 잡고 있는 그 괴물들이 허구 속에 투영됨으로써 사악함을 잃게 되고, 언어에 의해 길들여짐으로써 고분고분해지고 고상함을 지니게 되고 시민권도 얻게 되는 것이다.